红棉

HONGMIAN

风雨如书 —— 著

花城出版社

中国·广州

图书在版编目（CIP）数据

红棉 / 风雨如书著. -- 广州：花城出版社，2025.
8. -- ISBN 978-7-5749-0561-0
　　Ⅰ. I247.5
中国国家版本馆CIP数据核字第2025EG4729号

红棉
HONGMIAN

风雨如书/著

出 版 人	张　懿
责任编辑	李　卉
责任校对	卢凯婷
技术编辑	凌春梅
封面设计	张贤良
出版发行	花城出版社
经　　销	全国新华书店
印　　刷	广州市岭美文化科技有限公司
开　　本	880毫米×1230毫米　32开
印　　张	9.75　1插页
字　　数	226,000字
版　　次	2025年8月第1版　2025年8月第1次印刷
定　　价	49.80元

版权所有·侵权必究。如发现印装质量问题，请与出版社联系。
联系电话：020-37604658　37602954

"只要你有一颗红心,那么就会有千千万万颗红心来照亮你。"

目录

楔子 / 001

第一章　开局 / 003

第二章　关系 / 084

第三章　拯救 / 168

第四章　光芒 / 255

楔子

深夜，他从梦里醒来，然后习惯性地抽出藏在枕头下面的枪，警惕地看着前方。

暗淡的房间内，空无一人。

他将手枪重新塞到枕头下面，然后舒了口气，后背冷汗涔涔。

站在窗户边一眼望去，对面的街道两边红棉花盛开，灯光下宛如两道红色的火焰，绵延到街道的尽头。

"待到红棉花开时，就是我们胜利之日。"他的耳边响起了这句话，他已经忘记了是谁说的这句话，或者这句话最初的样子是什么，不过这已经不重要，因为为了这座城市的胜利，人们在大街小巷种满了红棉。

他点了一根烟，很快烟气在眼前开始萦绕，看着镜子里的自己，恍惚中，他感觉自己又见到了那些记忆里的人。他们开始陆陆续续登场，每个人的脸上都洋溢着笑容，眼神坚定。那些人的脸在镜子里面开始不停地交错变化，最后，幻化成一张青春洋溢的笑脸。

"十九，你好，我是十八。"镜子里的人说道。

他的眼泪潸然落下。

"你看看你，又哭了，这可不像我，我娘说了，男子汉大丈夫，流血不流泪。好男人要报效国家，不能贪生怕死。我跟你说的这些，你记住了吗？"十八笑呵呵地说着。

他点点头，泪水再次落了下来。

"真想去广州，看看我的父亲，听我的母亲说，他可是一位英雄，一个顶天立地的男子汉，希望我不要给他丢脸。"十八继续说道。

"他是一位英雄，你也是。"他对着镜子里的十八说话了。

镜子里的脸慢慢清晰起来，十八的样子已经变成了他的样子，他眼角还有残泪，他看着镜子里的自己，吸口气说："你们都是英雄，因为这是一座英雄的城市。"

窗外传来了码头轮渡的鸣笛声，新的旅程即将起航了。

此刻，天也要亮了。

他擦掉了眼角的泪，穿上衣服，然后从枕头下面拿起枪，打开房门走了出去。

时间是1943年11月，红棉花即将在来年的春天盛开……

第一章　开局

1. 新的任务

1938年10月，日本攻占广州后，风雨飘摇的中国战局进入相持阶段。与此同时，日军调整作战计划，企图通过"以华制华"的方式控制中国，一时间，各方势力涌入广州。

经过多方势力的较量，以及国内局势的变化，最后以日本广州特务调查科为主，联合广州公安局一起负责广州的情报搜查和抗日分子的抓捕工作。

广州特务调查科负责人曹风曾经供职于日本在国内的高级特务机构梅机关，因为广州是他的老家，所以日本特高课特意将他调过来负责广州特务调查科的工作。特务调查科分为两个组，一个是行动组，队长是广州商会会长沈放的儿子沈浩南，另一个是情报组，队长是早些年跟过曹风的下属韩世超。

沈浩南和韩世超是两种性格，从做事风格上看沈浩南更像一个读书人，说话温文尔雅，做事风度翩翩，比起韩世超的口蜜腹剑，阴险毒辣，显然沈浩南并不适合特务调查科这里的工作。这是让很多人不明白的地方，如果要找原因，可能是因为曹风需要沈浩南父亲沈放的身份，毕竟他是广州商会的会长，也是广州大半个生意场背后的老板。在此刻动荡不安的环境下，曹风要想在广州站稳脚跟，经济是非常重要的一部分。

在曹风的带领下，广州特务调查科这两年成绩不错，先后清扫了国民党安排在广州的军统分部，以及藏匿在广州的一些爱国抗日人士。对此，日本人非常满意，甚至还派了日本商会过来这边一起发展广州经济。

站在办公室的窗口，沈浩南看到楼下的情报组又出动了，韩世超带着他的几个人模狗样的手下坐上车出去了。

"听说又发现了新的情报，这不韩世超他们赶紧兴师动众地出去了。"旁边的手下阿乐看到沈浩南看着窗外，于是说了一下。

"这些垃圾，老百姓见了他们比见了日本人还害怕。"沈浩南虽然回国已经有两年，但是说话间还是带着一些国外的口头禅。对于韩世超，沈浩南压根都看不上，无论是出身还是做事方式，韩世超在沈浩南的眼里都跟一个跳梁小丑一样。如果不是看在曹风的面子上，恐怕沈浩南根本都不会搭理他。

"特务科的名声可都是这些情报组的人搞烂的，倒是我们行动组的口碑可比他们好多了。不过队长，你还是小心点为好，这韩世超可不是什么好人，阴险毒辣，我不止一次听到他在背后打你小报告。"阿乐低声说道。

"放心吧，曹风要是对我有意见，把我开了就行了，这地方，我也早就待够了。"沈浩南摆了摆手坐到了办公桌的后面。

这时候，桌子上的电话响了起来。

沈浩南犹豫了一下，拿起了电话。

电话里传来了曹风的声音："来我办公室一趟，准备出任务。"

"好。"沈浩南说完挂了电话。

十分钟后，沈浩南从曹风办公室走了出来，然后来到了院子里。

阿乐已经整理好队伍，排成一列，等待沈浩南的讲话。

"今天的任务是包围荣记茶楼，所有人配合情报组工作，还是那句话，没有我的命令，不要擅自行动，更不要开枪伤人。"沈浩南说道。

"是。"所有人齐声喊道。

"上车，出发。"沈浩南一挥手，然后走向了前面的一辆车。

开车的是阿乐，他也是行动组的副队长，他是特务科成立的时候就进来的，算是这里的老人。阿乐是土生土长的广州人，父亲也和沈浩南的父亲认识多年，所以沈浩南进来特务科后，阿乐便一直跟着他。

"怎么又是我们配合情报组工作？我们是行动组啊，不是应该他们配合我们吗？"阿乐发动了车子说道。

"这有什么不好，再说情报是韩世超他们找到的，我们就配合行动，有什么事他们承担。你忘了我的原则，兄弟们的安全是第一，其他的都不重要。"沈浩南说道。

"可是老这么下去，我们行动组总觉得比他们情报组低一等，再加上韩世超可是曹风的人……"

"别说了，安心开车。"沈浩南知道阿乐要说什么，直接打断了他的话。其实阿乐说的情况，沈浩南是知道的。这些年特务科发展得很不错，甚至都压在了公安局上面，之前父亲也跟他说过，希望他能在特务科有所作为，然后也可以给家里的生意带来一些加持。可是，沈浩南对于特务科的工作非常厌恶，尤其是每次出任务，要去面对群众的眼神，人们看到他们出现，仿佛看到猛虎怪兽，恨不得躲得远远的。但是人们的眼神里除了惧怕，更多的是仇恨和厌恶。沈浩南也是鉴于家里的关系，否则早就甩手不干了。

透过车窗看去，旁边的长堤路已经进行了简单的修复，但是依然掩饰不住当日被日本人炸碎的痕迹，这条经历了清朝和民国两个时代的历史之路也见证了日本人对广州的残害。

沈浩南清晰地记得日本人刚刚侵占广州时的惨状，长堤、西濠口一带的骑楼被炸得支离破碎，断壁残垣之间杂草丛生。昔日热闹的十三行只剩下焦黑的梁柱，珠江海面上漂浮着被击沉的船只残骸。

即使如此，人们还是坚强地生活。上下九的茶楼勉强营业，店内食客寥寥，面对过来的客人，伙计低声说道："今日只有叉烧包，冇虾饺。"

为了给市民生活补助，沈浩南的父亲作为广州商会的会长，尽最大的能力，既要满足日本人的抽成油水，还要走动政府关系，最后才能将仅有的一点粮食分发给市民以及逃过来的难民，但是杯水车薪，根本无法顾及全部。

路过骑楼的时候，沈浩南看到从外地逃难过来蜷缩在路边的老人，悲伤地哀叹："冇得食，冇得住，点算啊……"

这次的任务是曹风得到上头的密报，一个代号"红棉"的人携带一份海外华侨抗日捐款名单来接头，对于接头的对象他们并不了解，可能是共产党，也可能是国民党。不管是哪一方，日本人都不希望他们接头，所以要求曹风让特务科无论如何要抓住"红棉"，找到那份名单。

沈浩南之前留学国外，对于海外华侨华商抗日的积极性非常了解，他们虽然远在海外，但是内心却一直牵挂着国内的同胞。这份捐款名单也是海外抗日力量的关键，如果落到了日本人手里，那必将是抗日力量的重大损失。所以，沈浩南的心里就有点排斥今天的工作，他甚至希望今天"红棉"不要出现。

很快，车子停了下来。

沈浩南带着人下了车，然后看到了前面正在部署工作的韩世超。

"沈公子，你来了。"韩世超看到沈浩南，立刻谄笑着走了过来。

"科长让我们行动组配合你们工作，韩队长，你看着安排吧，我们全力配合。"沈浩南从口袋拿出烟盒，抽出一根烟，点着说道。

"别别别，我们是一起的，按说你们行动组是主力，该配合的是我们。这样，脏活累活就让我们情报组来做，沈公子，你就去茶楼里面喝茶，就当来看戏。至于其他人，让他们守着后门就行。等这次抓到'红棉'，兄弟我肯定不贪功。"韩世超笑嘻嘻地说道。

"都听你的。"沈浩南冷哼一声，直接走进了荣记茶楼里面。

看着沈浩南的背影，韩世超吐了口唾沫，然后骂道："什么东西，等落到我手里，有你好果子吃。"

2. 荣记茶楼

自从日本人占领广州后，市井萧条，各行各业遭到灭顶之灾，虽然经过了一年多的休整，但是依然惨不忍睹。尤其是日本人在广州的横行霸道，让百姓胆战心惊，推着木车卖"艇仔粥"的阿叔，看到日本巡逻队，立刻吓得躲到旁边，不敢出来，嘴里还嘟囔着："阴功咯，揾食都唔易。"

茶楼，作为广州人最中意的饮食和消遣场所，跟随着日本人参与经营的一些商业店铺的脚步，也恢复了之前的状态。

荣记茶楼虽然比不上"陶陶居""荣华楼"这些大店，但是因为位置在几条居民街的中间，它成为附近居民喝早茶的欢喜之地，并且有时候还会有日本人过来。

沈浩南走进里面的时候，一楼大厅的位置几乎已经坐满了。

前面的舞台上，演员正在唱《梁红玉抗金兵》的选段，喝茶的人们听得悦耳兴奋，尤其是唱到关键时候，前排的人甚至拍手叫好。当然，懂的人都懂，看上去他们是为了一出戏里的情节喝彩，其实暗含着对日本人的不满和愤怒。

荣记茶楼是一家老字号茶楼，虽然位置不在市中心，但是酒香不怕巷子深的道理让它成为很多喜欢吃早点喝早茶的老客户的欢喜之地。

沈浩南走进里面的时候，老板荣春立刻迎了上来，将他带到了旁边的贵宾席。

"老样子。"沈浩南摘下礼帽，放到旁边桌子上说道。

"好，今天沈队长怎么光临我这小地方了？莫非有什么事情？需要我帮忙尽管吩咐。"荣春从小便在这祖传的茶楼工作，和各种人打交道，察言观色，八面玲珑，看到沈浩南过来，便猜到八成是特务科有事情来这里。

"少问，少听，最安全。要知道这个世上大多数人都不喜欢太聪明的人。荣老板，这是我送你的忠告。"沈浩南摆摆手说道。

"明白，明白，沈队长，你慢慢喝，有事你招呼。"荣春帮沈浩南倒了一杯茶，连连说道。

随着韩世超对特务科人的安排，荣记茶楼很多服务员和客人慢慢被换成了特务科的人，再加上外面也被公安局和行动组的人包围，可以说整个荣记茶楼像一个铁桶一样被围了起来。

沈浩南盯着眼前杯子里的茶叶，不禁有点担心今天过来接头的人，如果真的到了这荣记茶楼怕是有来无回了。

"沈公子，想什么呢？这么入神？"这时候一个穿着警察制服的男人走了过来，坐到了沈浩南的对面，然后拿起一个茶杯自顾倒茶喝了起来。

"连队长，你不去帮着韩世超抓人，坐我这里算怎么回事？"沈浩南看一眼对方，冷笑一声问道。对面的人不是别人，正是公安局派过来协助特务科的公安局警备队队长连兆基。

"沈队长，韩世超那个人你是知道的，借着曹风的面子，天天耀武扬威的，以为自己多厉害，我早看他不爽了。整个特务科谁不知道真正靠的人是谁，那是你，沈大公子。要是没有你们沈家帮助，特务科算个屁。"连兆基喝了口茶说道。

"你可别胡说八道，曹科长可是有背景的，人家是代表日本人的，我可惹不起。至于韩世超，那可是曹科长出生入死的兄弟，这里面的水很深的，别把我往里面拉扯，我可没那兴趣。"沈浩南笑了笑，摇摇头说道。

"什么日本人，我听我们局长说了，那就是在奉天混不下去了，被赶到了这里。不过这两年曹风干得不错，抓了不少人，上面还挺满意的。我听说奉天那边会再派个人过来监督他，估计他还不知道，等到时候人来了，他脸都得气肿。"连兆基说着不禁笑了起来。

如果连兆基说的是真的，想到曹风到时候被气疯的样子，确实好笑。沈浩南不禁跟着笑了起来。

不过，沈浩南知道，现在广州的形势非常严峻。日本人自从占领这里后，对这里进行各种管控。最开始就是疯狂烧杀抢掠，甚至因为担心英国人出手，对广州这边进行闭市，对于进出人员非常严格。这种情况导致整个广东经济凋敝，奸商趁机抬高物价，结果老百姓饿死街头比比皆是。面对这种情况，日本人不得不调整方向，将国民政府推到前面，联合广州一些在民间有威望的生意人，妄图稳定市场。沈浩南的父亲沈放是广州商会的会长，也是他们主要拉拢的目标之一，沈放在被迫无奈的情况下，只好同意和他们合作。沈浩南这个特务科行动组的队长，自然也是因为他父亲才坐得稳当。

"对了，今天是南明商会开业的日子，我们局长过去了，恭喜。"这时候，连兆基说话了。

"恭喜什么？跟我有什么关系？"沈浩南皱了皱眉说道。

"这可是广州商会和日本商会合作的商会啊，你父亲沈放是会长，这以后有了日本人的背景，你们沈家那可真的厉害了。"连兆基说道。

"没兴趣，你又不是不知道，这南明商会是日本人逼着我父亲合作的，你以为他愿意？"沈浩南说着拿出一张餐巾纸，擦了擦嘴站了起来。

沈浩南走到了前面的窗边，看了一眼外面。此刻已经是晌午时分。为了生计，商贩们在门口周边高声叫卖。荣记茶楼门口的几个商贩，沈浩南一眼就认出了他们是特务科情报组的人，也许是情报工作做久了，他们的眼睛四处看着周边，根本不像是讨生活的小商贩。

"沈队长，这是你要的东西。"这时候，荣春走了过来，手里拎着几个打包好的餐盒。

"好。"沈浩南接过去,然后往后门走去。

后门门口,阿乐和几个行动组的人员正在四周守着,看到沈浩南过来,阿乐立刻跑了过来。

"给兄弟们分着吃了。"沈浩南将手里的餐盒递给了阿乐。

"谢谢队长。"阿乐看了一眼餐盒里的东西,欣喜地说道。

"还是那句话,安全第一,人抓不完。这次我们是配合工作,明白吗?"沈浩南说道。

"明白,放心吧。"阿乐拎着东西往前面走去。

沈浩南看着前面阿乐和几个手下分着餐盒里的食物兴奋的样子,他叹了口气,刚才的话如果让韩世超听到,肯定会去给曹风告密。沈浩南知道,现在曹风之所以让韩世超的情报组打头阵,是因为之前几次沈浩南带队抓人,总是心慈手软,导致明明可以多抓几个人,却被对方逃走。对于这点,曹风跟他提过几次,但是沈浩南并没有当回事,因为他从来都不想让自己彻底变成日本人的特务走狗。

回到荣记茶楼,沈浩南看到连兆基和两名警察在旁边询问一个小男孩,那个男孩看起来非常害怕,身体在哆嗦。

"干什么?"沈浩南走了过去问道。

"韩队长带来的人,说这小子有点可疑,让问一下。"连兆基说道。

沈浩南看了一眼那个小男孩,他七八岁的样子,衣服褴褛,脸上脏兮兮的,看起来应该是附近的流浪孩子,一双大眼睛看着沈浩南,充满了恐惧。

"行了,让他走吧,一个孩子,能有什么问题,韩世超也是找不到人就乱来。"沈浩南看了看连兆基说道。

"可是……"连兆基似乎有点为难。

"可是什么？有事让韩世超找我。"沈浩南说道。

"好，那好吧。"连兆基对着手下摆了摆手，然后松开了那个小男孩。

"谢谢哥哥，谢谢哥哥。"小男孩听到自己没事了，对着沈浩南连连道谢。

"还不快滚。"连兆基瞪了小男孩一眼。

那个小男孩一听，立刻转身向外跑去。

"等一下。"这时候，沈浩南忽然喊住了他。

小男孩顿时站直了身体，哆嗦着转过身看着沈浩南。

沈浩南从旁边桌子的餐盒里拿出两块叉烧，然后递给了小男孩。

小男孩看着叉烧，咽了口唾沫，然后一把夺走，狼吞虎咽地塞进了嘴里。

"赶紧走吧。"连兆基说着推着小男孩，然后往外面走去……

3. 南明商会

南明商会会馆。

这里原本是广州商会的旧址，后来因为业务改革的问题，广州商会换了新地方，所以一直空着。这次重新被利用起来，变成了广州商会和日本商会合作的南明商会会馆。

沈放走到前厅，正好看到罗明在前面的功德碑面前，于是便走了过去。

功德碑上是广州商会历届会长以及成员的名字，他们有的已经离开广州，去往海外，也有的因为其他原因离开了广州。总之，自从日本人占领广州后，商会里的很多成员都离开了，不管是为了保护广州的经济命脉还是保护个人财产，他们的离开都是正确的选择。毕竟，在日本人的管控下，这些商会的成员就是日本人案板上的鱼肉。他们不像沈放和罗明，因为是广州商会的领头人，日本人为了体面，给他们保留了几分尊严。

对于罗明能够同意出任南明商会副会长的职位，沈放知道他完全是看在自己的面子上。一直以来罗氏家族和日本人有着强烈的对抗，因为早期罗氏家族有不少亲人死在日本人的手里，所以他们恨透了日本人。如果不是因为他们的生意大多数都在广州，他们可能早就和商会其他人员一样，离开了广州。

这一次南明商会成立，主要是日本商会方面的意思，他们还派来人员三和一郎代表日本商会。作为广州商会的会长，沈放陷入了两难之中。如果不同意日本人的要求，那后果可想而知，但是如果同意了，可以说是把广州商会交给了日本人。如此做法，可以说是将沈家全部推到了汉奸卖国的地步。面对这样的情况，沈放不得已找到了罗氏家族，罗氏家族现在的负责人也就是罗明的哥哥现在不在广州，所以罗明作为罗家代表，如果可以加入南明商会，等于说可以更多地帮助沈放对抗日本商会。

面对这样的情况，罗明最终同意了沈放的请求，因为他们都明白，如果不同意日本人的合作，那么日本人肯定会想办法除掉他们，重新找一个人来作为广州商会的代表，到那个时候，整个广州商会将彻底成为日本人的囊中之物。

"今天是个大日子。"罗明叹了口气看了看沈放。

"不错，是个大日子。真希望我们不是这个日子的见证人。"沈放点点头。

"只希望外面的那些老百姓日后能够理解我们的良苦用

心。"罗明说道。

"侠之大义，为国为民。对于我们来说，能够保全商会，能够在我们最大的能力范围内和日本人抗衡，已经是最好的局面了。"沈放说道。

"听说今天你还有件事情，你失散多年的幼子要来找你？"罗明转过身来，看着沈放问道。

"对，是当年我在北方时留下的一个孩子，因为战乱，我甚至都没见过他。想想已经二十三年了，这孩子应该比我还高了。以后，我沈家的生意也就靠他们这些年轻人了。"沈放说着眼里闪出了一丝泪光。

"现在这动荡不安的广州，真不知道他过来是好事还是坏事。"罗明摇了摇头说道。

"一家人能见面团聚，总归是好事。再说他这么多年从来没见过我，想来即使这里是地狱，他也愿意过来。"沈放说着笑了起来。

"确实，就像我大哥一样，现在虽然在海外没有战争，但是毕竟那里不是他的家乡，他一直说很想回来。沈大哥，你知道我为什么会克服着被全家仇恨的阻力，来帮你和日本人合作吗？"罗明看着沈放的眼睛说道。

"为什么？"

"因为我相信总有一天日本人会离开这里，因为这里不属于他们，这里是我们的家乡，只要我们不放弃这里，商会就会一直存在，广州的老百姓就不会放弃。如果我们都走了，我们都放弃了，那其他人还怎么有信心守护这片家园？"罗明颤抖着声音说道。

沈放努了努嘴，想说什么，但是没说出来，他用力拍了拍罗明的肩膀，眼里泛出了泪光。

"沈会长，三和一郎过来了。"这时候，外面进来一个工作人员，对沈放说道。

"好，我过去了，等会儿剪彩的时候你过来。"沈放知道罗明不愿意见日本人，所以没有勉强他。

"好。"罗明点了点头。

南明商会会馆前厅非常热闹，工作人员正在准备一会儿的开业剪彩工作，日本商会为了表示诚意，特意准备了很多礼品过来，并且发给了现场人员。一些路过的百姓看到也都凑了过来争着领取礼品。

"沈桑，你看到了，我们日本商会是带着满满诚意过来的，除了这些东西，我们还会以商会的名义给医院和学校捐款，我们是真心和你们合作。"看着前面对礼品争来抢去的人员，三和一郎得意扬扬地说道。

"三和君，感谢你们商会的厚爱，不过这些小小的东西和捐款，可能并不会让这里的人有多高兴，毕竟你们日本军队在这里搜刮抢掠的东西要远远多于这些。不过我希望军队是军队，商会是商会，你明白我的意思吗？"沈放看着那些抢夺礼品的人，不禁怒火中烧，但是很快他冷静了下来，这样的局势下，他理解眼前这些人的举动。

"这个自然，请沈桑放心，我可以保证我们的合作不会被日本军方骚扰，并且我作为日本商会的代表，会全力保护我们南明商会的利益。"三和一郎沉声说道。

很快，到了开业剪彩的时候。

这次剪彩，沈放特意请来了佛山的醒狮团队，这种起源于明代的传统艺术，是佛山民间的庆祝方式。醒狮原名瑞狮，鸦片战争时期，因为"瑞"字方言谐音"睡"，所以具有民族忧患意识的佛山人将其改为"醒狮"，寓意"有华人之处，必有醒狮"。这也是沈放的意思，虽然这个南明商会是和日本商会合作，但是并不代表他们向日本人屈服。

随着礼炮的响起，早已经准备好的醒狮登场了。

只见旁边锣鼓骤响，如雷震天，一头金红相间的醒狮猛然腾跃而出！狮头高昂，双目炯炯生威，额上"王"字凛然生光，狮身随着鼓点起伏翻腾，仿佛真兽苏醒。

忽而鼓声急促，醒狮一个箭步跃上高桩，前爪虚探，后腿紧绷，狮尾随势一摆，稳稳立于桩上。观众屏息凝神，只见它忽而低头嗅探，忽而昂首环顾，活似猛兽巡山。猛然间，鼓点如雨，醒狮腾空连跃三桩，狮头一甩，鬃毛飞扬，落地时却轻若鸿毛，引得满堂喝彩！

醒狮讲究的是最后的采青，也预示着吉祥如意的意思。只见眼前的醒狮到了最后的采青环节，悬挂于高处的"青"随风轻晃，醒狮故作迟疑，绕桩徘徊，忽而一个"狮子翻身"，后腿蹬桩借力，凌空叼住"青"叶。

鼓声戛然而止，醒狮衔"青"而舞，时而顽皮甩头，时而匍匐谢礼，最后"吐青"散福，菜叶纷飞中，狮口竟垂下一张红布——"吉祥如意"！

霎时锣鼓喧天，醒狮在如潮掌声中摇头摆尾，腾跃退场。

"沈桑，我觉得这头狮子就像我们日本商会和你们广州商会，尤其是最后的点睛之笔，堪称绝妙。"三和一郎看着眼前的醒狮，不禁说道。

"三和先生，你错了，你可能不了解我们的传统。这个传统名为醒狮，从明朝开始发展到今天，意思是东方雄狮不再沉睡，苏醒的狮子必然雄霸崛起,不再被人欺辱。"旁边的罗明听后忽然说话了。三和一郎脸皮颤抖了一下,没有说话。

沈放拉了拉罗明,嘴角却带着一丝压抑不住的微笑……

4. 目标出现

距离情报上提供的时间已经过去了二十分钟,荣记茶楼的客人陆陆续续已经离开了不少,剩下的大部分都是警备队和情报组乔装的客人。

荣记茶楼的伙计和跑堂看着荣春,目光充满了无奈。按照时间,他们这个时候应该出去买菜,然后准备中午的饭食材料。可是,因为特务科的要求,他们所有人都不能离开现场。

荣春拿出手帕擦了擦额头上的汗,鼓足勇气走到了门口的韩世超面前。

韩世超坐的位置正好可以看到门口外的三条马路,只要有人过来,尽收眼底。情报组的人都在不同的位置来回走动,可以说整个抓捕网布置得密不透风,只要对方从前面过来,就别想离开。

"韩队长。"荣春端起茶壶给韩世超倒了一杯茶,小心翼翼地说道。

"说。"韩世超一边吃着瓜子一边看着前方。

"这马上中午了,我这儿的伙计得出去采购中午饭食用的东西,你看能不能……"

"说什么呢?"没有等荣春说完,韩世超便打断了他的话,然后对着他吐了一个瓜子皮,"现在什么时候,荣老板,你不会不知道吧?要是放走了疑犯,别说你这茶楼开不开,你能不能活着都不知道！"

"这？"荣春顿时愣住了。

"荣老板，我是看在平常你对我们还不错，才没有和科长说你的问题。要不然现在你应该在我们特务科接受审讯，为什么对方选择在你这里接头？你是不是和对方有关系？你也知道，进了我们特务科的审讯室，有几个能安然无恙地出来？"韩世超说着站了起来，凑到了荣春的面前说道。

"是是，我明白了，我明白了，谢谢你韩队长。"荣春的额头上顿时冒出了冷汗，他不敢再说什么，立刻往回走去。

"韩队长，你这么搞，我估计我们在这儿等一个月也没人过来接头。"这时候，后面的沈浩南走了过来。

"什么意思？"韩世超不明白沈浩南的话。

"对方既然选择在这里接头，自然是觉得这里位置和人流都不错，如果我们搞得人家荣记茶楼连饭食都没有，甚至真正的客人都没几个，你觉得对方会出现吗？再说了，对方既然敢来这里，肯定不是一般人，难道会看着这里情况有问题，还傻呵呵地过来被我们抓吗？"沈浩南说道。

"你的意思是？"沈浩南的话提醒了韩世超，他不禁皱了皱眉头，眼神也有点愕然。

"荣老板，让伙计该去买菜就去买菜，平常是什么样子就是什么样子，对了，今天估计人多，所以伙计一个人肯定不行，让韩队长找个人帮忙一起过去。这么大的一个茶楼，总要有正常营业的样子才行，不然傻子都能看出这里有问题。"沈浩南看着荣春说道。

"可、可以吗？"荣春听到沈浩南说的话，有点意外，不知所措地看了看旁边的韩世超。

"看我干什么？沈队长说的话没听见吗？"韩世超的脸色有点难看，显然沈浩南的话是对的，韩世超不愿意认错，但是又找不到反驳的话，所以有点生气。

"好，谢谢，谢谢沈队长。"荣春顿时明白了沈浩南的意思，不禁连连说道。

荣春立刻安排伙计准备出去买菜，韩世超这边则找了一个人跟着一起过去。

"沈公子，我听说前面的南明商会今天刚刚开业，会长是您的父亲沈放，您怎么没过去站站台，看一看呢？"韩世超看了看沈浩南问道。

"韩队长真是贴心，对于我的家事还这么关心。我不太喜欢这种商业性的活动。再说了，我父亲是我父亲，我是我，希望韩队长明白这个情况。"沈浩南扫了韩世超一眼，不禁冷声说道。他非常讨厌别人拿父亲和他说事，有时候他也知道对方可能是无意的，但是遇到一些别有用心的人，那都是麻烦事。尤其是这个韩世超，在沈浩南进入特务科工作的时候，父亲曾经和他谈过一次话。当时沈浩南其实是排斥进入特务科工作的，虽然为了大局他同意了，但是从他的眼神里可以看出拒绝和无奈。

"广州现在的状况你看得到的，我们做生意的人其实完全可以离开，无论是去海外还是其他地方，找个安全的地方是完全没问题的。但是这个时候我把你从国外喊了回来，你可知道为什么？"沈放问道。

"父亲说过，无论什么时候，全家人在一起才是最重要的。"沈浩南说道。

"这只是其一，真正的原因是我们沈家的身份。我们沈家在广州是所有人眼里的信念，如果我们也像其他人一样抛弃这里，也就相当于广州商会放弃了这里,那么这里所有的生意和经济也就不复存在了。日本人可以占领我们的土地,可以残害我们的肉体,对于这一切我们无能为力,但是我们的精神他们无法侵入,只要我们沈家还在这里,广州商会就在这里。特务科为什么要请你过去工作,他们一样是看中了我们沈家在广州的身份。阿南,谁说去了特务科就一定是一件坏事?一张白纸即使沾上了黑色的墨水,但是只要还有白色,那就不是全黑,如果特务科里全是曹风、韩世超这类人,那才是我们所有人最痛苦的事情。我希望你做特务科里那一张白纸,即使会被沾上黑色的墨水,但是至少你的底子是白色的。"沈放激动地说道。

"父亲,我明白了。"那一刻,沈浩南才明白了父亲的意思,父亲说得没错。特务科虽然是一个让人厌恶的地方,但是如果自己进去了,可以利用自己的身份做一些事情。所以,后来父亲做的一些事情,包括和日本商会合作南明商会,即使父亲不说,沈浩南也理解他的良苦用心。

这个时候,前面走过几个人,三辆人力车跟着跑了过来,在荣记茶楼的门口停下,然后从车上下来三个人,朝着荣记茶楼走了过来。

看到三个人的样子,茶楼里的所有人都愣住了。因为走过来的三个人从身高、形态到穿着都一模一样。

韩世超一下子站了起来,对着前面的人挥了挥手,然后走到了门口。

三个人走进了荣记茶楼,他们穿着灰色的衣服,戴着墨镜和礼帽,手里都拎着一个黑色的皮箱,站在门口他们张望着里面。

沈浩南身后的连兆基他们不禁站起来想要走过去,但是沈浩南却拦住了他们。

那三个人看了看荣记茶楼一楼的情况，分别找了三个不同的位置坐了下来。

一时间，荣记茶楼的空气仿佛凝结住了一样，所有人的心都跳到了嗓子眼，情报组的人全部蓄势待发，随时等待韩世超的命令……

5. 初入羊城

他抬起了头，看了看镜子里的自己。一张阳光朝气的脸，两只眼睛又圆又大，他尽量使自己的笑容平和一些，但是嘴角的颤抖让他的笑容显得有点扭曲。

他舒了口气，然后走出了卫生间。

他的名字叫沈浩天，他是广州商会会长沈放失散多年的幼子，他的母亲叫周淑君。

他的父亲和母亲是在武汉的黄鹤楼相识，当时沈放生意失败，是周淑君和她的家人照顾他，因为家里的生意，沈放不得不回去，离开了武汉。后来，周淑君发现自己怀孕，然后被固执又好面子的父亲赶了出来。好在周母暗中授意一个远房亲戚收留了她。于是周淑君一人将孩子生了下来，虽然日子艰苦，但还是将他养大成人。

后来，周淑君病重，给沈放写了一封信，告诉了他沈浩天的存在。于是在母亲去世后，沈浩天便踏上了前往广州的旅途。因为战乱，经过千辛万苦，他终于来到了广州。

在车站门口，他看到了一个举着自己名字招牌的男人，便走了过去。

这是沈放安排过来接他的人，老更。老更热情地帮他将行李放到车上，载着他往前开去。

"我们这是去哪里？"坐到车上后，沈浩天问了一下。

"今天是南明商会开业的日子，沈爷说让我带你去现场。"老更开着车说道。

"不回家吗？"沈浩天有点意外。

"沈爷说今天是个大日子，可能会有其他安排，等忙完了再回去。"老更说道。

"好吧。"沈浩天没有再说话，转过头看着窗外的风景。

在没来广州之前，沈浩天听过很多关于广州的说法，印象中这是一个美丽的城市，人们奔走在街头，路边开满了红棉花。可是此刻，看着窗外的风景，沈浩天的内心陷入了巨大的落差中，因为街头看起来非常萧条，到处都是日本人在这个城市留下来的残害的证据，虽然表面看起来已经停止了侵害，但是城市的伤口却在流血。

"家里是什么情况？"沈浩天转过头，看了看前面开车的老更。

"沈爷为人低调，不喜欢热闹，家里的情况也很简单，人不多。除了沈爷和夫人外，就只有大少爷。用人方面只有一个负责搞卫生、做饭的林嫂。平常有事我负责开车接送沈爷他们。"老更说道。

沈浩天没有再说话，只是轻轻抚摸着手里的一枚玉佩。

车子很快来到了一条大路，然后在前面停了下来。

沈浩天下了车，一眼便看到了眼前的南明商会。这里是会馆的侧门，前面不远处的正门口正热闹，似乎有人正在发放东西，旁边站着几个人在说话。

"沈爷就在前面，要不要过去？"老更看了看沈浩天问道。

"先、先不要吧。他这会儿正忙，我、我有点累，想找个地方休息下。"沈浩天慌忙说道。

"好，那就去会馆二楼吧，那里有休息的房间。"老更说道。

"我自己去吧，你去忙吧。"沈浩天笑了笑说道。

"那好，二少爷您自便。对了，今天人多眼杂，您最好不要离开会馆，家里给您备了接风宴，等这里的仪式结束了，沈爷就会带着你回去。"老更说道。

"我知道了。"沈浩天说完直接往前面的南明商会会馆走去。

从楼梯上来，沈浩天才发现二楼有好几个房间，他也不知道哪个房间是休息室，此刻二楼也没有人，他四处看了看，只好随意推开了其中一个房间的门走了进去。

"是不是快开始了，我马上就好。"一进去，房间里突然有人说话。

沈浩天抬眼看到一个女孩坐在前面，背对着自己。女孩正在换衣服，上身只穿着一件内衣，雪白的肌肤格外耀眼。

"你、你谁啊？"这个时候，外面进来一个女人，看到沈浩天，愤怒地喊了起来。

前面换衣服的女孩转头一看，慌忙拿起旁边的衣服遮住了自己的胸口，大叫了一声。

"对不起，我、我走错房间了，真的抱歉。"沈浩天脸一红，慌忙说道。

"哪里来的野小子，这里是什么地方，能走错房间？"女人一把抓住了沈浩天的衣服，然后用力将他往前推去，沈浩天没有防备，整个人一下子摔倒在地上，手里的玉佩跟着滚了出去。

"阿姐,等一下。"这时候,那个女孩已经穿上了衣服,她看到地上的那枚玉佩,愣了一下,然后对着后面的女人喊道。

沈浩天慌忙站了起来,然后说道:"对不起,我真的不是故意的,我是来二楼休息的,因为第一次过来误闯了小姐的房间,对不起,实在不好意思。"

"不行,跟我下去,我今天非要你好看。"那个叫阿姐的女人生气地说道。

"好了,阿姐,多一事不如少一事,再说他也没做什么,可能真的是走错房间了。"女孩说着走到了沈浩天旁边,然后拉开了那个女人。

"算你走运,还不赶紧滚。"阿姐瞪了沈浩天一眼。

沈浩天对着那个女孩低头再次道歉,然后快步向前走去。

"等一下。"女孩忽然喊住了他。

沈浩天停住了脚步,然后转过了头。

"这个是你的吧?"女孩拿着那枚玉佩,递给了沈浩天,原来刚才沈浩天被那个女人推倒在地,手里的玉佩也掉了出来。

"谢谢,是我的东西,并且是非常重要的东西。"沈浩天接过了那枚玉佩说道。

"走廊尽头的房间都可以休息,下次进房间之前记得敲门。"女孩说着笑了笑。

"好、好的。"女孩的大度和劝告,让沈浩天更加脸红尴尬,他转过身快速地离开了房间。

"木兰花,你就这么放过他了?这个登徒子,要是让老板知道,非挖了他的眼不可。"阿姐恨恨地说道。

"阿姐,我不是说了,多一事不如少一事,今天这么多人,都是有头有脸的人物。再说我们本来应该从前门过来的,我是不想应付那些人才从侧门偷偷来这里的,如果让人知道了这事情,还不知道会被外面的人怎么说。我看时间差不多了,咱们下去吧。"木兰花说道。

"好吧。"阿姐不再说什么。

此刻,楼下突然传来一声枪响,还有人们的尖叫声。

"发生什么事了?"木兰花脸色一变。

阿姐也是一脸茫然,她看了看木兰花说:"这样,你在房间待着,我下去看看,无论发生什么事你都不要出来。"

"好。"木兰花点了点头。

6. 意外发现

砰!不知道是谁开的枪。

整个荣记茶楼顿时乱成一片,在喝茶的客人直接叫着往前跑去,而调查科情报组和警备队那些人也跟着往后面躲。

听到枪声后,外面的情报组的人以及后门行动组的人也全都冲了进来,一时间,整个荣记茶楼大厅挤满了人。那三个穿着一样的人跟着混入了人群中。

"都给我安静,安静。"气急败坏的韩世超拿起枪,冲着上空开了几枪。于是,所有人都停住了脚步,站在原地不再说话。

"跑了,韩队长,人跑了。"突然,门口站着的一个情报组人员指着门外大声叫了起来。

听到那个人的声音,所有人立刻走到门口往外看,果然刚才那三个穿着一模一样的人正拎着皮箱往前跑去。

"追,快给我追,记住要活的,要活的!"韩世超歇斯底里喊道。

于是，所有人都冲了过去。

沈浩南并没有出去，他只是看着那些人像疯子一样跟着韩世超追了出去。

从荣记茶楼的门口正好可以看到前面韩世超带人追赶那三个人，他们的距离并不远，但是因为那三个人先跑，所以韩世超他们一时半会儿没追上。

"沈队长，你没过去？"荣春看到沈浩南站在门口，不禁问了下。

"有什么好去的，不管是什么人，都是中国人。"沈浩南叹了口气说道。

"可不是，也不知道韩队长他们这些人怎么想的？比日本人对中国人还差，看起来这三个人跑不了了，唉，进了特务科的审讯室，不死也要脱一层皮。"荣春摇着头回去了。

沈浩南走出了荣记茶楼，然后慢慢向前走去。

这个时候，那三个人已经到了前面的三岔口，像是约定好的一样，直接分成三组向前面三个不同的路口冲去，这让后面带人追过去的韩世超一下子愣在了那里。因为三个人的装扮一模一样，所以根本分不清谁是谁。

韩世超没有多想，立刻将人分成三组，然后每个组追击三个不同的方向。

沈浩南看到阿乐他们也被韩世超分配往中间的街道追去，于是便快步跟了过去。

中间的街道叫广安路，前面不远处就是今天开业的南明商会。如果让那个人闯进了南明商会，恐怕后果不堪设想。要知道今天南明商会开业，会有不少大人物过来参加开业仪式。

沈浩南快速向前追去。此时阿乐他们已经来到了南明商会的门口,有人甚至冲进了南明商会门口的人群中。

看到这个状况,南明商会的保安和三和一郎带来的人立刻站到了他们面前,拦住了阿乐他们。

"阿乐。"沈浩南走了过来,喊住了他。

看到沈浩南,前面站着的沈放也对身后的保安和日本人摆了摆手。

"怎么回事?"沈放走到沈浩南面前问道。

"我来说吧。"后面忽然传来一个声音,韩世超带着人从后面走了过来。

"韩世超,你什么意思?"沈浩南看了看韩世超,低声问道。

"沈会长,真是不好意思。我们在抓疑犯,没想到有一个跑进了你这商会里面,所以只好请您配合一下,我们保证,找到人立刻离开。"韩世超对沈放说道。

"我如果不配合呢?"沈放盯着韩世超问道。

"沈会长,不要为难我了。您知道这抓人是日本人给的任务,我们也没办法。"韩世超笑着说道。

"少拿日本人压我,今天是南明商会开业的日子,你这么搞我倒没什么,就是不知道日本商会的人会怎么想?"沈放冷笑一声,然后看了看旁边的三和一郎。

这时候,一辆车从前面开了过来,一个四十多岁的男人从车里下来了。

看到那个男人,韩世超脸上一下子露出了欣喜的笑容,然后立刻带着人迎了过去。

从车上下来的男人不是别人,正是特务科的负责人曹风。

韩世超快速将事情的经过和曹风说了一下,然后带着曹风来到了沈放众人面前。

"沈会长，今天真是不好意思。本来我应该代表特务科过来恭喜你的，但是这任务在身没有办法分身，没想到最后还得过来。"曹风微笑着对沈放说道。

"曹科长，您客气了。"沈放努力挤出了一个笑脸，对他说道。

曹风接下来走到了三和一郎的面前，然后凑到他的耳边说了几句话，三和一郎没有说话，铁青着脸，最后点了点头。

韩世超转头对后面的人说道："快，把这儿围起来，一个都别放了。"

情报组的人和警备队的人快速冲了进去，然后将南明商会的前后左右团团围住。曹风和韩世超则将沈放以及三和一郎这些重要人物请到了里面。

沈浩南感觉非常尴尬，作为沈放的儿子，特务科行动组的队长，一边是自己的父亲，一边是自己工作的地方，他确实不知道该怎么选。

不过现在曹风来了，于是他快速走进去，然后来到了父亲的身边。

"你别管我，阿天今天来这里，我听老更说他在二楼休息，你去找到他，最好带他离开这里。"沈放低声对沈浩南说道。

"明白。"沈浩南立刻知道了父亲的意思，然后穿过人群，快速向二楼走去。

人群后面，韩世超的眼睛一直在沈浩南的身上，看到沈浩南向二楼走去，于是他立刻摆了摆手，身后的两个手下快速跟了过去。

沈浩南快速来到了二楼，看了看眼前的房间，一时间不知道该去哪个房间找沈浩天。

对于弟弟沈浩天今天来广州的事情他是知道的,甚至父亲说了今天早点回家吃饭,给弟弟接风洗尘。只是没想到遇到了今天的事情。说起这个弟弟沈浩天,沈浩南从来没见过,甚至他是什么样子,高矮胖瘦,都不知道。

这时候,前面一个房间的门响了一下,一个二十多岁的男子从里面走了出来。

沈浩南刚想过去问一下,结果没想到身后突然多出来两个人,他们正是受韩世超派遣追过来的人,两人二话不说,直接冲过去将那个男子按在了地上……

7. 无奈之举

沈浩南看到韩世超的人将那个男子按住,他本来想过去询问一下,但是阿乐从后面跑了过来,在他耳边低声说了几句话。沈浩南也顾不上其他,立刻转头向楼下跑去。

此刻的南明商会会馆非常热闹,比起刚才开业人更多了。只不过在门口,特务科和警察拉开了警戒线,围观的人群并不能看到里面的具体情况。

一楼的茶水间,韩世超正在打开一个行李箱,翻看着里面的东西,除了一些生活用品外,剩余的便是一些衣服。

旁边站着一个女孩,眼神有点害怕,看到韩世超将行李箱里的衣服取出来,她不禁想过去阻拦,却被旁边韩世超的手下拦住了。

这时候,门被撞开了,沈浩南阴沉着脸走了进来,看到韩世超在翻看女孩行李箱里的衣服,其中甚至有一些贴身衣物,他顿时一脚将行李箱踢到了旁边。

女孩看到沈浩南,脸上立刻露出了欣喜的表情,眼神里却充满了委屈。

"沈队长,你这是做什么?"韩世超被沈浩南的举动搞得火冒三丈,他强忍着怒火问道。

"我倒想问问韩队长,放着外面一大堆人不去调查,反而在这里看一个女孩的私人用品,这是何意?"沈浩南走到女孩面前,然后看着韩世超。

"南哥。"女孩立刻挽住了沈浩南的胳膊,眼泪跟着落了下来。

"潘颖,刚才你说你来这里是找你男朋友?你别告诉我,你男朋友就是他?"韩世超忽然明白了过来,然后看着女孩问道。

"你少在这大呼小叫,不错,这是我女朋友潘颖,今天从武汉过来找我的。怎么?韩世超,放着外面那么多嫌疑人不去调查,你专门来这里单独调查我女朋友,你安的什么心?信不信我杀了你?"沈浩南一下子揪住了韩世超的衣服领子,怒声质问他。

"沈浩南,你、你要干什么?"韩世超被沈浩南的举动吓住了,一直以来沈浩南都是温文尔雅,说话很客气,即使生气也从不失风度。现在沈浩南的眼神多了一分凶狠和杀意。

"干什么?你们在干什么?"这时候,曹风从门外走了进来,看到韩世超和沈浩南的举动,不禁怒声喊道。

沈浩南看到曹风,松开了韩世超。

"科长,我正在盘查可疑人员,这沈浩南突然闯进来,并且还想要杀了我。"韩世超对曹风说道。

"闭嘴。"曹风看了看沈浩南问道,"怎么回事?"

"科长,这位潘颖小姐是沈队长的女朋友,最开始她就说了身份,但是韩队长不相信……"后面的阿乐说道。

"问你了吗?有你说话的份儿吗?"韩世超瞪了阿乐一眼。

"行了,今天是我们的大日子,外面还有一堆事情,你们两个带头在这里内讧。浩南,你也理解下,毕竟潘小姐出现的场合有点问题。刚才我在外面查到个保安队长有问题,他还是三和一郎找来的,并且三和一郎还帮他做担保,但是我们这次的事情太大了,不能有任何闪失。不过既然潘小姐是沈队长的女朋友,自然也不怕调查了。"曹风笑呵呵地看着沈浩南和潘颖说道。

"既然科长这么说了,我也没什么好说的,不过调查归调查,也应该走正常程序吧?"沈浩南的情绪平复了下来。

"那是自然,这样,潘小姐,你先去楼上找个地方休息,我们这边核查完毕,没有问题了,我让他亲自给你赔罪。"曹风说着揪住了韩世超的衣服领子说道。

潘颖看了看沈浩南,目光忐忑。

"阿乐,你陪着潘小姐,有事跟我说。"沈浩南对后面的阿乐说道。

"放心,保证没问题。"阿乐笑了笑,然后走过来拿起了潘颖的行李箱,带着潘颖走了出去。

房间里只剩下了沈浩南和韩世超。

曹风抽出一根烟,点了几次没点着,旁边的韩世超赶紧过去帮忙,但是被曹风瞪了一眼骂道:"滚。"

韩世超垂头丧气地站在一边不再说话。

"这次的任务非常重要,并且还涉及南明商会会馆,刚才我接到奉天的电话,上面的意思很简单,除了让我们无论如何都要找出'红棉'外,他们还会派一名专员过来协助我们。这一次的情况不比以往，如果出了差错，我们怕是没好日子过了。所以现在外面调查的可疑人员，不管是什么人，什么身份，一律核查清楚，谁的面子都不给。"曹风干脆将烟取了下来，看着韩世超和沈浩南说道。

"放心，科长，有你这句话，就是日本人来了我也不会留手。"韩世超一听，立刻立正站好。

"为了安全起见，现在你们带人到外面核查，凡是可疑的，全部带回科里进行审查，包括，包括潘颖小姐。"曹风说完看了沈浩南一眼，转身走了出去。

曹风的话已经很明确了，虽然潘颖证明了她是沈浩南的女朋友，但是只要没有确凿的证据，依然是怀疑对象——无论对方是谁，什么身份，谁的面子都不给。

沈浩南愣住了，他不知道曹风的话是为了震慑自己，还是说这一次事态真的这么严重。

对于潘颖他其实并没有多担心，因为潘颖的底子他非常清楚，他们之间的相识也很简单，之前他还专门调查过潘颖的情况，她就是一个普通的中学老师。反而让他担心的是自己那个素未谋面的弟弟沈浩天。因为刚才父亲跟他说，弟弟沈浩天就在楼上，也是刚刚来到广州。他一个从未和沈家见过面，并且从外地过来的陌生人，还特别巧合地出现在了这南明商会会馆，虽然有父亲和自己可以做证，但是刚才曹风已经说了，他们的担保显然已经没有任何作用。

"沈队长，你放心，只要你女朋友没事，我们不会为难她的。刚才的事情是我唐突了。"韩世超看到沈浩南的表情，于是拍了拍沈浩南的肩膀。

"刚才我太着急了，是我的不对，韩队长，你别放心上。"

沈浩南笑了笑说道。

8. 嫌疑之人

二楼房间里一共被拉出来三个人，几个自称特务调查科的人正在排查他们的身份。沈浩天看了看旁边那个女孩，那是刚才他无意中闯入对方房间的女孩，她的名字叫木兰花，是樱花夜总会的歌女。另外是一个男人，名字叫左向风，是从奉天回来的生意人。

几个特务拿着他们的证件看了又看，其中一个仔细打量着沈浩天，眼睛仿佛要看穿他的五脏六腑。

"看够了没有？"对方的这种眼神让沈浩天有种说不出的压抑，这让他想到过去的一些经历。

"看你怎么了？你说你是沈会长的儿子，我怎么从来没听过沈会长有两个儿子？老实说，你到底是谁？"沈浩天的态度惹恼了对方，对方一把抓住了他的衣服领子。

"我说了，我是沈放的儿子，我叫沈浩天，你若不信，找来我父亲一问便知。还有，松开你的手。"沈浩天看着对方，怒声说道。

"你……"对方刚想说话，旁边的一个小胡子男人却拦住了他，然后拉开了他。

沈浩天冷眼看了他们一下，整了整衣领。

这时候，阿乐带着潘颖从楼下走了上来。看到阿乐，那个小胡子男人立刻走过去指着潘颖说道："正好，阿乐，你让她过来一下。"

"什么事？"阿乐不明白。

"你过来。"小胡子直接拉着潘颖走到了沈浩天的面前，然后问道，"你认识她吗？"

沈浩天看了看眼前的潘颖，摇摇头。

"那你认识他吗？"小胡子又问了一下潘颖。

"我刚到这里来，不、不认识。"潘颖也摇了摇头。

"那就好。"小胡子冷笑一声然后对后面的人说道，"把他们三个全部带走，直接带回去。"

后面的特务立刻围了过来，拉住了沈浩天和木兰花他们。

"你们干什么？你们疯了吗？"木兰花大声叫了起来，"我可是南明商会会长邀请过来的客人。"

"闭嘴吧，他还说自己是南明商会会长的儿子呢？你们放心，如果你们真没问题，肯定不会有事。"小胡子说完往前走了几步，忽然想起了什么，转身指着旁边的潘颖对阿乐说道，"对了，还有她，一起带回去，曹科长说的。"

沈浩天、木兰花、潘颖以及左向风四个人被带到了楼下，上了一辆行动车。

特务科的行动车是改装的车子，后面空间很大，类似于小型的军用卡车。四个人两两对坐，沈浩天和左向风坐在一起，对面的则是木兰花和潘颖。

"这叫什么事？我的朋友会来找我的，一定会的。"左向风对于此刻的遭遇，痛苦地说道。显然，从他的口气里可以听出来，他的朋友不一定会来找他。

沈浩天靠着车厢壁，微微闭着眼睛，此刻的他一句话都不想说。对于这个所谓的特务调查科，他非常清楚，因为在来这里之前他就知道，自己的哥哥沈浩南就在这个特务科工作，还是行动组的队长。刚才他说出自己的身份，那个小胡子的表情和他后来做的事情表明，他们与沈浩南应该是对立的，但是也有一丝惧意。如此看来，沈浩南的这个特务科工作做得应该也并不好。想到这里，他睁开眼看了看对面的潘颖，刚才那个小胡子将潘颖拉过来和自己对质了一下，显然对面的潘颖应该也是和沈家有关系的，要不然小胡子不会问他们那种问题。潘颖的年龄看起来和自己相仿，并且她说自己也是刚来这里，对于沈家的情况，沈浩天来的时候做过调查，并没有潘颖的资料和信息，那她会是谁呢？

或许看到沈浩天在打量自己，潘颖抬起了头，然后冲着他微微点了点头。

"你怎么称呼？和沈家是什么关系？"沈浩天干脆问了起来。

"我叫潘颖，我是沈浩南的女朋友。"潘颖咬了咬嘴唇说道。

"沈浩南有女朋友？我怎么不知道？"这个确实是沈浩天没有想到的，他不禁脱口而出。

"你不也是第一次来这里吗？人家有没有女朋友你怎么会知道？"旁边的木兰花说道。

"是，也是，真不好意思。"沈浩天不禁挠了挠头。

"怪不得刚才那小胡子问你们互相认识不认识，很明显是给你们下了圈套，两个都是从外面来的人，肯定不认识。"左向风叹了口气说道。

"沈浩南肯定会救我们的，他可是特务科的队长。"潘颖说道。

"这次的事情看起来很严重的，要是他真能保你们没事，怎么会让你们现在被带走？恐怕他在特务科也就是一个花架子，说不上话。我们只能听天由命，希望特务科的人早点找到他们要找的人,还我们清白。"左向风苦笑着说道。

"你指望他们放你走,别想了。我之前听客人说过,凡是被特务科抓进去的人,基本上没有能活着出来的。他们的审讯室,堪比阴曹地府、无间地狱。"木兰花声音颤抖着说道。

"别说话,都给我闭嘴。"这时候,前面的车窗被坐在前面的特务科的人用力拍了几下。

四个人没有再说话,车厢里一片安静,静得只有车子颠簸的声音。

阴曹地府,无间地狱。

听到木兰花说的这四个字,沈浩天不禁觉得特别熟悉,很快,记忆浮出水面,随即出现了一些残缺不全却痛苦不堪的画面。这让他的脑袋瞬间隐痛起来,于是不禁捂住了脑袋,发出了轻微的痛苦声。

"你没事吧?"对面的木兰花看到沈浩天的样子,顿时问道。

"没事。"沈浩天说着慢慢抬起了头,刚才的隐痛也慢慢消失了。

车子继续向前开着,像一头负重前行的老牛,偶尔发出几声低沉的喘息……

9. 愤怒之火

啪,沈放将手里的茶杯摔到了地上。

旁边的人都不敢说话,他们能感到愤怒的火焰在沈放的眼里燃烧,如果不是旁边的人拦着,他可能早就冲出去了。

曹风刚才的话已经很清楚了,并且连旁边三和一郎的面子都没给。

"沈桑，你放心，我立刻给上面打电话，我不会让今天的事情就此作罢。今天是我们合作的商会开业之际，特务科的这种做法我无法忍受。我带来的保安队长也被他们抓走了，这，简直是不把我们日本商会放在眼里。"三和一郎同样愤怒，要知道为了这一次南明商会的合作，三和一郎是费尽了心思，用了各种办法才和沈放谈好。

对于这一次的合作，沈放其实也承受了很大的压力，并且最主要的突破口就是沈浩南在特务科工作，当时三和一郎还说，这对他们以后在南明商会的合作而言会有很好的监督。可是没想到，这开业仪式上发生的事情却显示其实沈浩南在这特务科根本没有任何作用，甚至眼睁睁看着自己的亲人被带走却无能为力。

因为南明商会开业仪式上发生的突变，现场混乱不堪，而且这次请过来的嘉宾，除了一些商业上的重要人物，更有政府的官员。本以为现场发生的事情，对于曹风的放肆做法，政府官员会做出一些表态，但是这些人却都纷纷避开。

沈浩南进来的时候，沈放的火气已经没多少了，旁边的管家老更给他重新倒了杯茶。

"沈队长忙完了？现在才想起来你父亲这边的事情了？"沈放看了沈浩南一眼说道。

沈浩南没说话，走到旁边一屁股坐了下来。

"老更，你先出去吧。"沈放看到沈浩南的样子，似乎明白了什么，然后抬头对老更说道。

老更点了点头，走出去后把门关上了。

"怎么不说话？你那个女朋友不是也来了，你沈队长把她安置在哪里了？"沈放又问道。

听到父亲问起女朋友的事情，沈浩南一下子站起来，怒声骂起来："什么狗屁队长？当初我就说不喜欢这个东西，是你非让我去。爹，当初你要听我的，离开广州，我们现在至于这样吗？这个城市已经没有秩序了，你为什么非要贪恋这个商会会长的头衔？我就不明白了，你年轻的时候不也是铁骨铮铮的汉子吗？"

"你他妈的给我闭嘴，闭嘴！"对于沈浩南的质问，沈放刚刚消下去的火，顿时又起来了，他指着沈浩南大声骂起来。

"你骂我没用，有本事你去骂曹风，去找日本人去！我们沈家当初给了曹风他们那么多钱，现在在关键时刻不还是一点用都没？对了，你那没见过面的小儿子，还有我女朋友，全被带走了。我现在也没时间在这和你说什么废话，我得回去，免得韩世超对他们使坏。"沈浩南走了两步，然后说道。

"你，你见到了浩天，要照顾下他，他毕竟是你弟弟。"听到沈浩南说起了沈浩天，沈放的语气不禁软了下来，甚至带着一丝颤抖。

"现在他的身份还没搞明白，具体的情况要等确定了再说。不过既然他是我们沈家的人，曹风和韩世超还不至于为难他。倒是你，小心一点吧，这南明商会表面看是为了广州经济的发展，其实在老百姓眼里就是一个讨好日本人的东西。"沈浩南看了父亲一眼，走了出去。

房间外面，老更看到沈浩南出来，跟过去说道："少爷，你误解老爷了，其实……"

"你别说了。"沈浩南摆了摆手往前走去，走了几步他似乎想到了什么又停了下来，看了看老更说道，"更叔，我听说你见了他？"

"你是说小少爷？"老更愣住了。

"对，他怎样？"沈浩南抿了抿嘴问道。

"和你很像，很帅气，也很和善。等你见到他就会知道，其实他吃了不少苦的。"老更对于沈浩天的过去比较清楚。

"好了，我知道了。"沈浩南点了点头，然后快步向前走去。

门外，阿乐已经备好了车，看到沈浩南出来，立刻给他打开了车门。

沈浩南上了车，然后直接问道："韩世超他们将人带到了哪里？"

"这个不清楚，科里的兄弟说人是分开带走的，第一辆车是四个人，后面又带走了两个。"阿乐说道。

"后面带走了两个？是什么人？"沈浩南不禁愣住了。

"一个是这负责安保的保安队长，好像叫秦骏，另一个是南明商会的副会长罗明。"阿乐说道。

"罗明？罗氏家族的罗明？他怎么会被带走？"沈浩南更加迷惑了，罗氏家族是现在广州仅次于沈氏家族的富商，沈浩南的父亲之所以能够得到广州商会的同意，和三和一郎合作南明商会，正是因为争取到了罗明的加入。因为罗氏家族和日本人有着血海深仇，罗明也是看在沈放的面子上才同意加入南明商会的，所以罗明被带走，这让沈浩南非常意外。

车子开了，沈浩南陷入了沉思中。

根据现在的情况看，这一次的"红棉"行动应该是曹风早有预谋的。按说这抓捕人的事情应该是沈浩南行动组的事情，但是曹风却让韩世超提前介入，并且让沈浩南配合他。所以曹风其实是早就想到了他们的行动会牵连到南明商会的开业仪式，如果让沈浩南带队，鉴于南明商会的会长是沈放，他们特务科的行动肯定会有所不便，所以曹风才会如此安排。并且说到底，南明商会是日本商会和广州商会的合作，如果曹风没有提前和上面打好招呼，他断然不会这么直接去破坏日本商会和广州商会的合作，所以这一次的"红棉"行动，看似无心，其实全部都是阴谋。尤其是南明商会的副会长罗明被抓，那更是太过明显。一直以来，对于特务调查科来说，罗氏家族对他们都是嗤之以鼻，不屑多看的。对于曹风这种睚眦必报的人来说，早就想要对他们下手了。所以，这一次曹风和韩世超应该是借用"红棉"行动，公报私仇，打击报复。

沈浩南并不担心他那个素未谋面的弟弟和女朋友潘颖，毕竟沈放和他的面子，曹风无论如何是会给的，再加上特务科里的人和沈浩南关系还不错，他担心的是这次的行动背后会有什么样的事情发生。曹风不是那种无缘无故直接做大动作的人，尤其是连三和一郎要保的人他都带走了。

如此看来，在曹风背后的人，是一个连日本人都毫不畏惧的角色？

对方会是谁呢？

10. 恐怖红楼

车子从太平路开进了一条小路。

路面开始变得颠簸起来，坐在车子后面的木兰花不禁扒开车窗户上的蒙布往外看了一眼。其他人也一起看了出去。

周边的情景已经没有了城市的繁华，甚至变得有点荒凉。

木兰花看着外面的情景，突然脸色大变，惊声叫了起来："不对，这不是去特务科的方向，他们要把我们带去红楼，他们要带我们去红楼！"

"红楼是什么地方？"看到木兰花的样子，沈浩天不禁问。

"红楼是特务科专门成立的一个秘密审讯基地，如果说我们只是被带进特务科，可能还没什么太令人担心的地方，只要有人给我们担保或者给我们交点钱就可以放出去，可是如果进了红楼，那就不是能用钱解决的事情了。"木兰花颤抖着说道。

"这个红楼这么恐怖吗？它到底是什么情况？"左向风看到木兰花的样子，跟着问道。

木兰花看着前方，陷入了回忆中。虽然事情已经过去一段时间，但是木兰花却从来没有忘记。

三年前，木兰花第一次来到广州。

风雨飘摇的时代，家乡已经被战乱和灾难笼罩。除了一些老人和迫不得已留在家乡的人，其余的人都已经四处寻找出路。

广州，自然就是他们最大的希望之地。

木兰花和姐姐陆陆续续走了一个月才到了这里，最开始她们跟着家乡的大部队，但是随着路途越发艰辛与危险，有的人半路改道去了其他地方，有的人甚至重新返回了家乡，坚持到最后的没有几个。所以，当木兰花和姐姐来到广州地界的时候，她们泪流满面地拥抱着。

面对这个从小就听外出的亲戚朋友讲起的大城市，即使它已经被日本占领，街头巷尾可以看到各种被日军破坏的痕迹，甚至还能看到随处走动的日本军人，但是它在木兰花和姐姐的眼里，依然是最后的向往之地。

木兰花和姐姐投奔的是她们的小姨。小姨年轻的时候认识了一个广州商人，从此以后就成了家里所有人羡慕的对象，尤其是逢年过节，小姨穿着华丽的衣服，带着各种各样好吃的东西回来。不过木兰花的母亲从来没有正眼看过她,甚至把她送的礼物全部扔了出去。在木兰花母亲的眼里,一个女人不是循规蹈矩找一个男人结婚过日子,而是每日混在外地,并且身上一股风尘味,就算赚再多的钱又有什么用。所以,一直到木兰花的母亲去世后,木兰花才和姐姐出来投奔小姨。

小姨工作的地方叫樱花夜总会,木兰花和姐姐找到她的时候,她正搂着一个男人轻佻地说着什么,那个男人的手放肆地在她的腰上游动。

那一刻,木兰花忽然明白了母亲说的话。

她看着小姨将那个男人送上车,并且最后还在男人的脸上亲了一口,不知道为什么,一股说不出的痛苦从胃里翻涌出来,她直接转身吐了起来。

那一刻,她忽然觉得,可能这个从小在她眼里发光的地方,并不像她想的那么好。

看到木兰花姐妹两个,小姨欣喜地带着她们去了自己住的地方,晚上带着她们去吃了好吃的东西,买了很多漂亮的衣服。

五彩斑斓的百货市场和有着各种美食的餐厅,所有的东西都是她们从来没有见过的,给她们打开了一个新世界的大门。

"这里是美好的地方,是所有人都向往,却不是所有人能来的地方。现在我带你们去另一个地方看看。"小姨说完,对前面的黄包车师傅低声说了几句话,黄包车师傅立刻拉着她们向前面跑去。

耀眼的灯光随着黄包车奔向远方,开始变得暗淡起来,四周的建筑也从华丽大气变成了残砖断瓦,甚至地面都开始崎岖不平。穿过一条街后,眼前的视野开始宽阔,前面街道上的人和先前街道上的一样,但是这里的人比起先前街道上的人无论是衣着还是兜售的东西简直是天壤之别。

"在这里,你想当大小姐还是小丫鬟?你想每天吃肉还是饿肚子?一切都要靠我们自己。我知道你们看到小姨做的工作心里不屑,不过你们后面会明白的。"小姨安慰她们。

回去的路上,路边的灯慢慢亮起,最后灯光耀眼,仿佛是一条不归路,一眼看不到头。

小姨说得没错,即使处在光亮之中,也不一定能成为耀眼的人。姐姐和木兰花都有小姨帮助,但是在樱花夜总会里,木兰花却一步一步成了那个最幸运的人,甚至没过多长时间,就连小姨都得仰仗她三分。

樱花夜总会是整个夜场街最火的夜总会,据说老板的背后有日本人撑腰,所以来这里的客人非富即贵,甚至还有一些军方的人会过来喝酒。

木兰花她们这样的歌女,表面上看风光无限,看中她们的男人可以一掷千金,甚至拿命相搏,但是抛开她们的标签,其实都是可怜人。尤其是一些没有背景或者靠山的歌女,在很多人眼里根本不值一提。所以,这里的歌女看到有势力或者有钱的客人,便会争先恐后地冲上去,希望可以给自己带来好运。

在整个夜总会里,能和木兰花对抗的便是凤凰花,木兰花没来这里的时候,凤凰花已经是樱花夜总会的头牌了,除此之外,凤凰花还有一个最大的靠山,那便是公安局警备队队长连兆基。

那个时候,在所有姐妹眼里,凤凰花便是她们最羡慕的人,直到有一天,一个日本人来到樱花夜总会,看上了凤凰花。在日本人面前,歌女平常不敢得罪的连兆基成了哑巴,眼睁睁地看着自己的女人被日本人拉到身边。

连兆基不敢说话,但是凤凰花却是一个刚烈女子,她推开了日本人，然后拒绝了日本人给的钱。

　　日本人并没有当场翻脸，也没有说什么。只是没过多久，特务科便过来抓人了，直接将凤凰花带进了红楼。

　　那也是木兰花第一次听说红楼这个地方，之前对于特务科，她们也经常有所耳闻，并且也有特务科的人过来喝酒。

　　"进了红楼，管你是黑是白，能有半条命出来就算是天大的幸运了。"这是特务科的人形容的红楼。

　　事实也的确如此，两天后凤凰花出来了，别说半条命，回到樱花夜总会已经奄奄一息，只剩一口气，临死之前，她睁着眼说道："千万别相信男人，更别得罪日本人。"

11. 往日有怨

　　开车的是韩世超的手下，叫阿三，算起来和罗明是老相识了。以前这个阿三是警备队的队员，凭着自己的身份狗仗人势，横行霸道，有一次出任务，不小心打了路过的商客，结果没想到对方竟然是罗氏家族的人，因为对方身份特殊，最后阿三被警备队开除，差点走投无路。后来，特务科成立，这阿三不知道通过什么手段，竟然成了韩世超的手下。

　　虽然阿三现在穿得人模狗样，但是从他那双斜眼里还是可以看出内心的阴险狡诈，尤其是他看到罗明上车后，眼神里更是闪出了野狼一样的凶光。

　　罗明旁边坐着的男人他也认识，正是南明商会的保安队长秦骏，介绍工作给秦骏的人还是三和一郎。但是他看起来并不像和日本人有关系，于是，罗明不禁问了一句："秦队长，你是三和一郎的人？"

"罗会长说笑了,我怎么会是三和一郎先生的人,我不过是因为和他相识一场,正好这南明商会成立,他给我介绍了这份工作。"秦骏笑了笑说道。

"你说是三和一郎介绍你来这边工作的?"这时候,坐在前面副驾驶座的侯峰说话了,他也是特务科的人,不过身份看起来要比阿三高,因为上车前,曹风对他耳语了一番,并且阿三对他看起来也是毕恭毕敬。

"是的,这不是在广州讨生活嘛,之前都是做一些零零碎碎的工作,要不是因为家人生病,急需一笔钱,我也不会找三和一郎,说到底他是日本人。"秦骏点头说道。

"那你小子可真够倒霉的。"开车的阿三脱口说了一句。

"不说话没人把你当哑巴。"侯峰瞪了阿三一眼。

阿三立刻闭嘴,不再说话。

"那是一个月前,我在一家医馆做兼职,当时我下工后都已经晚上十点多了……"秦骏说出了他和三和一郎的相识经过。

当时已经是深夜,秦骏忙完了医馆的工作已经非常累了。之前秦骏一直都是从前面的大路回家,那天因为太晚,所以便从前面的小巷子穿过去,结果没想到走到巷子中间的时候,发现地上躺着一个男人,看上去似乎是喝多了,但是又非常痛苦的样子。

秦骏走过去扶起了男人,这才发现对方竟然是一个日本人。

日军自从占领广州,为了能够快速融入广州的商业和文化,特地安排了一些日本人在这里生活。

表面上看,这些从外地过来的日本人和广州人和睦共处,但是背地里广州人却对他们痛恨不已,骂声一片。

所以看到对方是日本人的时候,秦骏第一时间想到的是果断放弃,然后离开。但是面对三和一郎痛苦的样子,他想起医馆先生经常说的话，作为从医人员，他们的眼里只有需要他们的人，不管对方是中国人还是外国人。

"先生，救我。"这时候，三和一郎一把抓住了秦骏的衣服袖子，有气无力地向他求救。

于是，秦骏背起三和一郎，向医馆跑去。

这个事情秦骏并没有当回事，更多的是他担心朋友们知道他救了日本人会对他有意见，所以对谁也没有说。但是没想到的是，三和一郎后来竟然找到了医馆，亲自向他道谢，并且留下了一个联系方式，说如果秦骏有任何需要都可以联系他。

三和一郎的好意给秦骏惹来了麻烦，大家知道他竟然救了一个日本人，纷纷和他疏远，甚至医馆的老板也开除了他。

没有了工作的秦骏只好做一些零碎的杂工，贴补家用。前些天，老家带来传话，他的母亲病重，需要一笔钱医治。无奈之下，秦骏只好联系了三和一郎。三和一郎知道了秦骏的需求后非常热情，表示可以给他一笔钱，但是秦骏拒绝了，他希望三和一郎可以给他介绍一个工作，能赚钱就可以。于是，三和一郎便介绍他来到南明商会这边做保安队队长。只是没想到，这才第一天就出了这样的事情。

"听上去秦先生你确实和三和一郎没有什么关系，你放心，只要你没问题，肯定会没事的。不管怎样，你和罗先生都是我们特务科的客人，我们肯定会好好对待你们的。"侯峰依然笑眯眯地说道。

12. 故人相见

沈家大院，这座矗立在市中心的三层小楼据说是建立于明朝，曾经先后住过清朝的达官贵人和一些从国外回来的富豪。虽然经过了几百年的风雨洗礼，但是小楼的外墙和内院并没有什么陈旧的感觉，反而依然保持着明清的建筑风格。

一楼大厅里，保姆吴妈和两个下人正在摆放餐桌上的饭菜。

旁边红木沙发上，沈夫人拿着一张报纸在看。

"夫人，饭菜已经好了。"吴妈收拾好后，走到了沈夫人面前。

"你给会馆打个电话，问问老爷怎么还没回来？"沈夫人放下报纸，皱了皱眉问道。

这时候，外面传来了汽车的声音。

"我去看下，兴许是老爷回来了。"听到声音，吴妈说着走出了客厅。

沈夫人站起来往前走了两步，似乎想到了什么，又重新坐到了沙发上。

黑色的老爷车驶进了沈家大院。

车子停下来，沈浩南立刻下了车，然后走到后面打开了车门，沈放阴沉着脸下了车。

看到沈放和沈浩南进客厅，沈夫人立刻站起来说道："你们终于回来了，饭菜都热了两遍了。"

"你们吃吧。"沈放冷哼一声，直接向楼上走去。

"浩南，发生什么事了？"沈夫人了解沈放，看他的样子定然是出了大事，要不然绝不会在下人面前失控。于是，她转身看了看沈浩南问道。

沈浩南没有说话，坐到了旁边的沙发上，端起一杯水喝了起来。

"今天不是说浩天要来吗？是出什么事了吗？"沈夫人坐到

了沈浩南的旁边问道。

"浩天被特务科的人带走了。"沈浩南放下杯子说道。

"那不是你们单位的人吗？好歹也是你弟弟，你怎么没有和曹风说下先带他回来？毕竟你也知道，你父亲一直念叨浩天……"

"妈，我当然知道，事情没你想的那么简单，好了，我会想办法的。"沈浩南打断了母亲的话，站起来也往前面的卧房走去。

"这一个一个的，到底怎么回事？"看到沈放和沈浩南的样子，沈夫人顿时气得浑身发抖。

"夫人，你别着急，我去把老更喊来，他肯定知道事情的经过。"旁边的吴妈扶住了沈夫人说道。

"对，对，去把老更叫来，老爷今天让他接浩天的，他肯定知道事情的经过。"吴妈的话提醒了沈夫人，她立刻说道。

老更很快来到了客厅，对于上午的事情，他也没有隐瞒，一五一十地告诉了沈夫人，并且他顺势说了一下一起被抓走的还有罗明。

"这么严重？连罗明都被抓了，这可怎么办？那特务科要抓的这个人会不会牵连到老爷啊？"听到老更的话，沈夫人不禁焦急地问道。

"夫人，这点请放心。二少爷肯定没问题，他不过是正好被牵连到其中，相信很快就会没事。只是，只是大少爷的女朋友就有点难办，我侧面问过，据说大少爷和她也只见过一面，并且她的情况比较敏感，她从武汉过来的……"老更的话没说完，他知道沈夫人明白他的意思，现在武汉的情况不比重庆和南京好多少，尤其是上次武汉一个军统的联络点被日本人端了以后，他们开始疯狂报复，很多人都受到了牵连。为了避免被误伤，武汉的很多地下组织，暂时都离开了那里。所以此时，日本人对于从武汉出来的嫌疑人格外注意，甚至抱着宁可错杀，不许放过的态度在全国进行搜捕追杀。

"这，这可怎么办？不行，我要找浩南说一下，千万不要做傻事。现在这广州风雨飘摇的，多少人盯着我们沈家，巴不得我们出点事，这个女人如果有问题，岂不是要害了我们沈家？"沈夫人皱着眉头说道。

"更叔，你胡说什么呢？还嫌事情不够乱吗？"这时候，沈浩南从前面走了出来，显然，他听到了刚才老更和母亲的对话，不禁瞪了老更一眼。

老更立刻低下了头。

"浩南，这事你可不能犯糊涂，你听妈的，我们……"沈夫人看到沈浩南过来，立刻拉着他说道。

"妈，你别说了，这事情我自己明白。现在我要去趟特务科，你们也别太担心了，曹风他的心思我知道，再说了，他不看僧面难道不看佛面？要知道日本人对我爹都要忌惮三分，更何况曹风不过是日本人派过来的一枚棋子。"沈浩南拍了拍母亲的肩膀说道。

"是啊，夫人，大少爷在特务科工作，肯定知道怎么办。夫人，你就别担心了。"旁边的吴妈拉住了沈夫人劝慰道。

沈浩南走出了客厅，然后走到前面上了车，很快发动车子离开了家。

打开车窗，有风吹进来，也将沈浩南吹进了回忆中。

半年前，沈浩南带人去武汉接收中统一个电报员。当时曹风说这是奉天那边给他们的任务，因为那个电报员是奉天用来考核他们的一个测试，韩世超性格鲁莽，其他人又能力不行，所以曹风认为沈浩南是执行这个任务的最佳人选。

当时沈浩南刚到特务科，加上父亲要他和曹风搞好关系，毕竟以后他们在广州的生意还需要曹风这边帮忙，所以沈浩南没有多想，带着几个人便来到了武汉。

沈浩南本来以为那次的任务很简单，因为曹风也说了，他们过去就是配合奉天的人做做样子，具体押送工作会有专人负责。并且为了配合这次沈浩南的任务，曹风特意让情报组的老陈跟着他。

对于老陈，沈浩南还是了解一点的，他是特务科的老人了，当年据说是从军统策反过来的，曹风没来之前，广州这边的特务科基本上都是老陈在负责。这一次曹风让老陈过来，也算是让沈浩南安心了不少。

可是，在路上，老陈却告诉沈浩南，曹风这个人阴险狡诈，两面三刀，千万不能相信。这一次的任务，曹风告诉老陈如果他做好了，可以调到南京那边。特务科的人都知道，当年老陈就是从南京过来的，他的妻儿老小都还在那里，他最大的梦想就是能回到南京，但是因为他在广州的工作丢不开，所以几次申请都没有被批准。这一次曹风的好意，让老陈大感意外，所以他偷偷找武汉的朋友问了一下，结果才知道他们这次过来执行的任务其实是死亡任务，曹风的心腹和手下一个没来，派出来的都是之前在特务科看不惯曹风的人。说得好听点是为了给他们机会，其实就是让他们来送死。

本来沈浩南认为老陈和曹风之间本身就有芥蒂，所以老陈的话他并没有全信，直到他们到了武汉，分配的工作竟然是做那个电报员的保镖，这次让沈浩南彻底明白，曹风这根本就是让他们去送死，要知道对于那个电报员的背叛，无论是中统，还是军统，甚至共产党那边都下了诛杀令。

虽然武汉方面也派了一些人一起对电报员进行保护，但是面对躲在黑暗里的暗杀者，他们无异于火中目标，随着身边的人接连被杀，最后也终于轮到了他们，在送电报员离开的路上，他们乘坐的车子发生了爆炸，老陈当场被炸死，而沈浩南和另外一个同事则被追杀。最后，在那名同事的掩护下，沈浩南一身带血地逃走了，倒在了一个胡同口。

等到沈浩南醒来的时候，他已经在一张陌生的床上，身边坐着一个女孩，她正是潘颖。

潘颖是武汉一家中学的老师，回家路过胡同口看到了晕倒的沈浩南，然后将他带回了家。

很快，沈浩南在报纸上看到了那名电报员被刺杀的消息，那些执行暗杀任务的人也离开了武汉，所以沈浩南也脱离了危险。

一个月后，沈浩南离开了武汉，回到了广州。

这一次武汉之行，他彻底见识到了曹风的阴险，也明白了老陈之前说的那些话，不过最主要的是，他收获了一份爱情。

后来，沈浩南曾经几次希望潘颖过来广州，但是潘颖因为母亲需要照顾而推辞，前些时候，潘颖来电说她的母亲去世了，处理母亲的事情后便过来广州。这让沈浩南非常高兴，但是没想到的是，潘颖刚来到广州，甚至还没和他说话，就陷入了"红棉"事件中，并且还被特务科带走。

无论如何，他都要将潘颖从特务科救出来。想到这里，沈浩南不禁踩足油门，快速驾车向前赶去……

13. 进入红楼

车子慢了下来，然后开进了一个铁门里面。

随着铁门缓缓关上，仿佛整个世界也被关上了。

车门被打开了，沈浩天、木兰花、潘颖及左向风下了车。

往前看去，他们看到了木兰花说的那座红楼。

红楼其实是一座用红砖砌成的三层小楼，在楼前面站着几个穿着军服的士兵，其中一个手里还拉着两条人高马大的狼犬，对着他们伸着血红的舌头，龇着锋利的牙齿，仿佛随时会扑上来。

开车的特务走到了他们面前，而那个小胡子特务则走过去和其中一名士兵说了几句话，然后冲着后面的特务挥了挥手。

"走吧。"那个在后面看着他们的特务对他们说道。

"兄弟，我其实和你们曹科长认识，能通融一下吗？我口袋里有钱，你可以用它联系曹科长。"左向风看着那个特务说道。

"是吗？"那个特务笑了笑，走到左向风身边，在他口袋里摸索了一下，拿出了一沓纸币，然后直接装到了自己口袋里，然后说道："放心，曹科长会亲自过来看你们的。到时候想叙旧，有的是时间。"

"你？"左向风看着自己赔了夫人又折兵，不禁气得浑身颤抖。

四个人在两个特务的带领下走进了红楼。

事实确实如同木兰花讲的一样，他们并没有直接被送到审讯室，而是被分别关在了不同的房间里。沈浩天特意看了看，潘颖和木兰花去了二楼的201房间，左向风去了潘颖对面的202房间，自己则在木兰花的右边203房间。

四个人刚进入房间，门外的人立刻将门锁上了。

沈浩天仔细看了看眼前房间的情况，房间还算不错，收拾得特别干净，家具齐全。如果不是在下面看到那些看守的样子，他甚至还会以为自己根本不是被抓了，而是来度假的。

既来之则安之，沈浩天知道自己现在说什么做什么都没用，目前他唯一的选择就是等沈家来救他。所以，他只能等。

从坐上来广州的火车开始，他就知道这是一条不归路。

广州，正是风雨飘摇的时候，他想过必然会遇到这些事情，不过他也想到了，沈放和沈浩南在广州这边的身份，应该可以帮他遮挡一些乌云，但是他没想到的是，自己刚到广州，甚至还没来得及去沈家看一眼，就直接被带到了这个神秘的红楼。

不过，从目前的情况看，特务科的人虽然将他带到这里，却并没有直接带去审讯室，想来还是看在沈放和沈浩南的面子上。

沈浩天坐到了桌子前，墙壁上有一面镜子，映出了他的样子。这是一张清秀俊俏的脸庞，眉宇间透露着一股英气，这样的面容很多人都说是富贵相，一生锦衣，可是没有人知道，他从出生就过着颠沛流离的生活，甚至很多次都几乎露宿街头。

"算命的说我会遇到一个贵人，从此以后只要和他在一起不分开，我就不会再如此苦命。想来那个人就是你，周远。"现在，他还记得真正的沈浩天对他说的那句话。

是的，他并不是沈浩天，他的名字叫周远，是这个战乱不堪的时代里一个很普通的孤儿，但不普通的是，他在一次巧合中被选中，被送进了军统一号组织的"天才计划"训练营，沈浩天是他在那里结识的朋友，最好的朋友。

所谓的"天才计划"训练，不过是一场残酷的杀戮筛选，数十个孩子在封闭的训练营中进行各种培训，最后再进行角逐，适者生存。本来应该是天真的童年时光，却变成了残酷的杀戮世界。他们几乎每天都能看到和他们一起进训练营却被淘汰的孩子死后被拖走。

那个时候,他们蜷缩在冰冷的房间里,只有前方一个巴掌大的窗户,每当夜里有月光透进来,他们才会感觉到有一丝光亮。

为了活下去,他们努力学习各种技能,互相鼓励。也就是那个时候,沈浩天跟他说了很多关于他的事情,比如他的母亲,一个坚强的农村女性,为了让他的父亲外出做生意,宁可一人带着他在乡下,又比如他的父亲,那个据说在广州已经是大老板的人。

"如果有一天我能去广州,我一定要去看看我的父亲,听说他是做大事的人,我母亲宁愿一个人在乡下都不愿意去打扰他。到时候,周远,你跟我一起去,我的父亲就是你的父亲。"沈浩天说着关于他父亲沈放的所有事情。

那个时候,周远心里非常感动,甚至也有一种想要去广州见见沈浩天父亲的冲动。

可是,世事难料,没想到现在是他代替沈浩天过来这里。虽然还没见到沈放,但是至少他已经感受到了沈放的能量,他确实不是一般人。

口袋里有一个玉佩,那是沈浩天给他的,也是当年沈放留给沈浩天母亲的信物,沈浩天说他母亲临死前将这个玉佩给了他,让他去广州找沈放。可惜,沈浩天还没到广州就被军统的人带走了。

现在,周远拿着这个玉佩,顿时感觉沉甸甸的,因为那里不仅仅有沈浩天的期盼,更多的是沈浩天母亲对他父亲一生的爱。

每次看到这个玉佩,周远都会想起沈浩天的父母,他们是什么人?长什么样子?多高多重?这一切他都不知道,因为他是福利院院长从门口巷子里捡回来的,他像一个被风送来的孩子一样,无声无息,襁褓里没有任何信息,周远这个名字也是院长帮他起的。

也许是命中注定,这个真假未知的名字在此刻被隐藏了起来,因为他现在的身份是沈浩天,他身上背负的不仅仅是沈浩天的遗愿,还有一份值得他用性命来守护的信仰。

砰,门忽然被推开了。

"沈浩天"慌忙收起了那个玉佩,然后站了起来。

只见那个小胡子特务走了进来,手里拿着本子和笔,放到了"沈浩天"的面前,说道:"沈公子,你写一下你来广州的前后经过吧,从你坐车开始,到来广州的过程,所有都要写。"

"什么意思?""沈浩天"不明白小胡子的意思。

"让你写就写,要不是看在你是沈浩南弟弟的面上,你现在可不是在这里待着!"小胡子特务冷声说道。

"我要见我哥,不,我要见我父亲沈放。""沈浩天"看着小胡子怒声说道。

"放心,调查完,你没事了,自然就可以见到他们。这里是红楼,不是特务科,别说你找沈浩南,就是找沈放也没用。"小胡子特务冷笑一声走了出去。

重新坐到桌子前,"沈浩天"拿起笔看着面前的空白本子,皱紧了眉头,要从哪里开始写呢?

就从组织代替沈浩天收到沈放寄过来的那封家书开始吧?

那个时候,沈浩天已经去世半年了,周远也已经加入共产党两个月了……

14. 暗下黑手

沈浩南赶到特务科的时候，正好看到罗志峰和一群穿着军服的人往特务科里面走去，门口的看守看到他们，立刻走到前面拦住了他们。

不用说，罗志峰自然是来特务科找罗明的。

沈浩南曾经见过罗志峰几次，虽然他是罗氏家族唯一的继承人，但是比起叔叔罗明，他的远见和格局还是差了一些。

罗志峰一直跟着彭东原在日本人培植的维持会工作。所有人都知道，日本人培植的维持会，其实就是以控制广州为目的的一个伪政府，彭东原为了给日本人做事，勾结其他汉奸，早已经被人唾弃。

他曾经派人找过沈放，希望沈家可以对他们的维持会尽一份绵力，但是被沈放直接拒绝，后来他又找到了罗家，没想到罗志峰竟然跟着他去了维持会。

"你们干什么？"沈浩南走了过去。

看到沈浩南，那些拦着罗志峰的看守停了下来，说道："沈队长，他们直接往里面闯，把我们特务科当成什么地方了？"

"沈浩南，正好，你不是在这里当职吗？你去说一下，我要见曹风。"罗志峰看到沈浩南，于是说道。

"罗志峰，借一步说话。"沈浩南皱了皱眉，说道。

罗志峰冷哼一声，跟着沈浩南走到了旁边。

"我知道你跟着彭东原，但你可知道曹风是什么人？他是从奉天过来的，现在的特务科直属梅机关，你带着这些人就这样过来，你觉得出事了，彭东原会管你吗？"沈浩南看在罗明和他父亲沈放的关系上，对罗志峰劝告了几句。

"曹风跟彭东原一样,都是日本人的一条狗,你以为我会怕他?你说得没错,我是在维持会工作,但是我不是跟着彭东原。再说了,我叔叔可是那日本人再三请求才过去南明会馆的,现在莫名其妙被你们特务科抓走,真实目的你以为我们不知道?不就是上次曹风找我们罗家要钱没有要到,然后借题发挥。"罗志峰怒声说道。

"什么要钱?你说的是什么意思?"对于罗志峰的话,沈浩南听得一头雾水。

"算了,我和你说不着,我还是直接去找曹风吧。"罗志峰不耐烦地看了看沈浩南,然后直接往前走去。

那两个拦着他们的门卫不知道该拦还是不该拦,只好看了看沈浩南。

沈浩南摆了摆手,示意门卫让他们进去。

两个门卫打开了门,然后罗志峰带着那群人快步走了进去。

"沈队长,就这么让他们进去吗?"门卫问道。

"放心吧,没事的。"沈浩南笑了笑,跟着也往里面走去。

曹风办公室。

韩世超坐在曹风对面,端起了茶杯喝了一口。

曹风阴沉着脸看着前方,看上去似乎有点担心。

"科长,放心吧,一切都在我们的控制中。"韩世超看到曹风的样子,不禁放下杯子说道。

"你懂什么?这'红棉'可是关键人物,我们绝对不能让他从我们这里逃走。这几个被带来的人也够麻烦的。"曹风叹了口气说道。

"不就是几个关系户吗?科长,你要是害怕得罪人,我来挡在你前面，别说是沈浩南的女朋友，就是他老子，我都不放在眼里。"韩世超冷笑道。

"你给我小声点，别让沈浩南听见了。"曹风照着韩世超的脑袋敲了一下。

这时候，大门一下子被推开了，一个男人跑了进来，急匆匆地说道："科长，不好了，有人闯了进来……"

还没有等那个男人说完，罗志峰已经跟着进来了。

"原来是罗公子，怎么来了也不说一声？"曹风看到罗志峰，立刻笑嘻嘻地站起来说道。

"曹科长，我来你不知道什么意思吗？我叔叔罗明不是被你们抓了？你这是什么意思？"罗志峰冷声说道。

"罗公子，你坐，我慢慢和你说。"曹风拉着罗志峰坐到了茶桌面前，冲着旁边的韩世超使了个眼色，韩世超立刻站起来，带着其他人走了出去。

门关上了。

曹风给罗志峰倒了一杯茶，说道："罗明的事情我说了不算啊！"

"曹科长，你是在开玩笑吧？这特务科的事情你说了不算，那谁说了算？"罗志峰冷声说道。

"罗公子，你今天来这里想必也知道今天南明商会发生的事情吧？"曹风说道。

"这个我知道一些，日本人再三邀请我们罗家，我叔叔才答应去做南明商会的副会长。现在你们却直接抓了他。曹科长，虽然我罗家比不上沈家，但是你们这么对待我们，有点说不过去吧？"罗志峰看着曹风说道。

"罗公子，你误会了，其实我们这次从南明商会带来的几个人,除了你叔叔罗明外,还有沈浩南的弟弟以及他的女朋友,甚至还有三和一郎担保的人。总之你放心,只要我们这里调查清楚,绝对不会冤枉你叔叔的。"曹风说道。

"曹科长,我们明人不说暗话,我知道你之前去过我们家,也知道你之前的想法,但是后来被我叔叔拒绝了。"罗志峰看着曹风低声说道。

"罗公子,你把我曹某人当成什么人了?是,我承认之前我是想找你们罗家帮忙,但是这和罗明的事情是两码事……"

"不,曹科长,我的意思你应该明白?"罗志峰的脸上露出了一个意味深长的笑容。

"你是说?"曹风顿时愣住了。

十几分钟后,罗志峰从曹风的办公室出来了。

站在门口的韩世超看到他,想说话,但是罗志峰却直接带着人离开了。

韩世超重新走进了曹风的办公室,然后一脸疑惑地说道:"科长,罗志峰怎么走了?"

"他来看罗明,我跟他说罗明去了红楼,让他去那里。"曹风说道。

"可是,现在不是不让人过去吗?"韩世超立刻走到曹风面前,低声问道。

"这你别管了,对了,你也别在这了,赶紧去红楼那里,看看沈家那两个有关系的人怎样了。沈放和沈浩南估计也快来了,如果他们没事,就放他们回去吧。"曹风说道。

"科长,我倒觉得沈浩南的那个女朋友嫌疑最大,她可是从武汉过来的,还有他那个弟弟,从来都没见过面,这个时候来到广州,就连沈家人都没见过的人,怎么确保没问题?不如让我好好审审,兴许还真能查出点什么!"韩世超说道。

"说得也对,但是沈放和沈浩南这里可不好办啊!"曹风皱紧了眉头。

"放心,我有办法。"韩世超嘿嘿一笑。

"行,你给我悠着点,别惹出事来,要知道沈放并不是一般人。"曹风还有点担心。

"科长,请放心,我知道怎么做。"韩世超站直身体,大声说道。

15. 飞来横祸

秦骏焦急地站起来,通过窗户往外看了看,什么也没看到,最后只好又坐下来。

旁边的罗明闭着眼一动未动,似乎对于周边发生的一切根本不在意。

秦骏和罗明是一辆车送过来的,在路上,秦骏跟开车的人说了很多好话,但是最终也没用,他们还是被送到了特务科,直接被关了起来。

这特务科是什么地方,秦骏当然知道。自从日本人占领了广州,广州人心惶惶,别说普通老百姓,就连警察、军人都小心翼翼。这一次秦骏能得到这个工作,全然是因为三和一郎。本来以为可以凭着三和一郎日本人的身份安然无恙,没想到特务科这边竟然连三和一郎的面子都不给。

"小老弟,你怎么称呼?"这时候,罗明睁开了眼,看着秦骏问道。

"罗副会长好,我叫秦骏。"秦骏说道。

"在来的时候听说你是三和一郎的人？"罗明又问道。

"也不算吧，我来南明商会做安保是三和一郎介绍的，之前我曾经救过他一次，怎么能算得上是三和一郎的人呢？如果真是他的人，我也不至于在这里关着吧？"秦骏苦笑了一下说道。

"我说呢，看你面带英气，说话也不像贪慕虚荣之人。如今国家风雨飘摇，人为刀俎，我为鱼肉，即使如此，我们也应该有自己的骨气。当初你救下三和一郎，如今却惹来这样的祸端，不能不说也算是报应。以后我劝你还是远离日本人。"罗明说道。

"当时我救他也不知道他是日本人，以为只是一个普通人。至于我来南明商会工作，也是街坊们都说南明商会是我们广州现在唯一的希望，虽然是和日本商会合作，但还是以沈会长和罗会长你们为主，所以我才过来的。罗会长你说得没错，真的得远离日本人。"秦骏愧疚地说道。

"特务科就是日本人的走狗，自从曹风来了这里以后，可以说是肆无忌惮，我们广州商会很多人都被他们毒害。如果不是他忌惮我们罗家和沈家在广州这边的人脉，我们恐怕也早已经遭遇了不测。"罗明叹了口气。

砰，这时候，门忽然被推开了。

"哈哈。"爽朗的笑声传来，一个四十多岁的男人走了进来，他穿着一身精致的中山装，头发梳得一丝不乱。

"罗副会长，真不好意思，曹某来晚了。"男人走过去，将罗明扶了起来。

"曹科长，你太客气了。"罗明冷笑一声推开了曹风的手。

秦骏这才赫然明白过来，进来的这个男人竟然是特务科的科长曹风。

"别生气，罗副会长，今天的事情你得理解我，我也是为了我们广州商会啊。你看，他，他是三和一郎的人，我不是一样把他也带来了。还有，今天一起带回来的还有沈会长的儿子以及沈浩南的女朋友，这些哪个不是我的心头肉？如果不是迫不得已，曹某人怎么能这么做？"曹风一副语重心长的样子。

"既然如此，曹科长是要放了我们吗？"旁边的秦骏插了一句。

曹风瞪了秦骏一眼，转头继续看着罗明说道："罗副会长，你别担心，你们的嫌疑这边调查清楚后，我会马上安排你们离开。所以可能还要暂时委屈你们一下。"

"曹科长，我罗明做事坦荡，你要调查就调查吧。只不过家中老母身体不好，我希望你能给我带句平安口信过去。"罗明说道。

"放心，刚才你的侄子罗志峰来了，我已经跟他说过了。"曹风笑了笑，然后转过头看了看旁边的秦骏说道，"你是三和一郎介绍过去的人？"

"算是吧。"秦骏点点头。

"你也等等吧，我会和三和一郎联系，确定没事后，也会放你离开。"曹风说道。

房间的门再次被关上了。

罗明也慢慢坐了下来。

"也不知道什么时候能放我们走，本来还指望着这次的工作收入可以给小妹买件衣裳，现在看来又要害她担心了。"秦骏看着眼前关闭的大门，不禁有点悲伤。

"秦先生哪里人？"罗明看了看他问道。

"武汉，不过我也是很早就来广州了。"秦骏说道。

"武汉。"听到秦骏是武汉人，罗明不禁叹了口气，是的，罗明知道，这一次特务科之所以抓人，全然是因为武汉的事情。昨天晚上，罗明还听家人说过，最近风声很紧，千万不要和从武汉过来的人接触。现在武汉已经成了众矢之的，日本人为了报复，对于从武汉出来的人格外关注。

"罗副会长，我能不能求你一件事？"这时候，秦骏说话了。

"你说。"罗明看了下秦骏。

"如果你出去了，麻烦你去找下我的小妹，让她别太担心我。我家在东海路……"

"这话你还是自己出去了跟妹妹说吧。"罗明顿时明白了秦骏的意思，于是直接打断了他的话。

"不，不一样的，罗副会长，你身份不同，肯定会没事的。我，我怕我一时半会儿也不一定能出去。"秦骏说着声音低了下去。

"希望如此吧。"罗明苦笑一下，其实他的内心隐隐有些不安，感觉曹风的忽然出现并不是什么好事，尤其是他告诉罗明，他的侄子罗志峰来过特务科后，他更加有点无助。别人不知道，其实罗明和罗志峰的关系并没有外界传言的那么好，甚至在罗明看来，罗志峰对他其实有很多意见。不过毕竟他是长辈，所以从来没有为难过罗志峰。但罗志峰是怎么想的，罗明就不清楚了。

天渐渐黑了下来，整个特务科一片寂静，仿佛没有人一样。

秦骏站在窗口望去，外面万家灯火，可惜却没有一盏是为他而等待……

16. 忐忑不安

饭菜上来了，不过潘颖和木兰花并没有心情吃。

望着窗外黑漆漆的天，她们都没有说话，各自想着心事。

刚才进来的一个特务特意对木兰花说了几句话，其中有一句她听得很明白，老板已经在找人救她了，让她安心待着。

对于自己被带到"红楼"，木兰花是非常害怕的，因为之前她在夜总会看到凤凰花的遭遇，就莫名地颤抖。不过，她也相信老板郑通肯定会救她的，她现在对于樱花夜总会还有用处，最重要的一点是，每个月军区那边的张明发总会过来捧她的场，并且上次张明发酒醉的时候还说了，这个月会带着日本军区一个大人物过来，指明让她陪酒。郑通的樱花夜总会，主要搭靠的就是军区的关系，他肯定会想方设法来救自己的。

相较于凤凰花，木兰花就聪明了很多，因为小姨之前跟她说过，在这风月场所，花花世界里，想要活下来，靠的就是关系，警察局算什么？要知道上面还有军区，军区上面还有日本人，就算是日本人，也还分很多种，所以只有看中最关键的关系才能让自己活下来，否则像她们这样的女人，注定都是战乱的牺牲品。

小姨说这话的时候，眼睛看着前方，充满了悲伤，于是木兰花忍不住问了一句："小姨，难道我们就不能真正去爱一个人吗？"

"爱人？简直可笑，别说是在这里，就算是出了这樱花夜总会，你走到街上，你敢随随便便去爱一个男人吗？你知道他的底细吗？别看那些男人天天来这里对你贴心热情，他们可能转手就把你卖了。"小姨说着大声笑了起来，跟着眼泪竟然落了下来。

后来，木兰花才知道，原来小姨来广州的时候，曾经爱上过一个男人，为了让那个男人出人头地，小姨心甘情愿为他做任何事情，结果那个男人却为了自己的前途，将小姨送到他上司的床上，甚至还想要置她于死地，如果不是郑通偶然救下了她，小姨早就已经死去多年了。

"姐姐你不用怕，我男朋友是他们这里的队长，相信很快就会过来找我们的。他们这样胡乱抓人，总是不对的。"这时候，潘颖忽然说话了。

"刚才在车上听说了，你竟然是沈浩南的女朋友，之前我曾经见过他几次，确实是一个不错的人。只不过，唉。"木兰花叹了口气，欲言又止。

"姐姐，你是知道什么吗？"看到木兰花的样子，潘颖不禁走了过来，坐到了她身边。

"妹妹是从外地来的，自然不知这里的情况。沈浩南虽然在这特务科，但是其实他和特务科的人并不一样，那些特务科的人仗着日本人撑腰，无法无天，今日的事情你也看到了，就连警察局的人都拿他们没有办法。之前特务科几次来我们夜总会找事、抓人，反而是沈浩南几次解围。妹妹是沈浩南的女朋友，自然也是很好的人了，只可惜却跟着我们一起来到了这里。"木兰花说了一下具体情况。

"阿南，他自然是好的。"听到木兰花的话，潘颖不禁说道。

"只不过因为沈浩南一直不愿意和特务科的人同流合污，他们肯定对他意见很大，所以我担心他们将你也带来这里，其实是故意针对沈浩南。"木兰花说道。

"啊，这可怎么办？可不能因为我连累了阿南，这些人怎么这么坏！"潘颖一听，不禁焦急地哭了起来。

木兰花也不知道该怎么劝潘颖,如果说潘颖和沈浩南真的相爱很深,那么沈浩楠肯定不会坐视不管,到时候特务科的人必然会利用潘颖设计沈浩南,但是如果他们之间的感情没那么深,沈浩南可能也不会尽全力救潘颖。现在她要是说出来,那潘颖应该会更加难过。

"不行,我得想办法逃走,我不能连累阿南。"潘颖情绪慢慢恢复了过来,然后说道。

"什么?你想逃走?这怎么可能?这里可是红楼,就算是一只苍蝇都飞不出去。你没看到我们来时路上的那些看守吗?我们这里出去都有三道门卡和守卫,然后到大门之间还要一段距离,这段距离全部暴露在三楼上面看守的眼里,就算到了大门面前,那铁门铁锁,我们根本不可能出去的。"木兰花惊声叫了起来。

"你观察得挺细的啊!"潘颖意外地看着木兰花。

"我,我是之前听凤凰花说的。"木兰花愣住了。对于红楼的情况,其实木兰花是特意观察的,当然这里面的情况,凤凰花也的确提到过。

"我也是一时想的,听你这么一说,看来是根本不可能了。"潘颖失望地说道。

"如果是在特务科,或许还有机会,但是在这红楼,想都不用想了。"木兰花摇摇头,坐到了旁边。

时间一点一滴过去了,天色也越来越晚了。

长时间的折腾让潘颖和木兰花都有点昏昏欲睡。突然,门外传来了一阵急促的脚步声,然后房间的门被打开了,沈浩南走了进来。

看到沈浩南,潘颖一下子站了起来。

木兰花看到沈浩南,也站了起来。

"阿南,你来了!"潘颖欣喜地走到了沈浩南面前,拉住了他的手。

"潘颖,你没事吧?他们没有为难你吧?"沈浩南看着潘颖问道。

"没有,我没事,不过我听说我可能会牵连到你,你不应该来的,你,你快走吧。"潘颖忽然想起了什么,于是立刻推开了沈浩南。

"你别怕,我没事的。你放心,很快就会带你出去。"沈浩南安慰道。

"这里是红楼,没有人能离开的。我知道你是特务科的人,但这里是日本人的地方,我们不可能离开的。你,你怎么能骗她?"木兰花听后不禁说道。

"你是什么人?"沈浩南看了一眼木兰花问道。

"她是,她是跟我一起被带回来的。之前她一个姐妹被带到过这里,后来千辛万苦被救了出去,结果只剩下半条命。"潘颖说道。

"我想起来了,你是木兰花,樱花夜总会过来的那个歌女。"沈浩南忽然想起来了。

"是我。"木兰花点点头。

"这里是红楼,你也说了,日本人的地方,你最好少说话,免得怎么死了都不知道。至于我的事情,你最好不要乱说。"沈浩南看着木兰花说道。

"我、我知道,我知道。"木兰花说着往后退了两步。

这时候,阿乐快步从外面走了进来,然后走到了沈浩南的耳边轻声说了几句话。

"潘颖,我去去就来。"沈浩南听完阿乐的话后对潘颖说道。

"好的，我相信你。"潘颖笑了笑说道。

17. 唯一办法

沈放挂掉了电话，然后愤怒地将旁边的茶杯摔到了地上。

听见响声的老更走了进来，看到地上的茶杯碎片，他立刻走过去想要收拾。

"别收拾了，去备车，我要去政府中心一趟。"沈放对老更说道。

"老爷，您可是要去找彭东原？"老更听后愣住了。

"我刚才给三和一郎打电话了，他现在也不知道怎么回事，不过他也说了，现在日本商会因为广州这边的情况不太满意，所以他需要点时间。我看这日本商会现在是想落井下石。特务科这帮人仗着奉天的背景，在广州这里无所禁忌，就连罗明都被他们带走了。彭东原现在是日本军区扶持的人，我和他也算是旧识，这个时候只能依靠军区这边的关系给特务科压力了。"沈放说道。

"可是之前彭东原找过您，但是您不愿意和他沾上关系，现在却又要找他？"老更问道。

"你说的这点我当然知道，可是目前来看除了彭东原这条路我们没有其他办法了。最主要的一点是罗志峰不是也在那里就职吗？为了罗明，他应该也帮得上忙。"沈放说道。

"那好，我现在就去备车。"老更说完，走了出去。

沈放拿起旁边的外套，往前走了两步，然后想起了什么，于是转身走到柜子面前，打开柜门，拿出了其中一盒茶叶。

这时候，沈夫人走了进来，看到沈放拿出了那盒茶叶，于是问道："老爷，你怎么把这个拿出来了？"

"几年前彭东原在胶济铁路当局长的时候，曾经和我有过一些交集，这盒茶叶也是当年他送给我的，今日我去找他，希望他念在昔日的感情上出手相助。"沈放说道。

"可是你不是说他这个人卖国求荣，现在更是为日本人做事，当年你就是觉得这个人不能交往，所以他之前找你你都拒绝，如果现在找他，这不是引火烧身吗？"沈夫人说道。

"我当然知道，可是现在能怎样？浩南还在特务科，如果我找人硬来，他怎么办？最主要的是曹风是奉天的人，即使是三和一郎也要对他忌惮三分。现在彭东原是日本军区扶持的人，所以奉天那边多少都得看军区的面子。不管怎样，先把浩天和浩南的女朋友保出来再说。"沈放说着穿上了外套，往外走去。

站在窗户边，看着沈放下楼坐上车，沈夫人不禁皱紧了眉头。

车子离开大门的时候，沈放回头看了一眼二楼窗户，正好看到沈夫人站在那里往下看着。每次沈放外出，沈夫人都会在楼上看着，虽然不会说什么，但是内心却充满了牵挂。

这一点让沈放想起沈浩天的母亲，以前沈放每次外出经商，她也会在门口站着，一直看着沈放离开，久久都不愿意离开。

沈放喜欢这样的目光，因为这让他有种被家人牵挂的感觉。但是这一次不知道为什么，他的内心充满了忐忑，甚至有一点慌乱。他想起了彭东原之前来家里拜访他的情景。当时彭东原刚刚得到日本人扶持，为了扩张他的势力，特意找到了沈放，希望沈放能够在经济上支持他。但是沈放拒绝了，原因很简单，因为沈放做事有一个原则，那就是不和日本人合作。对于沈放的坚持，彭东原自然也清楚，也就没有再勉强。

自从日本人占领广州后，彭东原纠集了一帮人组织了伪广东省政府，自己担任主席。表面上看是为了维持政府秩序，其实背地里是为日本人服务。所以很多人对于彭东原这个主席根本不屑一顾，甚至背地里对其恨之入骨。

车子停了下来，老更下去和门口的守卫沟通了一下，然后回到了车里。

"怎么样？"沈放问道。

"要我们等下，说是通报一声。"老更想了想不禁道，"老爷，您说彭东原上次来找您被您拒绝了，现在您来找他，他会见您吗？"

"他肯定会见我。"沈放笑了笑说道。

果然，很快那个通报的守卫出来了，挥手让他们开车进去。

车子停好，沈放下了车，看到了站在前面不远处的彭东原，他笑呵呵地走了过来，然后和沈放握住手说道："沈兄，你可是稀客啊，欢迎，欢迎。"

"东原，您客气了。"沈放说道。

"走，我们进去说。"彭东原拉着沈放往里面走去。

对于彭东原的热情，沈放感到非常意外。彭东原是什么人？今日南明商会发生的事情，他肯定知道。昔日彭东原曾经想拉拢沈放，却被他拒绝，从那以后，彭东原便再也没有和他联系过。现在沈放有事过来，他不但没有半点拒绝，反而热情比起之前，有过之而无不及，这不禁让沈放有点摸不着头脑。

"沈兄，你可还记得这个茶叶？"彭东原从桌子下面拿出了一盒茶叶，放到了桌子上。

"自然知道，这？"沈放不禁握住了自己手里的礼盒，这个礼盒里装的茶叶，和彭东原拿出来的一模一样，并且还是之前彭东原送给他的。

"这盒茶叶对我来说非常珍重，我只愿赠给我敬重之人，当年为了和沈兄深交，特意将另外一盒茶叶赠予沈兄。这么多年了，这盒茶叶一直在我手里，再也没有遇到另外一个值得我送出的人。今日沈兄到来，我特意再次拿出来与兄分享。"彭东原说着打开了盒子，取出了里面的茶叶。

"东原兄，你这让我情何以堪？"沈放听到彭东原的话，不禁站了起来。

"沈兄，你我不是外人，不用说这些话。昔日我明知道你从不和日本人合作，但是还去找你，自那以后兄弟我便再也没有脸面去见你。"彭东原叹了口气说道。

听到这里，沈放明白了过来，果然，彭东原这只老狐狸，他的一句话也表明了他的态度，所以沈放知道，自己根本不用开口了，彭东原是断然不会帮自己的。

"对了，不知沈兄突然造访，所为何事？"这时候，彭东原问道。

"其实也没什么大事，我一个朋友的孩子在你这里就职，最近他的叔叔被特务科的人抓了，我正好路过这里，想过来通知他一下。"沈放说道。

"你是说罗志峰吧？他的叔叔罗明被特务科的人抓走了。这件事情我知道，他接到消息后已经带人去了特务科。"彭东原说道。

"原来如此，既然这样，我就不打扰了。"沈放笑了笑说道。

"我听说这次被特务科抓走的人中还有沈兄的亲人，不知是真是假？"彭东原问道。

"是，不过你也知道，我的儿子沈浩南在特务科就职，家里的事情我完全可以处理。有劳东原兄关心了。"沈放对着彭东原说道。

"那好，既然如此，如果沈兄有什么事情需要帮忙尽管开口，我一定全力以赴。"彭东原说道。

18. 隐瞒身份

左向风捏着手里的烟，皱紧了眉头。

这是他第一次执行任务，没想到刚到广州，还没有找到对接人，竟然直接被带到了特务科。仔细想来还是自己考虑得不够周全，如果他听从老师的要求，到广州先找个地方休息一下，观察一下情况，再来找对接人，也不会出现今天的情况。

作为一名接受了三年训练的高级特工，并且是日本情报组第一次派到广州来的人，他除了要监督曹风和他的特务科在广州这边的工作情况，最主要的任务是混入广州这边的地下组织，清扫军统、中统以及共产党的地下组织人员。

"左君，你要知道你的任务非常重要，我们情报组得到消息，广州现在已经成了共产党运送物资和专家去往苏维埃的重要途径之一，如果能够得到这条情报，那对我们情报组来说将会是重大的突破。"老师的心思，左向风自然知道。老师作为当年日本情报组的头号专家，因为之前几次情报失误，结果导致前军大受损失，最后被情报组赶出来。左向风是他一手教出来的希望，为的就是能够让他一雪前耻。

"广州现在鱼龙混杂，各方势力混乱不堪，即使是军统中统这些人,他们看似统一战线,其实背地里尔虞我诈,各怀鬼胎。我一生研究中国文化,太了解他们的脾性。早些年,我就已经安排一个学生过去广州熟悉那里的情况,你到了广州可以找他接头,到时候做事可以事半功倍。这是我的信物,记住,不到万不得已的情况下,不要向我们的人暴露自己的身份。"老师将一枚樱花胸针交给了他,左向风知道,那枚樱花胸针是日本情报部曾经给老师的最高荣誉。

门被推开了,打破了左向风的思绪。

阿三和侯峰走了进来,他们反手将门锁住,露出了一个阴恻恻的笑容。

"你们,你们做什么?"左向风立刻有种不好的感觉。

"不用怕,我们给你指条明路。"侯峰捋了捋袖子,笑着走到了左向风的面前,阿三则从后面一下子抱住了他,然后侯峰照着左向风的胸口用力打了几拳。

"别打,别打,有话好说,有话好说。"侯峰的拳头对于左向风来说根本不算什么,不过他还是要假装承受不了,连连求饶。

侯峰摆了摆手,然后阿三松开了他。

"别打了,两位大哥,有话好说。"左向风捂着胸口,假装疼痛。

"行,那我们也不废话,听说你是从武汉过来做生意的,你可知道现在从武汉过来的人基本上都没什么好果子吃?"侯峰说道。

"我哪知道啊,我就是一个生意人,之前在武汉就是待不下去了,才想着来广州讨生活。"左向风的确是从武汉过来的,原因很简单,老师让他来广州前先去武汉找了一个人。只是没想到这一点反倒成了他现在受困的原因。

"那你老实交代，做什么生意的？看看我们能不能帮你说说好话？"侯峰和阿三对视了一眼，然后问道。

"是一些香烟酒水生意，早期我在外贸公司跟过一个日本老板，所以学了些这方面的生意。对了，两位大哥，你们要是能帮我，以后这方面的东西你们放心。"听到侯峰和阿三的话，左向风立刻说道。

"对，上头就是让我们过来问问你的情况，如果你只是一个生意人，并且还和日本人有关系，我估计应该没什么问题。"侯峰若有所指地说道。

"放心，放心，我真的是生意人。对了，两位可以帮我去见下我的合作伙伴，他知道后肯定会重谢两位的。"左向风跟着说道。

"是？"侯峰眼珠子转了下，看着左向风。

"哦，这里有一封合作信，两位大哥，稍等。"左向风说着从内衣口袋拿出了一个信封，然后递给了侯峰，"上面有地址，也有合作人的信息，并且里面还有几百块，就当给两位大哥的酒钱了，如果你们将合作信交给我的合作人，他还会重谢二位。"

"那好吧，既然如此，我们就帮你跑一趟。记住，你要是骗了我们，你知道后果的。"侯峰接过了信封说道。

"不会，绝对不会。"左向风说道。

侯峰和阿三离开了。

左向风舒了口气坐了下来。

那封合作信是从武汉离开后左向风想到的一个断路计划，万一自己到了广州遇到了危险，短时间内没有办法继续执行任务，那么就找人将这封信送过去。还好当时留了这一手，要不然怕是真的就陷在了这叫天天不应叫地地不灵的地方。

说起这个收信人,也是老师之前的学生,几年前就来到了广州,当时以海外专家的外派身份过来,经过老师在暗中帮忙,很快便成了广州各方机构的重要人物。再加上他隐藏的真正身份,即使是当时侵占广州的日军总司令,也要对他忌惮三分。

左向风相信只要侯峰和阿三拿着那封合作信给合作人,他自然就会明白自己的处境。即使短时间自己出不了这红楼,也不会让老师太过着急。

其实从刚才侯峰和阿三殴打他的那一刻开始,左向风心里边忽然有了一个主意:特务科既然将他们几个有嫌疑的人抓了进来,显然这几个人里面应该有特务科要找的人,按照日本人对现在地下组织的了解,即使特务科找到人也不一定能问出真正的情报。如果自己能在这里和他们待在一起,兴许还能找到真正的情报。不过根据他对地下组织这些人的了解,他们的敏锐和警惕绝非常人可比,所以自己的身份自然也不能暴露,因为只有在连特务科的人都不知道自己身份的情况下,他才能够看到被隐藏起来的真相。

所以,他要留在红楼,借着这次的"红棉"事件,查出隐藏在这几个人里面真正的"红棉"。

从现在开始,他将抹去自己的真实身份,他只是一个生意人,一个在这飘摇乱世里为了生活奔波的商人。

看着镜子里的自己,左向风露出了一个意味深长的笑容……

19. 茶道风云

走进房间,沈浩南皱了皱眉头,韩世超竟然坐在松本的对面。

"沈桑,今日是什么风,竟然把你们两位都吹到了我这个地方,快来,快来,一起喝茶。"松本站起来拍着手说道。

"松本先生,不告而来希望别介意。"沈浩南笑了笑说道。

"没事的,韩桑也是突然过来的,我知道,你们都是为我们大日本帝国服务,我不介意,我不介意。"松本用生硬的中国话说道。

"韩队长没在科里忙,怎么有空来这里了?"沈浩南看了看韩世超问道。

"这不是有几个嫌疑人送到了红楼,山本先生不在,我只能先和松本先生沟通一下具体情况。"韩世超说完,忽然叫了起来,"对了,我怎么忘了,这次送过来的人中还有沈队长的亲人,不过我想沈队长一向做事公正,肯定不会徇私枉法的。"

"那是自然,沈队长的公正严苛,山本先生也是说过好多次的。"松本跟着笑了起来。

沈浩南看着韩世超,对于他这一招先发制人,真的想上去抽他一巴掌,但是面对松本,他自然是不能表现出来。虽然这红楼的负责人是山本,但基本上都是松本在管理,并且他们还是兄弟关系。

"不知道沈队长深夜到此所为何事?难不成是为了找松本先生求情?不不不,我肯定不相信,松本先生,你也不相信吧?"韩世超跟着说道。

"那是自然,我记得之前你们特务科抓过一个人,是我在这里的一个故交。我曾经专门去找曹科长,希望他可以放人,但是沈队长的公正严苛我现在还记得很清楚,就连曹科长的面子都没给。那个时候我对沈队长就是由衷佩服。"松本说道。

听到这里,沈浩南已经明白了松本和韩世超的意思,在来之前，沈浩南还想着得到松本的同意先带潘颖回去，可是现在看来，这松本不但记得之前被沈浩南拒绝的事情，还和韩世超勾结到了一起。

"沈桑，听说你是品茶的高手，这是我朋友从日本带过来的茶叶，请您品尝一下如何？"松本倒了一杯茶，放到了沈浩南的面前。

"松本先生，我刚才看到你和韩队长在品茶，我记得韩队长也是品茶的高手，我们广州的几个茶商每年可没少给他送茶，韩队长，不知道你觉得松本先生的茶如何？"沈浩南看了看韩世超说道。

"沈队长，你说笑了，我、我就是个粗人，怎么懂得这些啊？再说松本先生说了，他这个是工夫茶，日本独有的茶道，我、我也是第一次见。"韩世超尴尬地笑了笑。

"韩队长真是不懂茶道，工夫茶可不是日本的茶道，你在广州也有一段日子了，还收取了不少茶商给你的好茶，怎么不知道工夫茶正是起源于广州呢？品茶看友，既然韩队长不懂茶道，那我们也没必要浪费这么好的茶叶了。"沈浩南说着将茶杯推到了前面。

"沈浩南，你、你这是什么意思？"韩世超听到沈浩南的话，不禁有点生气。

"松本先生，今日我来红楼也是带着一点私心，我多年未见的弟弟和女朋友今日都来到了广州，本来是想着可以在南明商会跟找和我爹一起回去。只是没想到出了这样的事情，所以我特意来看看他们，至于他们有没有问题，我相信总会有水落石出之日。当然，松本先生，我也知道你不可能因为他们是我的亲人，便对他们特殊照顾吧？如果有人在没有查清楚事情之前对他们做了什么，我爹说了，哪怕赌上我沈家所有家产，加上广州商会、南明商会的所有人脉，也会让他付出百倍的代价。"沈浩南站了起来，然后看了下韩世超说道。

"沈桑，你放心，我可以保证，在红楼肯定不会出现这种事情，绝对不会。"松本脸皮颤抖了一下，笑着说道。

"那我就告辞了，不打扰您和韩队长继续品茶了。"沈浩南说完转身离开了。

门外的阿乐看到沈浩南出来了，刚想说话，沈浩南却摆了摆手。

两人往前走去，然后来到了走廊门口。

"刚才我看到韩世超在里面，他是不是为难你了？"阿乐问道。

"就算没有韩世超，松本也不会放人的。"沈浩南说道。

"那他们会不会报复？"阿乐问道。

"不会，我已经给了他们忠告，再说就算不看我的面子，也得看我父亲的面子。"沈浩南摇摇头。

"要不这样，我留在这里，如果有什么事也能及时发现。"阿乐想了想说道。

"也好，不过你要小心，韩世超这会儿来这里找松本，十有八九也是为了我的家人。"沈浩南点了点头。

"放心，我知道怎么做。"阿乐明白沈浩南的意思。

"我现在去看看浩天，今天事情多，我都没顾上和他说话。"沈浩南说道。

"就在二楼203房间，我问过侯峰了。"阿乐说道。

沈浩南没有再说话，然后往二楼走去。

敲开门，沈浩南看到了弟弟沈浩天。

"大、大哥。"沈浩天脱口喊道。

沈浩南没有说话,走进了房间。

"浩天,今天本来是我们家人的团圆之日,没想到你却被困在了这里。"沈浩南说道。

"没事的,我相信你和爹肯定会救我的。"沈浩天说道。

"事发突然,我和爹也没想到。不过你放心,我们会想办法救你出去的。这里不比外面,除了我的手下阿乐,其他人你都不要相信。"沈浩南说道。

"我明白,大哥。"沈浩天点点头。

沈浩南看到桌子上的笔和纸,于是拿起来看了一下,上面写着沈浩天从武汉到广州的所有经过,吃的什么东西,见的什么人,写得清清楚楚。包括在武汉火车站门口买东西,上车撞到了一个路人。

"这是他们让你写的?"沈浩南问道。

"对,说是要调查我过来的情况。"沈浩天说道。

"在武汉火车站门口的这些事情全部删了,你可知道这个事情可能就让你出不去了。"沈浩南指着纸上的内容说道。

"这?"沈浩天睁大了眼睛。

"你还是太天真了,武汉现在来的人都会受到调查,更何况你写的这些东西,随便一条都可以认为有通敌之嫌。"沈浩南皱了皱眉头说道。

"好,大哥,我明白了。"沈浩天点了点头。

20. 拯救计划

从窗口望下去,夜色如墨汁般倾泻下来,浸透了残破的街巷。远处的珠江的水面泛着幽暗的光,偶尔被爆炸的火光映红,像一道溃烂的伤。

老更端上了一壶茶,分别给在场的人倒上了一杯。

沈放坐了下来,环视了一下所有人说道:"各位,我沈某人是个粗人,喝茶没那么多讲究,更评不出好坏。当年我来广州这边做生意,很多人跟我说这里的人谈生意不像北方在酒桌上谈,而是喝茶谈。不是有句话说嘛,万丈红尘三杯酒,千秋大业一杯茶。今日给大家备的茶叫阳春白雪,是多年前彭东原送我的答谢礼。不瞒各位,今日我拿着这盒茶叶想要找彭东原帮忙,但是没开口就被拒绝了,所以我将这阳春白雪拿出来给大家品尝一下。"

"沈会长,彭东原的阳春白雪可不是一般人能拿到的,您这直接给我们喝了,会不会有点不合适?"郑通惊讶地说道。

"没错,沈会长,据我所知,当年彭先生意外得到的这两盒阳春白雪对他来说非常珍贵,他送你,应该是非常敬重你。今日拒绝你,可能有他的原因。"旁边的罗志峰也说话了,在场的人都知道,罗志峰跟着彭东原工作,对他自然是了解得最清楚了。

"这个我明白,不过我要说一点,既然彭东原将这个茶叶给了我,那就是我的了,我怎么处理,让谁喝,和谁喝,他不会介意的。就像现在他为谁做事,拒绝我,或者帮助我,我都理解。今日我喊来各位,想来大家都知道是因为什么事吧?"沈放摆了摆手,说道。

"自然是因为南明商会的事情。"罗志峰看了看旁边的郑通,他是樱花夜总会的老板,这次被特务科抓走的木兰花,正是他夜总会里的头牌歌女,据说很多大老板都是木兰花的爱慕者,如果木兰花出了事,他的樱花夜总会怕是会出大问题。至于旁边的两个，罗志峰不认识，但是想来应该是和今日被抓走的人有关系。

"罗秘书说得没错，我们几个人都和今日被特务科抓走的人有关系，明人不说暗话，我失散多年的幼子沈浩天以及我长子沈浩南的女朋友潘颖这次被特务科带走了，郑老板派到我南明商会的女歌手木兰花也被带走了，最主要的是我南明商会的副会长，也就是罗秘书的叔叔罗明竟然也被带走了。简直是欺人太甚！"沈放愤怒地拍了一下桌子。

"不错，虽然被抓走的秦骏和我们日本商会并没有什么关系，不过他是三和一郎先生介绍的人，就这么直接带走，全然不给我们日本商会和三和一郎先生一点面子。"另外一个男人是三和一郎派过来的王宁和，也代表日本商会的态度。

"这位是……"郑通看了看对面坐着的男人，显然他应该也是被带走的人中的关系人，从头到尾，他一直都没说话，并且从他的气场和样子来看，也不是一般人。所以，郑通不禁问了一下。

"鄙人陆海程，这一次在南明商会被带走的左向风是我之前在日本认识的朋友。我已经向日本军区最高委员会发出了请求，想来不日就会有结果。今日之约我本不想来的，但是沈会长亲自相约，我不好推辞。"陆海程的话不卑不亢，却清高无比，每句话看上去没什么意思，却凌厉锋利，甚至连沈放的面子几乎都没给。

"陆、陆医生，是您？"听到陆海程的名字，罗志峰不禁脸色剧变。

沈放放下了茶杯，继续说道："现在根据我的了解，以及我儿浩南对特务科的了解，这一次的'红棉'事件和以往所有的行动都不一样，几乎所有关系都不能用。甚至日本军区方面都没有办法参与其中。所以我认为，我们要想将自己的亲人、朋友救出来，单打独斗，凭着自己个人的关系，应该很难。"

"沈会长，您的意思是？"王宁和看了看沈放，不太明白。

"很简单，这一次特务科的事情并不是单纯的事情。'红棉'事件的确是奉天那边传来的任务，但是为什么独独会涉及我们南明商会？又为什么会牵涉我们的人？我不知道大家有没有想过这个事情？"沈放看了看众人。

"这一点我其实也想过，我的人肯定没问题，木兰花在广州正是红人，多少大老板排队点她的台，这次去南明商会表演节目，也是沈先生的邀约，我们才让她过去的。可是，怎么也没想到发生这样的事情。"郑通百思不得其解地说道。

"没错，秦骏是这次南明商会的保安，更是三和一郎先生之前的救命恩人，也是他特意请过来的人，可是莫名其妙就成了'红棉'事件的嫌疑人，我们也是难以理解，并且事后三和一郎先生曾经给曹风打过电话，但是他却推诿敷衍，根本不愿意理会三和一郎先生。"王宁和跟着说道。

"我们罗家从来不参与任何圈子，除了广州商会，我们都不与其他组织深交，现在叔叔却成了被怀疑的对象，简直就是无中生有。"罗志峰怒声说道。

"如此说来，我的朋友左向风似乎更加无辜，他一直在外地做生意，并且之前还为日本人工作，如今刚到广州，甚至还没吃口饭就被带走了。如果不是他托人给我送信，我都不知道他遭遇了如此劫难。"陆海程叹了口气说道。

"现在的情况是这样，六个人被分成两批关在了不同的地方，其中有四个人被带到了红楼。不瞒各位，我的弟弟沈浩天和女朋友潘颖都被带到了红楼。我曾经去找过红楼的负责人山本，他也拒绝了我，所以我认为，这件事情不像我们想的那么简单。而且还有一点我一直不明白，今日抓捕'红棉'，本来应该是我行动组的事情，但是曹风却让韩世超带队去抓人，并且嫌疑人出现的时间与位置竟然和南明商会成立的地方非常近。"一直沉默不语的沈浩南说话了。

"沈队长，你的意思是……"听完沈浩南的话，郑通不禁愣住了。

"意思很简单，这次特务科的事件可能和南明商会的成立有关系。所谓的'红棉'事件，不过是一个噱头而已。"沈浩南说道。

第二章　关系

1. 背景调查

特务科，曹风办公室。

桌子上放着六张照片，分别是这一次"红棉"事件特务科抓过来的嫌疑人，当然，其中有的并不是嫌疑人，而是曹风授意韩世超专门带回来的。

电话响了起来，曹风示意旁边的韩世超接电话。韩世超立刻明白了他的意思，拿起了话筒，很快拒绝了电话那头的拜访。

曹风笑了笑，指了指木兰花的照片说道："电话应该是郑通打来的吧？"

"对，他的意思还是希望能见你一面。科长，我们真的这么冷着他吗？虽然郑通没什么背景，但是毕竟有不少日本人是樱花夜总会那里的常客，我听说木兰花还是很多大人物专点的歌女……"韩世超看着曹风说道。

"你不懂，要的就是这个效果，越是这样，郑通才会越着急。你忘了当初我和你去樱花夜总会时他是怎么给我们甩脸的？"曹风冷笑一声说道。

"不，当然没有忘记，不过他郑通的樱花夜总会背后有日本人，要不然我早带人端了他了。"韩世超眼露凶光，怒声说道。

当初曹风和韩世超刚到广州特务科，本着先礼后兵的意思，先后拜访了一些广州政要和各个高官的门庭，特意邀请众人在樱花夜总会摆宴请客，但是没想到本来定好的地方却被郑通让给了别人，并且他还冷眼侮辱，甚至将韩世超赶了出来。

当时曹风和韩世超刚到广州，奉天那边也没有给他们太多资源，所以两人忍辱负重，一直到后来取得了奉天的信任后，才开始对之前侮辱他们的人进行反击。之前樱花夜总会的头牌凤凰花，就是被他们带到红楼，最后被折磨得奄奄一息，出来后就没了命。不过，那只是他们对樱花夜总会的警告，没想到郑通还是不识趣，所以这次曹风借着"红棉"事件，顺便将木兰花也带了回来。

"郑通这个老滑头，之前对我们爱搭不理，不当回事，之前那凤凰花他可以不在意，但是这个木兰花可不一样，郑通现在全靠她来支撑门面，我看就算要他一半家产，他也会拿出来。"韩世超说着不禁笑了起来。

"韩世超，我跟你说过多少次，钱能解决的事情那就不叫事情。我们特务科做事，能让他们用钱解决吗？"曹风瞪了韩世超一眼。

"明白，科长，明白。"韩世超连连说道。

"还有这个罗明，仗着他们罗家的身份，傲慢无礼。现在落到我的手里，我看他这次还怎么翻身？"曹风拿起了罗明的照片，目光阴沉地说道。

"科长，罗明毕竟是罗氏家族的人，还是南明商会的副会长，他侄子还是彭东原的人，我们要是像平常那样给他一个罪名，显然不太合适吧？"韩世超皱了皱眉头说道。

"这点你放心，我自有安排。你给我看好沈家的人就行，尤其是沈浩南那边，别让他给我们闹出什么岔子。"曹风说道。

"放心，红楼那边我已经和松本说好了，现在山本先生外出，一时半会儿回不来，红楼都是松本说了算。科长你也知道，之前松本的朋友被沈浩南抓了，当时你都开口找他，结果他非要公事公办。现在好了，他的弟弟和女朋友落到了松本的手里，就算我们不出手，松本也不会轻易放过他的。哈哈。"韩世超笑了起来。

"沈浩南自诩清高，当年对于松本的事情毫不松口，现在山不转水转，落到了松本的手上，我想他现在肯定肠子都悔青了。"曹风说道。

"如果不是沈放，沈浩南算什么东西？科长，我相信用不了多长时间，沈放都要亲自低头找你求情了。"韩世超说道。

"沈放是什么人我太清楚了，他就算不要儿子都不会跟我低头的，要知道他可不只是沈家的家主，更代表着广州商会。"曹风说着目光落到了桌子上左向风的照片，问道，"这个左向风，你查得怎么样了？"

"武汉那边已经确定了，没什么问题。他之前是跟日本人做生意的，到广州是来找他的朋友陆海程的。"韩世超说道。

"陆海程？那个医药专家陆海程？"曹风一听，脱口说道。

"不错，不过目前看来他们关系或许也就一般，如果关系好的话陆海程早就派人来了。如果真的不行，就找个理由把他放了吧。毕竟那陆海程确实不太好惹。我听说军区的人都得给他三分面子。"韩世超说道。

"你说得没错，这件事情你来安排。不过对于'红棉'的调查也不能停止，毕竟这是奉天下来的任务。当然，对于我们要做的事情，你要做得密不透风，千万别让人发现。尤其是日本人，你我兄弟共事多年，现在为了生活屈居在日本人的手下，但是这必然不是长久之计。我已经收到了消息,如果这次'红棉'任务我们完不成,奉天那边就会对你我下手,所以这是我们最后的机会。"曹风看着前面说道。

"我明白,我知道该怎么做。"韩世超点了点头。

韩世超出去了,曹风拿起了秦骏的照片,然后仔细看了起来。在这六个人中,秦骏是唯一和日本人有直接关系的人,根据调查,秦骏之前救过三和一郎,并且这次去南明商会也是三和一郎推荐的。

一直以来日本商会和特务科都不对路,尤其是三和一郎,他为了发展日本商会,专门和广州商会的人搞在一起,甚至之前还和特务科的人针锋相对。现在他的救命恩人被特务科的人抓走了,以他之前在广州这边好不容易建立起来的关系和声誉,应该不会不管不问。最大的可能性,就是他现在正在想办法,三和一郎是日本人,自然不会和其他人一样直接来找特务科,十有八九可能是去日本商会上面找人了。

"本以为是件很容易的事情,没想到现在竟然有点麻烦。"曹风放下了秦骏的照片,叹了口气……

2. 先礼后兵

门是铁皮门。

昏暗的灯光晃动,整个走廊显得阴暗鬼魅。

潘颖和木兰花往后缩了缩,旁边的阿三往前推了她们一下。

沈浩天和左向风走在前面,然后走进了铁皮门里面。

让他们意外的是,铁皮门里面竟然是一个装修豪华的迎客厅,并且所有的装修都是古香古色的中国风。中间放着一张楠木长桌，上面摆满了酒菜，前面坐着一个穿着中山装的男人，他的身后还站着两个穿着黑色衣服的男人，从他们笔直挺拔的姿势看，他们应该是常年受训的军人。

男人站了起来，笑着拍着手说道："欢迎各位，请入座，我是松本下，代表红楼欢迎你们的到来。"

沈浩天和左向风对视了一下，有点不知所措，旁边的潘颖和木兰花也是一脸惊讶。

"各位，请坐，不要客气。"松本说着走过来，拉出了旁边的凳子，拉着他们依次坐了下来。

沈浩天看了一下桌子上的菜，非常丰盛，并且全都是名菜，不过菜品比较多，有广东菜，也有东北菜，更有川菜。看起来，这桌子菜松本下了功夫。

"略备薄酒和一点小菜，聊表心意，我知道各位应该都饿了，不过我们得等另外两名客人过来才能开始。"松本说道。

没过多久，外面传来了一阵脚步声，有人走了进来。

"罗先生，秦先生，欢迎，欢迎，就等你们了。"松本再次站了起来，笑着说道。

进来的人正是罗明和秦骏，他们看到前面坐着的四个人，迷惑地坐了下来。

看到罗明和秦骏进来，沈浩天有点意外，之前他们是分开被关押的，现在他们却也被带到这红楼，看来这次的事情并不像想象的那么简单。

"好，客人齐了，我们开始吧。不知道各位的口味，所以就各种口味都做了一些菜，希望各位不要嫌弃。"松本说道。

砰，罗明拍了一下桌子，站了起来，怒声说道："松本，你什么意思？"

松本身后的人看到罗明的样子，立刻走过去想要按住他。

"退下。"松本摆了摆手。

后面的人立刻退开了。

"罗先生，不要生气，我没其他意思。可能你们不了解，凡是来我红楼的人，无论有罪之人，还是路过之客，我都会以礼相待，这也是我们红楼负责人山本先生立下的规矩。所以，无论后面我们关系如何，现在请各位好好用餐。"松本说道。

"既然如此，那我就不客气了，说实话，我还真饿了。"这时候，左向风说话了，直接拿起一个鸡腿啃了起来。

几个人从南明商会被带到这里，已经一天时间了，说实话，他们也确实饿了。看到左向风的举动，其他人也跟着吃了起来，不过只有罗明并没有动，满眼不屑。

沈浩天吃了几口也停了下来，他想起了之前哥哥对他说的话，任何事都要小心，千万不要被人抓住把柄。

"沈先生，怎么不吃了？莫非菜不可口？"看到沈浩天停下来，松本不禁说话了。

"多谢松本先生，饭菜很好，只不过这里并不是吃饭的地方，我不习惯。松本先生，请见谅。"沈浩天说道。

"我想起来了，你是沈会长多年不见的幼子，本来你和潘小姐应该是在沈家吃家宴的，真是不好意思，让你们屈驾到了我这里。"松本看了看沈浩天和潘颖说道。

"没关系，你不也说了，等到后面查清楚没事了，我们就可以回去了吗？"潘颖说着放下了手里的碗。

"对啊，松本先生，你们可以快点调查吗？我真的是冤枉的，我肯定不是你们要找的人。"木兰花听到松本的话，不禁说道。

"木兰花,我知道你,现在你可是樱花夜总会的头牌歌女。其实之前你们樱花夜总会也有人来过这里,她叫凤凰花,你认识她吗?"松本微笑着看着木兰花。

提到凤凰花,木兰花顿时悚然一惊,手里的筷子因为慌乱掉到了地上。

在来红楼的路上,木兰花说过凤凰花的事情,所以看到她的反应,沈浩天和潘颖他们自然知道是什么原因。尤其是现在看到松本的客气和凤凰花的结局,他们不禁心里发毛,浑身颤抖。

"当然了,凤凰花可是和军统的抗日分子有关系,如果不是看在你们老板郑通的面上,她是不可能离开这里的。所以,木兰花,你放心,只要你是无辜的,很快就可以离开的。"松本笑了笑说道。

"松本,别在这里假惺惺的了,收起你这套伪善的样子吧。你要真想放了我们,何必这么麻烦?"罗明再次站了起来,"别以为我不知道你和特务科之间的勾当,你们趁着南明商会成立那一天来抓人,为的是什么?"

松本站了起来,拿起旁边的餐巾擦了擦嘴,慢慢走到了罗明的身后:"罗先生,中国有句古话:先礼后兵。山本先生敬重这里的人,所以特意交代,无论什么人,只要进入了这红楼,开始之前一定要以礼相待。罗先生既然不愿意收礼,那我们就开始吧。"

"你要做什么?"罗明站了起来,警惕地看着松本。

"我说了,先礼后兵。现在自然是要兵戎相见。"松本脸上的笑容凝固了,跟着拿起旁边的盘子,一下子砸到了罗明的头上。

"啊!"旁边的木兰花和潘颖吓得一下子叫了起来。

"松本，你终于露出了你的真面目。"罗明的头上顿时血流如注，他捂住脑袋冷声说道。

"不好意思，罗先生，我冲动了，你们带罗先生去审讯室，正式开始吧。"松本拿起旁边的餐巾擦了擦手上的血，对着后面的两个手下说道。

罗明被人拉着带走了。

松本转过头，看了看其他人说道："各位，你们慢用，如果吃完了，我会安排人对你们进行询问工作。不好意思，刚才我对罗先生太冲动了，你们不要介意。"

此时的松本看上去文质彬彬，说话温和，却令其他人惊恐万分，甚至瑟瑟发抖。更恐怖的是，他们不知道这顿丰盛的饭菜后，自己要面临的会是怎样的恐怖审讯。

3. 欲加之罪

一盆冷水浇到了罗明的身上。

罗明睁开了眼，冷水混着脸上的血流进了眼睛里，他感觉有点刺眼，不过还是努力地睁开了眼睛。

阿三将水盆放到了旁边，然后走到了坐着的韩世超面前说道："你看，我就说了，他是装的，一盆水上去，马上醒过来。"

"罗副会长，你这是何必呢？明明很简单的事情，你非要复杂化。"旁边的韩世超叹了口气说道。

"呸。"罗明吐了口血水，他的眼睛里不知道是血水渗进去还是眼球已经变成了通红，他看着韩世超说道，"我不明白你的意思。我说了我不是你们要找的人，我就不信你们可以这样胡作非为。"

"罗副会长，我已经说过很多遍了，这是松本给你提出的条件，只要签字，红楼这边的程序就结束了。"韩世超说道。

"韩世超，你别做梦了，日本人提出的任何条件我都不会签字。有本事，你就杀了我。"罗明冷哼一声说道。

韩世超站了起来，拍了拍手说道："好吧，既然这样，阿三，后面就辛苦你了。"

"放心，我明白。"阿三狞笑着走了过来。

韩世超坐了下来，端起了茶杯。

阿三走到了罗明的面前，拿着手里的皮鞭抵住了罗明的脸，然后擦拭了一下上面的血水，摇着头说道："真没想到，堂堂罗氏家族的副会长，怎么变成这样了？我想你一定很好奇为什么会来这里吧？"

的确，阿三的问题也是罗明最大的疑惑。他自问并没有得罪日本人，并且这次还参加了日本人组织的南明商会。再加上他们罗氏家族在广州也算是数一数二的商户，平常结交的朋友和生意上的合作方，更加不可能有问题。

罗明了解曹风，他做事谨慎，阴险毒辣，如果没有让人信服的理由，曹风应该不会随便将罗明抓来。

可是，特务科他们到底查到了什么呢？

"罗副会长，说起来我们也算是老相识了，我一直都记得你之前对我做的事情。真是风水轮流转，以前我说过，你要是落到我手里，我可不会放过你。不过你放心，我绝对不会公报私仇。"阿三笑了笑说道。

"你到底想说什么？"罗明愣住了。

"我来告诉你吧，罗明，你之所以被带到这里，那是因为你的女儿，罗娜。"这时候，后面的韩世超走了过来说话了。

"罗娜？这怎么可能？"罗明愣住了，罗娜是他的女儿，他离婚后，罗娜一直和他前妻生活，目前还在广州这边读大学。罗明完全没想到自己被抓竟然是因为罗娜。

"韩队长何必骗你，一个月前，你的女儿罗娜是不是救过一个人？"阿三转了转眼珠子，嘿嘿地笑着说道。

"难道？"罗明顿时呆住了，他的眼前立刻出现了一个月前那天晚上的情景……

打开门看到罗娜的时候，罗明非常意外。

算算时间，已经有一年多没见过罗娜了，上次见她，还是罗明记得她的生日，给她买了个大蛋糕，结果罗娜只吃了一点点，便匆匆离开了。

罗明知道，罗娜恨他，以为是他抛弃了她们母女，所以即使后来罗明几次想见她，都被拒绝了。

现在，看到罗娜竟然自己找上门，这让罗明既意外又兴奋，本想拉着她好好叙叙旧，但是罗娜却拉着他慌慌张张地向后院走去。

罗明跟着她走过去，才发现在后院有一个受了伤的男人。

罗娜让罗明帮忙找宁医生给男人看伤，对于男人的来历，罗娜说是她学校的老师，其他的不愿意多说。

宁医生是罗明多年的朋友，单独开了一个医疗诊所，只为私家服务。罗娜让罗明找宁医生过来，自然是因为她的那个老师没有办法去医院看伤。虽然罗娜没有明说，但是罗明还是给宁医生打了一个电话。

没过多久，宁医生便赶来了，帮男人看了一下伤，惊讶地说，男人受的伤是枪伤。

听到宁医生的诊断，罗明拉着罗娜仔细问了一下。在他的追问下，罗娜说出了男人的情况。男人的确是罗娜的老师，罗娜救下他也是偶然，并没有其他原因。

日本人占领广州后，各地势力涌入广州，国民党的人，共产党的人，更有趁着战乱趁火打劫的各方组织。昔日的羊城成了一座人心惶惶的凶城，所有人都担心引火烧身。罗氏家族虽然有一定的身份，但是也是如履薄冰。罗娜救下的那个人受了枪伤，显然不是普通人。所以，思来想去，罗明背着罗娜让人将其带走，虽然后来罗娜大闹一场，但是罗明觉得至少避免了麻烦。

现在阿三说出了罗娜救人的事情，看来这次罗明被抓，果然是因为那个人。罗明记得自己在第一时间就安排送走了那个人，并且送那个人走的人都是他亲自挑选的，也没有任何漏洞，可是为什么特务科的人会知道呢？

难道说？

罗明忽然想到了一件事情，罗娜说过，那个男人是她们学校新来的国文老师，平常他们也不熟。那天罗娜其实本来是要回家的，但是中途却发现有东西忘在了学校。于是罗娜反身回校，在路上发现了被人追杀的老师。说来也奇怪，当时老师受伤了，罗娜也是个女孩子，两人走得并不快，但是后面的人却没有再追过来。

既然自己这边没有问题，那唯一的问题便在那个男人身上，所以他应该是特务科的人，并且很有可能是特务科安排的，目的自然是制造今日之祸。看来，特务科对自己发难，一个月前就已经开始做准备了。

想到这里，罗明叹了口气。

"罗副会长，看来你应该想起来了。怎么样？松本先生给你的这几个条件,你是不是可以签了?"韩世超看到罗明的反应又说话了。

"不可能,松本给的条件我如果签了,那就是让我罗家灭族。你直接告诉松本别痴心妄想了。"罗明冷声说道。

"唉,罗副会长,你也知道,日本人做事,我们特务科是没办法左右的。来到红楼的人,就算是死了,也得满足他们的条件。据我所知,他们已经让人去找罗娜了,到时候恐怕你想不答应都不行。"韩世超摇了摇头说道。

"浑蛋,你们这些日本人的走狗,韩世超,阿三,昔日你们虽然胡作非为,但也只是欺负一下中国人,现在你们竟然彻底帮着日本人为非作歹,你们就不怕以后死了没脸见你的列祖列宗吗?"罗明愤怒地说道。

"罗副会长,我就是个打杂跑腿的,上面决定的事情我能怎么办?不过来之前曹科长跟我说了一个事情,如果你走投无路了,他有一个办法可以帮你离开红楼。"韩世超说道。

"什么办法?"罗明问道。

"只要你承认你就是'红棉',我们就可以带你离开,等到了特务科,我们科长会有办法帮你解除嫌疑。"韩世超说道。

"你在说什么?"罗明愣住了。

"我说得不够清楚吗?只要你承认你就是我们要找的'红棉',那么我们特务科就可以从红楼把你接走。只要你承认了,罗娜自然也就没事了。要知道,你在红楼这边,特务科是没有办法做任何事情的,包括外面所有有关系的人也不可能救你出来。你如果执迷不悟,不但会牵连到罗娜,甚至还会让你赔上整个罗氏家族。日本人的手段,我想你应该了解。"韩世超详细地说了一下。

罗明没有说话，此时此刻，他才真正了解到自己陷入了怎样的算计之中。本来罗明以为他们利用罗娜陷害自己只是因为之前他拒绝了曹风的提议，现在看来事情根本没有那么简单。他们竟然想要让自己担下"红棉"的罪名，这显然已经不仅仅是要他在罗家的地位，更是要他的命。而且，韩世超说了，只要他承认了这个罪名，罗家其他人可以免责。如果这些人真的是特务科的，他们的目的应该不仅仅是他罗明一个人，而是整个罗家。现在所有的指向显然只是针对他一个人。

"你怎么确保我承认了'红棉'的身份，你们可以保证我罗家其他人的安全？"罗明说话了。

"这个你放心，你的侄子罗志峰找过曹科长了，他们之间商量好了。"韩世超脱口说道。

"他们商量好了？"果然，罗明冷哼一声。

"不，我的意思是罗志峰在你出事后第一时间去找科长帮忙疏通，救你，可惜当时松本点名让你过来这里，所以特务科这边只有在你承认'红棉'身份后才能操作这一个办法。"韩世超解释。

"好，我同意你们的办法，我承认我就是'红棉'。希望你们遵守承诺，不要牵连我们罗家人。"罗明说着闭上了眼。

4. 无奈选择

木兰花转过了头，警惕地看着跟进来的两个男人，她往后退了两步，摸索了一下，拿起了旁边一根筷子。

两个男人往前走了两步，没有等他们说话，木兰花一下子将那根筷子顶到了自己的脖子上，怒声说道："你们别过来，否则,否则我就死给你们看。"

这时候,松本从门外走了进来,对着那两个男人摆了摆手,两个男人关上门,退了出去。

"木兰花小姐,你不要害怕,请放下手里的筷子,这样很不好。"松本说道。

"你,你要做什么?"木兰花没有听从松本的话,只不过刚才的愤怒变成了恐惧。

"如果我要害你,其实没必要把你带到这里来,对吗?或者直接让人带你去审讯室就好,木兰花小姐,我之所以带你到这里来,是为了表示我的诚意,我希望你不要误会。"松本耸了耸肩说道。

木兰花愣住了,松本说得没错,如果他要伤害她,根本不需要这么客气,完全可以直接带她去审讯室,或者像对罗明那样。想到这里,她慢慢将手里的筷子放了下来。

"郑通联系我们了。"松本说着坐了下来,"并且上井大佐也给我打了电话,希望我可以认真对待你的事情。"

"你,你到底要说什么?"听到松本提起了老板郑通和上井,木兰花对他的警惕慢慢放松了下来。毕竟木兰花知道自己的情况,虽然郑通是老板,但是他的能力和人脉并不能让自己离开这里,之前的凤凰花就是先例。他之所以对自己如此上心,完全是因为几个重要的客人看中她,比如上井就是其中一个。郑通的牛意全靠这些人关照,如果她出了问题,郑通失去了这几个重要客人的关照,恐怕他的樱花夜总会都得关门。

"你或许还不清楚你为什么会来到这里吧?"松本说道。

"不是因为南明商会开业时被特务科误会吗?"木兰花愣住了。

"木兰花小姐说笑了,你是南明商会请过去的嘉宾,并且南明商会可是我们日本商会和广州商会的合作商会,怎么可能会出现问题呢?"松本笑了起来。

"可是,可是他们怎么说是因为特务科要抓的人逃进了南明商会,然后我们有嫌疑,才会被抓进……"木兰花的话没说完便停住了,松本说得没错,这么简单的事情她都没想到。特务科带他们过来,根本就是提前设计好的。本来南明商会开业,她是不需要来的,但是郑通说是日本人那边特意交代的,他不好拒绝。如此看来,她到南明商会,然后被抓到这里,一切都是提前设计好的。特务科所谓的"红棉"根本就是一个虚无的幌子,他们真正的目的,其实是在南明商会抓人。

"我给你讲个故事吧。"松本站了起来,走到了桌子前,那里放着一个瓶子,里面插着一枝粉色的樱花,看上去美艳秀丽。松本从枝上摘了一朵樱花,然后走到了木兰花的身边,将那朵樱花别到了木兰花的头上:"故事就从一朵樱花说起……"

大正八年,日本结束了海外战争,取得了胜利。无数在外的军人凯旋。胜利属于战争爱好者,对于普通的日本军人来说,他们并不在乎,他们更想要的是可以见到亲人和思念的爱人。

山本和上井除了是同乡,更是一起在外经历生死的兄弟,并且他们还拥有一个共同喜欢的女人,惠子。当初他们离开日本的时候,惠子曾经送给他们每人一朵樱花,并且承诺,他们谁先回来,就会嫁给谁。所以在外打仗的日子,惠子送的樱花是支撑他们的所有动力。也许是命运使然,山本和上井本来是一起回国的,但是在回去的路上,山本乘坐的汽车却出了问题,耽误了行程。等到他回到家乡的时候,看到的却是上井和惠子的婚礼告示……

松本讲的这个故事，木兰花听了一半便明白了过来，因为之前在樱花夜总会的时候，上井大佐每次喝醉都会讲这个故事，并且他总会把木兰花当成惠子，痛哭流涕地忏悔自己犯下的错误。

后面的故事是失望的山本自认为和惠子无缘，于是在上井和惠子的婚礼上给予了他的祝福，然后离开了家乡。

为了躲避感情的痛苦，山本主动申请加入了特高课，离开了家乡，隐姓埋名，做了一名情报人员。

四年后，日本遭遇了他们有史以来最大的灾害，一场8.1级的地震将日本变成了人间炼狱，山本回到家乡救援，得知惠子在地震中遭遇不幸，并且还得到了另外一个消息，当年他回家的汽车出现问题其实是上井所为，被欺骗的山本愤怒地将上井毒打一番，最后被带回处理。上井也因为自己犯下的错，被家乡的人鄙视唾弃，于是不得已加入军区工作。

再后来，他们一起来到了中国，上井因为不敢回去面对惠子和家乡父老，所以便一直留在中国。

木兰花不知道为什么松本会给他讲这个故事，莫非他和山本有什么关系？

"我想上井肯定跟你说过这个故事，故事里的山本其实就是我的哥哥，也是这个红楼的负责人。"松本说出了故事的真相。

"啊，竟然是这样，那，那上井先生岂不是松本先生最痛恨的人？难道说我被带到这里，是松本先生故意的？"木兰花突然想到了一件事情。

"不，我的哥哥怎么会做出如此事情？你被带到这里来的确是因为这件事情，但并不是我和我的哥哥所为。我在知道了这件事情后已经和哥哥说过，他非常痛恨这件事情，不管是谁做的，他都不希望这么做。所以，木兰花小姐，我们不会为难你，只要你做一件事情，你就可以离开这里。"松本说道。

"什么事情？"木兰花看着松本问道。

"根据我的调查，让你陷入这次事件的人应该是特务科的人，他的目的表面看是讨好我的哥哥山本，其实是再次挑拨我哥哥和上井之间的关系。如此歹毒之事，我必须调查清楚，所以我需要木兰花小姐的帮忙。"松本说道。

"松本先生说笑了，我一个弱女子能帮你什么？"木兰花苦笑了一下。

"你可以的，只要你承认你就是特务科找的'红棉'，你们中国有一个很厉害的计策，就是将计就计。木兰花小姐，请放心，即使承认你是'红棉'，曹风他们也不会对你做什么，因为他们知道你并不是，并且我们红楼这边的人还会在背后保你。"松本说道。

松本的话，木兰花明白，听上去是请求，其实就是命令。她能说不吗？不管松本讲的事情是真还是假，现在她已经被逼到了刀尖上，前后都是死路，她根本没得选择……

5. 以退为进

门响了。

潘颖站了起来，只见沈浩天被推了进来。

后面跟着的是韩世超和侯峰。

"你们？"潘颖疑惑地看着他们，不知道他们要做什么。

"沈先生，坐吧。"韩世超坐到了旁边的凳子上，指了指对面的凳子对沈浩天说道。

沈浩天看了看潘颖，坐了下来。

"侯峰，你出去守着，没什么事别让人进来。"韩世超对着侯峰摆了摆手。

侯峰明白了韩世超的意思，关门走了出去。

潘颖两只手交错在一起，不停地搓着。沈浩天也有些紧张，后背紧绷着，仿佛一条随时会崩断的弦。对于韩世超，潘颖和沈浩天自然知道，他除了是特务科的情报组队长外，更是沈浩南在特务科里的对头。现在他们两个人，一个是沈浩南的女朋友，另外一个是沈浩南的弟弟，他们面对韩世超，肯定小心翼翼，如履薄冰。因为之前沈浩南也叮嘱过他们，在红楼里要格外小心，尤其是面对韩世超，因为稍不注意就会陷入圈套中，无法挽回。

"沈先生，潘小姐，你们不要紧张，说起来我们也是熟人，毕竟沈先生的哥哥、潘小姐的男朋友沈浩南是我的同事。"韩世超笑了笑说道。

"韩队长，你单独找我们是有什么事吗？"沈浩天咽了口唾沫，小心翼翼地问道。

"我找你们自然是为了你们好。我想沈浩南应该和你们说过这红楼是什么地方吧？"韩世超看了看他们。

"没有说太多，只说是日本人的地方，让我们小心点。"潘颖怕沈浩天说错话，快一步说道。

"应该还说了让你们小心我吧？"韩世超笑了一下跟着说道。

"这？"潘颖和沈浩天对视了一眼，不知道该说什么。

"可以理解的，谁都知道在特务科里，沈浩南和我分管两个组，互相竞争，所以外人看来我们自然是竞争关系。但是你们别忘了一点，我们的竞争是在特务科里，现在这里是红楼，是日本人的地方，那我们就不单单是竞争关系了。"韩世超继续说。

"韩队长,我不明白你的意思,你到底要说什么?"沈浩天看着韩世超问道。

韩世超站了起来,走到了窗边,看着外面说道:"你们可知道这红楼的来历?"

"不知道。"潘颖说道。

"那我跟你们说下,或许听完后你们会明白我的意思。"韩世超伸出指头在窗户的玻璃上抹了抹,看着上面自己隐约的影子说道。

红楼,正如其名,早期其实一直是一个隐藏的青楼,不过它区别于传统的青楼,建造它的老板名叫章明成。据说章明成的祖上是朝廷的一品大官,在位期间贪了不少钱,将钱全部留给了子孙,并且留下祖训,凡是章家子孙,钱财不可露,富贵不可出。章家子孙严格按照祖上的训示,隐姓埋名不再出来。不过他们却在背后利用祖上留下的财富,涉猎各种生意。等到了章明成这一代,他便把祖上留下的财富以及自己积攒的人脉集合到了一起,最后建了红楼。

红楼打造的就是为专人服务,每个客人都非富即贵,所以这里的女人自然也不是一般的女人,每一个都是章明成亲自挑选,无论身材样貌还是背景人品,都要符合他们的要求。

这样一个地下的人间天堂,很快便成了很多人的梦中之地,无论是富商老板还是军阀官员,都成了红楼的熟客。

章明成的红楼让他赚钱无数,兴奋之余便忘记了祖训。他在一次醉酒后和一名落魄副官发生了纠纷,借着他的人脉和金钱,将那名落魄副官打得奄奄一息,扔出了红楼。没想到的是对方的靠山竟然是一个军阀大佬,于是在那名副官的怂恿和欺瞒下,军阀带兵直接找到红楼,灭掉了章明成,并且将红楼里的金银珠宝抢劫一空。于是，昔日高不可攀的红楼，变成了断壁残垣的废墟。

慢慢地，人们也开始忘记了红楼之前发生的故事，后来一个国外回来的华侨重新将红楼修建了一下，想把它作为自己家族的养老之地，可惜后来发生战争，那名华侨为了安全，便扔下了红楼，带着家人重新去了国外。

山本在日本人过来广州的时候，便看中了红楼，于是通过奉天的关系，将红楼改成了现在的秘密机关审讯地。后来，日本军区和梅机关为了分开业务，奉天便派曹风过来接收了特务科。但是因为红楼的负责人是日本人，所以为了照顾他们的面子，一些特定的人或者他们点名的人都要送到红楼。

"所以，送到红楼这边的人，我们特务科并没有权限过问。但是之前红楼和特务科有过一个约定，那就是从红楼带出去的人，到了特务科，红楼这边便不再过问。"说完红楼的来历，韩世超补充了一下。

"那就是说我们被带到这里是红楼这边的意思？可是，不是说你们在找'红棉'，我们因为涉及其中才被带来的吗？"沈浩天听后不禁说道。

"抓捕'红棉'是日本情报总部下的任务，我们特务科和红楼这边是一起执行任务的。红楼这边因为属于军区，自然要以这边为主。"韩世超说道。

"如此说来，特务科还是要听命于红楼的走狗。"潘颖听后不禁怒声说道，本来她以为是因为特务科执行任务，自己无意中有了嫌疑，才会被抓了起来。现在看来这一切竟然是红楼山本他们的主意。

"潘小姐，你不用生气，我想沈浩南应该没和你说这么多，他其实也没办法。我来的时候，曹科长说了，你们两个是沈浩南的亲人，也算是我们特务科的亲人，所以让我想办法保你们出去。"韩世超说道。

"韩队长客气了，你也说了，这里是日本人的地方，我们也不愿意让你涉险，如果你真的想帮我们，不如跟沈浩南说下，让他想办法。"潘颖想了想说道。

"这点我自然知道，沈浩南出面帮你们是最合适的。不过有一点你们不明白，山本之前有个朋友被我们特务科抓了，正好是沈浩南管着，所以山本找到曹科长，希望可以让沈浩南帮忙放了他的朋友，但是沈浩南却死活不同意，最后山本只好愤然离去。你们想，你们是沈浩南的亲人，现在到了红楼，落到了山本的手里，他会轻易放过你们吗？"韩世超说道。

"竟然是这样？那，那你有什么办法。"沈浩天和潘颖对视了一眼，问道。

"只要你们承认自己是'红棉'，我们特务科就可以将你们带走。等到了特务科，你们的事情自然就好办了。毕竟在那里，无论是我还是沈浩南，都可以帮你们。"韩世超说道。

"可是，可是'红棉'不是只有一个吗？我们两个人怎么能都承认呢？"潘颖说道。

"正是这样，你们的身份才需要到特务科鉴别，我们才更有理由将你们带走，否则松本还会留下你们其中一个。"韩世超说道。

"明白了，谢谢你了韩队长，我们知道该怎么做了。"听到这里，沈浩天和潘颖明白了韩世超的意思。

"明天特务科和红楼这边会进行第一次身份鉴别，松本会再次将你们带到一起，到时候只要你们承认你们就是'红棉'，我和沈浩南就能按照程序带你们离开。"韩世超说道。

"好，我们知道了。"沈浩天和潘颖点了点头同意了韩世超的提议。

6. 不眠之夜

铁门打开了。

一辆黑色的轿车从外面开了进来，光线强烈的前照灯将整个红楼的院子照得通明，前面两排日本宪兵队的成员排成两列，对立而站。

松本站在最前面，目光紧张地看着前面的车子。

车门被打开了，一个穿着便装的男人走了出来，他大约五十岁，头发梳理得一丝不乱，面目温和，不过眼睛却闪着鹰一样的凌厉目光。

松本快速走了过去，扶住了男人的手，并且喊道："哥哥。"

"不是说了，在外面不要这么喊？"男人瞪了松本一眼。

"是，山本先生。"松本立刻明白了男人的意思，慌忙改掉了称呼。

"现在是什么情况？"山本一边说着一边往前面走去。

"一切正常，都是按照我们之前的计划在进行。曹风那边也在全力配合。"松本说道。

"不要出岔子，这次的事情要谨慎对待，这和以前的情况不一样，这次是军区和情报部合作的计划，要考虑情报部的面子。"山本说道。

"明白，我知道该怎么做。"松本连连点头。

"你将他们的资料拿给我，我再看一下，明天特务科的人就要过来了,我不希望在红楼里面出现任何问题。"山本看了看松本。

"山本先生,请放心,绝对不会出现任何问题。"松本立刻连连点头。

回到房间里,山本坐到了书桌后面。

松本将一个文件袋放到了他面前:"所有人的资料都在这里,我已经让人检查过一遍了,和之前一样,按照红黄蓝三种颜色区分权限。"

山本没有说话,抽出文件袋里的文件,看到标头的颜色后,拿出了红色的文件看了一下。

"罗明?"山本念出了文件上的人名。

"是的,就是罗氏家族的那个罗明。之前我曾经去拜访过他,想要他为我们做点事情,被拒绝了。"松本说道。

"据我所知,这个罗明是一个爱国主义很强的人,罗氏家族里他虽然排行老二,但其实是主要负责人。之前日本商会那边为了进入广州,在和沈放谈崩后,曾经派人去过罗家,结果直接被打了出来。这一次南明商会成立,罗明之所以过来,还是看着沈放的面子。曹风在搞什么鬼,怎么直接把罗明抓来了?如果罗明这边的事情办不好,以后还怎么实施我们的计划?"山本皱了皱眉说道。

"这一点韩世超和我说了,罗明的侄子罗志峰已经和曹风沟通好了,如果罗明回不去了,他就能成为罗氏家族的负责人,到时候罗氏家族就会改变之前的策略和方向,转而和我们合作。"松本说道。

"罗志峰?"山本愣住了。

"这个罗志峰目前跟着彭东原,说起来也算是在为我们做事。"松本补充道。

"这件事情没有想象的那么简单,这次寻找'红棉'的任务是军区和情报部合作的事情,广州是最重要的一个环节,虽然曹风是奉天那边非常信任的人,但说到底他是中国人,还是要多加小心。"山本说着站了起来,然后从口袋里拿出了一张纸,"这是我刚刚收到的最新情报。"

松本接过看了一眼,惊喜地说道:"这情报是真的吗?"

"对,横条将军给的情报,不可能有假,并且这个情报,曹风他们那边并不知道。所以我才会连夜回来。"山本说道。

"哥哥的意思是……"松本低声问道。

"明天按照和特务科那边的原计划进行,不过后面要根据情报来布置一下。为了避免情报泄露出去,这个事情不要对任何人说,在红楼里,只有你我知道。"山本看着松本说道。

"明白。"松本点了点头。

"好了,你下去安排吧。"山本摆了摆手说道。

松本离开了房间。

山本走到了窗户面前,然后拉开了窗帘看去,从他窗户的位置正好可以看到前面的房间,那里正关着从南明商会带来的人,其中两个房间,一个是木兰花和潘颖的房间,另一个则是沈浩天的房间。

刚才松本提供的文件里,沈浩天和潘颖也是红色文件,其实不用看,山本已经知道他们两个人的情况。一个是沈放失散多年的幼子,一个是沈浩南的女朋友。从身份来讲,他们都和沈放有着密切的关系,从嫌疑方向来讲,他们都是从外地来的,并且潘颖还是从武汉过来的。虽然他们的背景已经调查清楚,看上去并没有什么异常,但是如果他们中间真的有人是"红棉",背景这块自然是早就准备好的。

山本知道，松本之所以把他们两个人标注为红色，还有另外一个原因：在红楼里面，有一个不成文的规定，对关进来的人以红黄蓝的颜色来定义嫌疑度，红色的嫌疑人除了被高度怀疑外，还有另外一个特点，那就是他们背后的人可以给红楼带来巨大的经济收入。罗明是罗氏家族的副会长，那么就算他不是"红棉"，他要想平安出去，至少也要花费一笔巨款，同样，和沈放有着不一样关系的沈浩天以及潘颖，自然也有这个特点，所以他们三人的文件是红色标头。

按照山本对松本的了解，他已经安排好了一切，这几个人应该都已经同意在明天的交接会上承认自己的身份是"红棉"，到时候他们会被特务科带回。后面的事情便全部由特务科出面处理，需要收钱的收钱，需要杀掉的杀掉。这样的做法既可以帮他们拿到想要的钱财，也可以避开日本人亲手杀人的局面，这也是一直以来他们以华制华的方法和策略。

这一次的情况比较特殊，山本刚刚接到了上面的情报，因为"红棉"的特殊性，广州这边的地下组织担心"红棉"身份暴露，所以他们通过了解红楼和特务科的一贯合作方法后，准备在明天嫌疑人被送往特务科的路上进行营救。

根据情报显示，营救"红棉"的人也不知道他（她）的真正身份，只有真正的"红棉"知道自己的身份，所以想要找出谁是"红棉"，只有通过来营救的人这一条线索。

不过山本也想到了，"红棉"非同常人，即使真的营救他（她）的人出现了，为了安全，他（她）也不一定会承认自己的身份，明天的计划只是第一步。"红棉"藏匿太深，并且关于他（她）的信息一点都没有，如果想要把"红棉"找出来，绝对不能按照平常的办法。所以，明天前来营救"红棉"的人才是找到"红棉"的破局关键。

如果这一次寻找"红棉"的任务完成，山本就可以回到军区，甚至接手整个广州的军区管理权，这也是他一直以来梦寐以求的事情。

回到书桌面前，上面的花瓶里插着一枝樱花，这是从武汉运过来的樱花，比起日本的樱花还是差一点点。不过，无论是武汉的樱花，还是日本的樱花，对于山本来说，都只不过是一种逝去的思念。

惠子已经离开了太久。

这一切都是拜上井这个浑蛋所赐。

如今上井跟他一样，就在广州，他潜伏在红楼这么多年，就是为了有朝一日可以踩到上井的头上，将他欠自己的、欠惠子的全部要回来。

"红棉"是他唯一的机会，因为他已经收到了消息，上井很快就会跟随军区离开广州，如果让他回到日本，就没有机会了。

想到这里，山本看着眼前的樱花，用力握紧了拳头……

7. 纸条之谜

夜深了。

从房间的窗户望过去，可以看到楼下巡逻的红楼特务，并且前面还有一盏探照灯时不时扫过院子，整个红楼看上去悲伤寂寞，但是背后却阴森恐怖，犹如炼狱。

前面三楼的房间有几间亮着灯，看不见里面的情况，或许房间里的人和沈浩天他们一样也是被困在这红楼里的人，又或者他们其实就是红楼的管理者。

韩世超的话其实已经很清楚了，听上去没什么问题，合情合理。回来的时候，沈浩天看到潘颖似乎动心了，甚至还想跟他说什么，但是却被带他们回来的特务推走了。

潘颖毕竟是一个普通女孩，面对韩世超的话，她就算深思熟虑也会觉得没有问题。更何况，他们现在深陷在这个命运未知的红楼里面，即使是沈放都无能为力。就像韩世超说的一样，哪怕他们认罪了，到了特务科，他们都有机会被保出来。

可是，真的是这样吗？沈浩天不相信。如果真是这样，为什么沈浩南来的时候不直接说出来？再者，他和潘颖既然是沈家的人，那么这个事情为什么不让沈浩南告诉他们？而且所有人都知道韩世超和沈浩南在特务科是对头，韩世超怎么这么好心帮助自己的对头呢？如果像他说的那样，是因为他们都是中国人，红楼这边的人是日本人，那简直更可笑，因为韩世超和曹风本身就是帮日本人做事，相信一个汉奸的话，那还不如相信松本的话。

在来广州之前，组织上已经将了解到的所有情况都告诉了他。不过因为日本军区和情报部的关系，再加上广州这边的各种势力，所以很多情况都不太确定，唯一知道的是曹风和韩世超他们其实对于日本人来说已经是鸡肋，所以他们做的事情很可能是为了自己。

沈浩天这次过来广州的任务就是接替"红棉"，成为广州地下组织的接头人，本来他想着能借沈家的关系，在这里扎根，应该很容易找到"红棉"，没想到的是，他还没有见到沈放，甚至刚到广州屁股还没坐热，就被抓到了这里。不过，庆幸的是，这次特务科抓的人都是"红棉"的嫌疑人，所以和他在一起的这些人中必然有和"红棉"有关系的人，甚至说，可能"红棉"就在其中。

　　韩世超让他们承认自己是"红棉"的做法，真正目的到底是什么？沈浩天现在不得而知，不过他可以确定的是，如果真正的"红棉"也接到了这样的劝告，应该不会承认自己的身份，因为这可能是特务科和红楼的一个圈套，真正的"红棉"跳进来，还怎么出去？但是不是真正的"红棉"的人可能会被特务科忽悠，到时候如果有人不承认自己是"红棉"，那么他的身份反而会暴露出来。如果是这样的话，那明天和山本见面的坦诚会，其实是他们专门为真正的"红棉"设下的圈套。

　　所以沈浩天不能这么做，否则很有可能将"红棉"暴露，并且还有可能让沈浩南陷入困难中。如果说真的按照韩世超的提议，他和潘颖承认了自己是"红棉"，就算到了特务科，沈浩南和沈放的确有时间可以对他们进行营救，但是他们的口供、身份也会让沈家付出极大的代价，甚至可能还会牵连到沈家。虽然沈浩天的真实身份并不是沈放的儿子，但是他和沈浩天毕竟是生死之交，而他后面要想在广州立足，还需要依靠沈家的帮助。

　　想到这里，他心里暗暗下了一个决定。

　　此时门外突然传来了一个声音。

　　本来站着的沈浩天，迅速躺到了床上，假装睡着了，并且眯着眼看着前面的门口。只见有一张纸条从门缝塞了进来，一个人影晃身离去。

　　沈浩天瞬间坐了起来，走到门边，刚想蹲下身，似乎想到了什么，于是故意将旁边一个东西扔到地上，假意去捡，顺便将那张纸条收到了手里。跟着，他重新躺到了床上，侧身打开了那张纸条。

　　"不要相信这里任何人的话。"

纸条上只有一句话，字体清秀，没有署名。

沈浩天不知道是谁塞给他的，但是他知道对方必然是知道韩世超找过他，所以对方担心沈浩天着了韩世超的道。

是沈浩南的手下吗？沈浩天想起了那个叫阿乐的男人，他是沈浩南最信任的人，沈浩南走的时候还把他留在了红楼。所以，他应该是最有机会将纸条塞给他的人。

可是，如果是阿乐他为什么不直接过来告诉他呢？他是特务科的人，就算过来也没什么，用纸条传信，反而显得有点小题大做了。

仔细看纸条上的字，再想起阿乐的样子，人们说字如其人，沈浩天感觉纸条上的字和阿乐应该并不相称，甚至觉得纸条上的字体更像是一个女人的字体。

女人？潘颖，还是那个木兰花？

目前沈浩天在红楼里见到的女人也只有她们两个，会是她们中的一个吗？潘颖，应该不可能，如果是她，当时他们是一起去见韩世超的，从她的反应看，她甚至有点相信韩世超，更何况她已经被带到房间，根本没有机会出来传这个纸条。

难道是那个叫木兰花的女孩？

仔细想来，沈浩天来到广州接触最多的女人就是这个木兰花，她的样子让沈浩天总觉得有点熟悉，而且他们来红楼的路上，木兰花就跟他们说了这里的恐怖，所以对于红楼的情况，木兰花应该相对于其他人来说更警惕。会不会是韩世超找她说了同样的情况，她担心沈浩天，所以塞了纸条呢？

但是，想起木兰花的样子，沈浩天又有点怀疑，她一个文弱的女孩，要想避开门外的守卫，迅速地完成这个事情，有可能吗？

还是说塞纸条的人是"红棉"？

这个可能性不是没有，组织上说了已经通知"红棉"会派人过来接手他（她）的工作，所以会不会是"红棉"担心其他人进入韩世超的圈套，所以特意塞纸条来提醒自己呢？如果是"红棉"做的，那就不能以字体为判断依据，因为"红棉"很有可能为了避嫌，故意将字体写成不符合自己身份的样子，所以纸条上的字体比较清秀，但是仔细看也并不能确认就是出自女人之手。

如此看来，不管塞纸条的人是谁，至少明天的坦诚会，一定不会像韩世超他们设计的那样了。

沈浩天也决定，不管其他人怎么想，为了"红棉"和自己的任务，他断然不会承认自己就是"红棉"，他要保护真正的"红棉"的安全，其次，也要给沈家留出营救自己的空间，如果沈家让曹风和韩世超他们牵制住了，那以后他想要在这里组织地下工作就没有了依靠。

抚摸着胸前的一块玉佩，一股凉意侵入胸口，他的眼前浮现了真正的沈浩天，他们当时从那个恐怖之地逃出来，身受重伤，如果不是遇到了游击队的人，恐怕早已经被灭口。虽然游击队的人用最好的办法给他们进行了治疗，但是沈浩天还是因为伤太重，无力回天。临死之前，沈浩天将他一直佩戴的这块玉佩交给了他。

"周远，如果有一天你遇到了我的父亲，将它交给他，这是我母亲对他所有的爱。"沈浩天说道。

"你放心，我一定会的。"他握着沈浩天的手，悲伤地说道。

本想着有一天来广州完成沈浩天的嘱托，没想到在他终于要来广州的时候，却要利用沈浩天的身份。

"浩天，我不会辜负你的期望，更不会忘记我们的遭遇，那些伤害我们的人，必然会付出代价。我发誓。"握着那块玉，他用力地发出一声低吼。

8. 迷雾重重

门被打开了。

一个特务走了进来，将一碗饭放到了桌子上。

"红棉"站了起来。

"这是你朋友给你送来的饭，吃吧。"特务说完走了出去。

终于还是来了。

"红棉"悬着的心落了下来，但是却比悬着更难受。

走到那碗饭面前，他（她）伸手在里面摸索了一下，很快掏出了一张纸条，打开仔细看了看，里面是一句密语：梅子夜里三月出售。

梅子是代号，他们组织用来专指营救失陷的敢死人员，夜里三月出售指的是夜里三点行动。

这真的是一个让"红棉"痛心的消息。

显而易见，组织已经知道了自己被带到红楼的消息，可是如此严密的消息，怎么会轻易传出去呢？

这必然是特务科和红楼这边设下的请君入瓮之计，他们不但要对"红棉"下手，更想要找出"红棉"背后的同伴。

先前特务科的人让"红棉"承认自己的身份，当时"红棉"就觉得奇怪，现在看来，原来这是特务科和红楼合作设计的一场戏，目的就是引出地下组织背后的人过来营救自己。

此刻，"红棉"不知道组织上的人是通过什么办法将这个消息传进来的,但是接下来的行动一旦按照计划开始了,不但营救人员会掉入圈套,更有可能会暴露自己的情况。

"红棉"焦急地在房间里来回走着,甚至可以想象得出,明天特务科和红楼这边的计划会如何开始。

所有带到红楼的人,都会被特务科用各种理由劝服,让他们承认自己就是"红棉",这样一来,无论这几个人是不是真的红棉,首先可以坐实有罪,即使到时候离开红楼,去了特务科,也是已经承认自己是"红棉"的人,特务科就可以随意处置他们,或者要挟他们的家人献上所有的钱,又或者直接将他们送给日本人交差。其次,特务科和红楼的人这么做,肯定认为真正的"红棉"并不会承认自己的身份,所以到时候如果有人不配合特务科提议,那此人很可能是"红棉",这也是帮助他们筛选"红棉"的办法。

这次自己被抓,纯属意外,本来"红棉"是接到上头的消息,负责和自己接头的人来到广州,并且会出现在南明商会。本以为日本商会和广州商会这两座靠山会比较安全,结果没想到特务科的人竟然也看到了这里,并且还以一个莫须有的理由冲进来抓人,显然他们的情报出了问题,特务科提前知道他们在这里接头见面。

虽然被带到红楼的人情况简单,但是作为一个多年的地下工作人员,本着职业习惯,他(她)对这几个人并无信任。不过这种情况并不是坏事,"红棉"倒希望这几个被带到红楼的人中有敌人的特务,因为正好可以利用这点迷惑众人,方便遮掩自己的身份。现在的情况下,"红棉"不但要保护好自己,更要保护过来接头的人,并且他(她)相信,过来跟自己接头的人肯定也想到了这一点,在明天的坦诚会上,想来对方也不会听特务科的提议。只是如果是这样的话，他们必然会成为红楼和特务科的怀疑对象。如果真的是这样的话，即使牺牲自己，也不能让接头的人出事。

这真的是一个无眠之夜。

"红棉"相信，今夜无法入眠的人可能不止自己一个。

这时候，窗外的探照灯突然晃了过来，外面响起了一阵警报声。

"红棉"一下子站了起来，立刻走到了窗前。

只见院子里立刻冲出来一队人，还没有等他们站到中间，门口方向直接响起了一阵枪击声，前面的几个特务立刻中弹，倒地身亡。

这是有人来抢人了？"红棉"的脑子立刻冲出了一个念头，难道是组织上改变了时间，现在过来救人了？

不可能，先不说自己是刚刚得到组织上的消息，按照组织的规定，他们对行动的时间会研究得非常到位，因为稍有不慎就会全军覆没。所以，现在过来的人肯定不是组织的人。

显然红楼这边的防守非常严谨，不光下面的人迅速集合，二楼和三楼以及顶楼的人很快到位，并且探照灯随着枪声的响起，立刻照了过去。

眨眼之间，所有的火力立刻集中到了门口冲进来的几个人以及旁边潜伏的几个人身上。

这一幕，相信不仅仅"红棉"，所有被困在这里的人都看得清清楚楚，不管他们是来营救谁的，此刻都已经被消灭，也彻底熄灭了那个想要被救走的人的希望。

枪声结束了，松本出来了，下面的人很快将尸体摆在了院子里。

一共六具尸体。

"红棉"从窗口望去，因为距离的原因并不能看清楚，不过从尸体的衣着看，可以确定他们并不是组织上的人。

既然不是来营救"红棉"的人，那么必然是来营救另外五个人中的某个人。

这个突然出现的插曲让"红棉"激动起来，因为它很有可能打乱了特务科和红楼的计划，甚至可能还会影响到组织对自己的营救。

果然，很快，门被推开了，两个特务从外面走了进来，然后对着"红棉"说道："出来。"

"红棉"没有说话，站起来跟着他们走了出去。

果然，特务带着"红棉"再次来到了松本招待他们的地方。

不过，这一次松本并没有坐在主位上，而是站在旁边，在主位上坐着一个穿着中山装的男人，他大约五十岁，头发梳得一丝不乱，面色温和，看上去似乎很难和这红楼扯上关系。

所有人都坐了下来。

刚才的事情，大家想来都已经知道了，每个人的脸上都带着惊恐焦虑的表情，大家都在偷偷打量着中间坐着的那个男人。

其实，不用介绍，大家也知道他的身份，看到松本恭敬的样子，他必然是这红楼的负责人，松本的哥哥，山本。

9. 背后之人

罗明是最后一个被带上来的。

座位只剩下松本旁边一个，显然，罗明对于之前松本殴打他一事还记恨在心，他直接走到后面坐了下来。

"罗先生,这是何意?"山本看到罗明的举动,不禁问道。

"山本,别一副虚情假意的样子了,我脸上的伤没好,我可受不起一会儿是座上宾,一会儿变阶下囚。之前你来我罗家,我虽然不愿与你合作,但至少还是以礼相待。今日我落到你们手里,要杀要剐随你们,但是请收起你们虚伪的样子吧,你们这样一唱一和,真的让我不齿。"罗明冷哼一声说道。

山本站了起来,冲着旁边的松本用力打了一巴掌:"我不是说了,在我回来之前,不要动手,不要动粗,为什么不听?"

"是。"松本站在那里一动不动,任凭山本打自己的脸。

"还不向罗先生道歉?如果罗先生不入座,你知道该怎么办吧?"山本对松本说道。

"明白。"松本点点头。

松本来到了罗明面前,低头行礼道:"罗先生,先前的事情是我做得不对,我向您道歉,今天是山本先生特意为各位准备的坦诚会,希望您能原谅我。"

罗明扫了一眼其他人,冷哼一声,站了起来,走了过去。

"罗先生,很抱歉,手下的人让你受委屈了。"山本说道。

"不要废话了,想说什么快说吧。"罗明冷声说道。

"我知道诸位对于来到红楼的事情都比较疑惑,之前松本可能也没有和大家说清楚。我先介绍下自己,我是山本,也是这红楼的负责人。"山本介绍了一下自己。

坐在旁边的人没有说话,他们不知道山本葫芦里到底卖的什么药,脸上充满了疑惑。

"大家不用紧张,相较于特务科,我红楼这边应该是天堂了。曹风他们抓人,无论对错,进了特务科都要扒一层皮,但是我崇尚中国的仁义思想,除非是真的有罪之人,我从不会冤枉一个好人，并且我从不会勉强任何人。正因为如此，我才会让大家参加坦诚会，只要你们如实交代自己的情况，我必然不会为难大家。你们都是因为'红棉'事件来到这里，所以，请放心。"山本说道。

"山本，你让我们交代什么？别以为我不知道你们的把戏，你说得这么冠冕堂皇，无非是为了掩盖你们和特务科的勾当。你们还不如把我们直接杀了省事。"罗明一下子站了起来，怒声说道。

"罗先生，我知道您对我先前的行为生气，即使不为自己考虑，你也应该为其他人考虑一下，难道说你真的要因为自己的行为而牵连其他人吗？毕竟'红棉'只有一个，你让这么多人陪葬，实在不妥吧？"松本说话了。

果然，松本的这招投鼠忌器，让罗明一下子把所有的话都堵在了喉咙里，他愤愤地重新坐了下来。

"各位可能还不了解红楼和特务科的关系，早期其实日本情报总部这边很多事情都是我们红楼在做，之前的特务科只负责配合我们抓人，可是鄙人实在不愿意做这些事情，后来日本情报总报便从奉天那边派了曹风过来。所以现在我们红楼只负责做一个基本的统计，并且我这里不容出错，因为后期的事情还要特务科来负责，到时候他们证实的结果，还要和我们这边进行核对，最终才算定性，毕竟各位身份不一般，无论是谁，搞错了，我相信你们也明白，你们背后的关系人都会不高兴。"山本微笑着看了看所有人，继续讲。

听到这里，沈浩天和潘颖对视了一眼，此刻他们算是彻底明白了韩世超昨天找他们统一口径的真实原因，原来也是为了配合红楼这边的工作。

不止他们，从木兰花、秦骏和左向风的眼神来看，似乎他们都受到了特务科的劝导，一副恍然大悟的样子。

山本的话很简单，他们这里不留罪人，但是如果不承认自己是罪人，那就会一直在这里进行调查，所以只要他们认罪，就可以走下一个程序，送到特务科，究竟后面具体会出现什么情况，那也是特务科做的事情。

可以想象，被带到红楼的人，应该都是有些背景关系的，这些人中自然会有一些是无辜被牵连的，所以想要让他们认罪，自然比较困难，于是红楼和特务科的人便想了这个办法，他们两方一唱一和，一个红脸一个黑脸，一起完成他们各自的任务，满足各自所需。

"本来你们几个人也是这样安排的，但是刚才出了点事情，所以本是明天举行的坦诚会改为今天，我不得不连夜请你们过来了。我想你们应该知道是什么事情。"山本说道。

"可是刚才，刚才院子里的枪声？"左向风低声问道。

"不错，刚才有人闯入红楼，目的很明显，是来救人的。目前我们红楼接手的人只有各位，所以他们定然是为了你们而来。可惜我们的人下手没个轻重，来的人都被杀了，目前唯一的线索是从他们身上搜到一张纸条，应该是派他们来的人给的。"山本说着看了看旁边的松本。

松本立刻走了过来，将一张纸条放到了桌子上。

"各位可以看一下，这张纸条上的内容是一道密语，虽然我们还没有破译出来，不过可以确定的是，他们要救的人也收到了同一张纸条，所以目前我们需要各位坦诚第一件事，那就是谁收到了外面的人送来的纸条。"山本说道。

山本的话如同一枚炸弹，顿时让收到纸条的人悚然一惊，不过他们还是尽量保持着冷静,保持着坐姿。

众人将那张纸条传阅了一下,发现上面的确是一句密语,看上去跟他们被抓或者营救计划毫无关系。

"山本先生,只靠一张这样的纸条怎么就确定我们这边也有人收到了纸条呢?这未免也太草率了吧?"左向风看后不禁说话了。

"是啊,都不知道这纸条是什么意思,看上去好像什么都不是?现在是冬天,这上面怎么写着,春天的花十一月开。这都是什么啊?"秦骏跟着说道。

"我劝各位坦诚相见,即使说出来也没什么,我相信来红楼营救的人也不一定就是'红棉'的人,因为各位的关系,谁都有能力搞这样的营救。我现在可以保证,只要你们主动坦诚,我不会计较这次的情况,但是如果你们坚持不说,让我查出来,那情况可能就不一样了。"山本依然面带笑容,眼睛里却闪过了一丝诡谲。

"有什么可隐瞒的,我收到了纸条,虽然不知道是谁给我的,但是上面的内容说了,让我坚持等救兵到。山本,我罗家人做事坦荡,即使我被抓了,他们也不会做出这种傻事,所以这纸条上的内容我根本不相信。"让人没想到的是,罗明竟然第一个站了起来,并且将他收到的纸条放到了桌子上。

"其他人呢?"山本环视了一下其他人,沉声问道。

"我,我也有,不过不知道是谁塞进房间里来的。"左向风举了举手,拿出了一张纸条。

"我也有,也是从门缝里塞进来的。"潘颖看了看沈浩天,也拿出了一张纸条。

"我的不知道算不算,进门的时候发现门把上有一张纸条。"木兰花也拿出了一张纸条。

"这是塞进我门缝里的。"沈浩天也拿出了自己口袋里的纸条。

除了秦骏，所有人都拿出了纸条。

"秦先生，你没有吗？"山本看了看唯一没有拿出纸条的秦骏。

"我不知道啊，我没收到什么纸条啊。这，这不是和院子里的枪声有关系吗？怎么大家都有？不是应该只有一个人有吗？"秦骏被面前的事情搞晕了。

"对啊，怎么我们都有纸条？这是怎么回事？我根本没有接到有人要救我的消息啊。"木兰花跟着说道。

"会不会是那些人故意这么做的？目的是搅浑我们的视线，可是为什么只有秦先生你没有纸条呢？"松本看着秦骏说道。

"我，我不知道啊。"秦骏说着在身上摸索了一下，结果从口袋里摸出了一张纸条，然后他愕然地说道，"我也有，谁放我口袋里的，我怎么不知道？"

松本拿起了那张纸条，然后看了看，放到了山本的面前。

七张纸条，六个人。

字体一模一样，俨然出自一个人之手。

"这是怎么回事？"所有人都疑惑不解，面面相觑。

"看来写纸条的人很聪明，刚才有一点我忘了跟你们说，那就是我们从外面那些人手里找到的纸条，其实是他们安排在我们红楼里面的人写的，纸条上的内容很简单，是为了让这个人给外面进来的人做内应。也就是说，你们手里的纸条和我们找到的纸条出自一个人之手，那个人就在你们中间。所以，你们六个人都用不同的方式收到了同样字体的纸条，目的就是为了混淆自己的身份。"山本说着站了起来,看着面前的人说道。

"山本,你们到底要做什么?"罗明问道。

"很简单,找出你们六个人中写这个纸条的人。"山本说道。

"那,那要怎么找?"左向军问道。

山本看了看旁边的松本,他点了点头,立刻往后面走去。

10. 精心圈套

每个人的面前放了一张纸和一支笔。

松本摆了摆手,后面的人拿着六个信封分别放到了他们面前,退了下去。

"信封里有一张纸条,你们每个人按照上面的内容抄写一遍,当然,我找了痕迹专家,如果你们故意改变自己的笔迹或者故意偏离平常的写作习惯都会被发现。所以我劝你们最好不要耍花样。"松本看着眼前的六个人说道。

砰,罗明一下子站了起来,拍了下桌子说道:"松本,你们到底在搞什么花样?你们不是抓什么'红棉'吗?来吧,我就是'红棉',把我抓走吧。"

"罗先生,你不要激动,究竟是不是'红棉',我们是要讲证据的。再说了,我倒觉得罗先生你不是'红棉',真的'红棉'应该不会像罗先生这样,这么急躁地站出来。"山本笑着说话了。

"哥哥,我倒觉得可能罗先生就是'红棉',或许是他不愿意牵连其他人呢?"旁边的松本说道。

"所以说罗先生,我们一定要搞清楚到底谁才是给各位发纸条的人，不然冤枉了任何一个好人，放过任何一个坏人，都不是我红楼的做事风格。"山本说道。

"罗先生，他们说得确实没错，你，你就听他们的吧！"旁边的秦骏想起了之前罗明因为和松本顶嘴，最后被毒打的情景，于是对他说道。

罗明话到嘴边又咽了下去，他看到其余五个人的眼神，眼神中有的疑惑，有的呆滞，有的充满牵挂，更多的是不知所措。于是，罗明满身的怒火顿时消除了一大半，秦骏的话其实没错，别说是在红楼，就是在特务科，他们现在也是对方眼里的嫌疑人，无论山本这么做的目的是什么，就算山本让人对他们毒打审讯，恐怕也没什么不可以。更何况，松本刚才说了，希望罗明不要牵连到其他人，这句话的意思听上去是劝告，实则是威胁。

"松本，让他们开始写吧。"山本看到罗明没有再说话，于是说道。

六个人拿起了信封，看到里面的内容，拿起笔在纸上写了起来。

松本对着后面的人挥了挥手，一个四十多岁的男人从后面走了过来，在后面绕着他们边走边看。

很快，所有人都写完了。松本让人将他们写好的纸条收好，交给了后面的笔迹专家。

"大家不用紧张。"这时候，前面的山本说话了，"只要不是你们做的，自然不用担心，我之前说过，红楼这里和特务科情况不一样，不会冤枉任何一个无辜之人。"

或许是因为山本的话，几个人紧张的情绪似乎缓和了不少，不过罗明的目光并没有放松，依然冷眼看着前面的山本和松本。

"这样，我和松本先离开，等会儿再过来，你们可以互相交流一下，我建议我们要找的人最好主动站出来，免得牵连到其他人，毕竟你们中国人不是有一个成语叫，敢作敢当吗？"山本说着站了起来，和松本一起离开了。

门被关上了，房间里只剩下了六个人。

罗明第一个说话了："我看这就是山本他们的阴谋，什么纸条笔迹，兴许是担心我们不认罪，给我们设下的圈套。"

"可是刚才真的有人闯进来，还被他们打死了，我们都看到了啊！"秦骏说道。

"对啊，我们也确实收到了纸条。"左向风跟着说道。

"难道说这纸条真的是我们中间的人写的？他们找到的那个笔迹专家看起来好像挺厉害。"木兰花小心翼翼地说道。

"怎么会这样？不是说在我们中间找'红棉'？怎么现在又让人找写纸条的人？难道写纸条的人就是'红棉'吗？"潘颖说道。

"你们都被日本人骗了，山本和松本是一丘之貉，你们或许不知道吧？之前他们两个为了找我罗家合作，低声下气，后来被我赶出去。我罗明今日之祸，就是当日之因。要不然你们觉得，我一个罗氏商会的副会长，又是南明商会的副会长，怎么可能会成为所谓的'红棉'嫌疑人？不过是他们觊觎我罗氏家族的产业而已。"罗明说道。

"不错，罗会长的话也是我想说的，我都纳闷，我们怎么会和'红棉'扯上关系？我和潘颖刚到广州，甚至都还没和家人见面，怎么可能是所谓的'红棉'？那天特务科的人不是说'红棉'是从外面跑进南明商会的吗？我，我可是被沈家的管家接进南明商会的，当时我还见到了木兰花小姐。"沈浩天说道。

"对啊，我是和阿姐一起来的，怎么可能被人追杀进来呢？"木兰花跟着说道。

"我也是一早就进了南明商会的，根本不知道什么'红棉'不'红棉'的。"左向风耸了耸肩说道。

"你们这么说，我就更冤枉了，我是南明商会三和一郎请来的安保，我比你们任何人都来得早，更不可能是'红棉'。"秦骏一脸凄苦地说道。

"既然我们都没有可能是'红棉'，那我们为什么会在这里啊？这纸条怎么莫名其妙地出现在我们身边，这到底是怎么回事啊？"潘颖看了看其他人说道。

"那就只有一种可能。"罗明站了起来，"他们的目的根本不是什么'红棉'，而是其他。比如他们觊觎的可能是我们每个人身后的东西，比如我罗家的产业，又比如沈家的产业。"

"可是我不过是一介歌女，身无他物，他们又有什么可贪图的？"木兰花说道。

"你背后可是樱花夜总会，对于特务科和红楼来说，樱花夜总会可不比我们罗家的产业小。"罗明说道。

"那我呢？我不过是一个安保，所有认识我的人都知道，我是一个普通老百姓，这说不通啊。"秦骏问道。

"你不是说了，你是三和一郎介绍过来的，三和一郎是日本商会的人，据我所知，他们日本情报部和日本商会一直都有矛盾，所以你对他们来说不过是枚棋子，他们真正要对付的人其实是三和一郎。"罗明分析道。

"罗先生这么一说，还真的有道理。对了，左先生，你呢？你背后应该也有关系人吧？"潘颖看了看左向风问道。

"我，我是一个生意人，也是刚到广州。我没有什么关系啊。"左向风自然不能说出他背后真正的人。

"不可能,你肯定是有关系的,不然不会无缘无故地被带到这里。这世上绝对没有这么巧的事情,难道说,你,你是'红棉'?"潘颖脱口说道。

"我怎么可能是'红棉'?或许,或许是因为我的那个朋友,可是,他并不是什么重要人物啊?"左向风说道。

"你说的是什么人?"罗明看了看左向风问道。

"是我之前做生意认识的朋友,他也是我来这里投奔的人,他是一个医生,名字叫陆海程。"左向风说道。

"陆海程,那个医学专家,这就对了,之前我记得有一次山本想要请陆海程出手相助,但是被拒绝了,这件事情甚至上了报纸,所以陆海程对于他们来说,自然也是一个仇人。"罗明顿时恍然大悟。

11. 笔迹专家

隔壁房间。

山本取下了耳机,看了看旁边的松本,松本立刻也放下了耳机。

"听到他们的对话了吧?"山本问道。

"听到了。"松本点点头。

"这个罗明还是很强硬的,我倒不希望他是'红棉'。"山本拿起了旁边的烟斗,将面前的烟丝慢慢往里面塞了起来。

"不管他是不是,他都出不去了。"松本说道。

"你又在胡说什么?"山本瞪了他一眼。

"对不起,哥哥,我说错了。"松本一听,立刻低声道歉。

"这次和以前情况不一样,一定要慎重。尤其是特务科那边，曹风和那个韩世超可不是好狗。"山本说道。

"明白，只是眼前的情况比较复杂，我怕他们很快发现纸条的秘密。"松本说道。

"我们日本人之所以能在中国畅通无阻，除了我们有坚定的大和民族信仰，最主要的一个原因就是他们在面对生死的时候根本不坚定，这也是我们能够赢得胜利的关键。面对生死，他们几个人根本不可能做到团结统一，甚至还有可能会互相攀咬、彼此陷害。我已经得到确凿消息，'红棉'就在他们六人中间，但是他们六人的背景又非同一般，所以才要万分谨慎。现在罗明的情况，还不是你造成的？你如果能够稳定自己的情绪，没有对罗明下手，现在也不会这样麻烦。"山本说道。

"是我做错了，当时我也是想着给他们警告，再加上罗明之前对我们那样，这才……"松本说道。

"纵观这六个人，最好控制最好利用的人就是罗明，他性格鲁莽冲动，加上是罗氏商会的负责人，身份比较特殊，本来是我计划里最合适的棋子，结果你的冲动，造成现在他的情绪不稳定，对我们只有敌意，根本不能按照原计划进行。"山本叹了口气说道。

"大哥说得没错，其他人看起来没什么，但是绝对不简单。那个沈浩天和潘颖，他们都和沈家有关系，偏偏在这个时候来到广州，并且我们调查到的情况又没有任何问题，这太不寻常了。还有那个左向风，之前在日本做生意，来广州之前，还去了武汉，时间上非常可疑。现在看来，嫌疑度最轻的也就是那个木兰花和安保秦骏。一个是樱花夜总会的歌女，在广州也不是一天两天，并且很多人都认识她，另一个是三和一郎担保的人，三和一郎虽然是日本商会的人，但说到底也是日本人。"松本分析了一下六个人的情况。

"错,松本,我和你说过很多次,看事情不能看表面。情报你也看了,'红棉'可是长期潜伏在广州的共党分子,你的分析里,嫌疑度最轻的两人反而是最有可能的人。这么些年,虽然我们明面上没有和共党打交道,但是你也了解,他们的手段可不是一般的厉害,为了潜伏工作,他们无所不用其极。"山本说着往后面走去。

后面有一张桌子,笔迹专家仔细地看着六个人的纸条,比对着另外七张纸条。

"好了,好了,不要装模作样了,他们根本不可能是写纸条的人。"松本走过去后,看了看那个笔迹专家,拍了拍桌子。

那个笔迹专家站了起来,看了看旁边的山本。

"说什么呢?谁说我让先生查看纸条的笔迹是为了找出'红棉'的?"山本瞪了松本一眼说道。

"大哥,你的意思是……"松本不明白。

"中国有个成语,叫无中生有。"山本笑了起来。

"山本先生,好了,这个。"那个笔迹专家拿起了两张纸条,交给了山本。

山本接过纸条看了看,说道:"很好,这个结果还挺让我意外。"

"大哥是发现什么了吗?"松本看着山本问道。

"走,我们过去。"山本说着往前走去。

松本走在前面,推开了门。

本来正在说话的六个人立刻停了下来,胆战心惊地看着他们。

山本走了过去,坐了下来,松本和那个笔迹专家站在了他身后。

山本抬起头笑了笑说道:"各位,不要紧张,笔迹专家已经比对了各位的笔迹和纸条上的笔迹,我们已经有了初步的判断。"

"那个写纸条的人真的在我们中间吗?"木兰花愣住了。

"我还是那句话,在红楼我实在不愿意发生不好的事情,所以如果写纸条的人能主动站出来,对我们大家都好。"山本说道。

"山本,既然你找到了,就直接说吧,何必绕来绕去?"罗明冷声说道。

"那好吧。"山本说完看了看旁边的笔迹专家。

笔迹专家将刚才他们六人写的纸条依次放在了桌子上,又拿出了最初的那七张纸条,也放在了旁边,于是看了看众人说道,"我是按照大家从东到西的顺序摆放的纸条,你们可以检查一下,确定没问题后,我会告诉你们,谁是我们要找的人。"

六个人仔细看了下桌子上摆的纸条,确定就是他们自己刚才交上去的,没有什么问题。

做完这一切后,笔迹专家走到了他们身后,依次绕着他们走来走去。

六个人都没有说话,虽然表情不一,动作不同,却都很紧张,尤其是木兰花和左向风,他们甚至趴到了桌子上。

终于,那个笔迹专家停了下来。

"左先生,你有什么想说的吗?"看到笔迹专家停在了左向风的身后,山本说话了。

"我,怎么可能?山本先生,你说这纸条是我写的?不,不可能的,绝对不是我,你们一定搞错了。"左向风听到自己是被选择的人，顿时惊慌失措，连连解释。

"左先生，我们是讲证据的，虽然你写的字看上去没问题，你也尽量写得工整，但还是有些地方暴露了你的习惯。我们给你的内容是苏东坡先生的《水调歌头》中最有名的两句话：但愿人长久，千里共婵娟。这十个字，其实和原纸条上的字并没有重复，但是偏旁部首其实是有地方相似的。我们认证笔迹的时候，所有被测试的人都会刻意避开纸条上的字，即使纸条不是他们写的，他们也会那么做，但是因为太过注重纸条上的内容，所以会疏忽掉偏旁部首的雷同，所以这一点就是我们判定笔迹的最主要依据。左先生，你可以看看你写的字和纸条上的字，相同的偏旁几乎写得一模一样，但是原纸条上没有的偏旁，你却写得不太一样。"笔迹专家说道。

"这？"左向风想说什么，但是看着自己的笔迹和专家说的确实一样。

"或许是巧合呢？你们怎么能凭这个情况就断定纸条是他写的？"罗明说话了。

"罗先生说得没错，我们肯定不能这么草率。除此之外，我们还收到一个情报，那就是左向风今天托特务科的人给他送出去一个消息，对吗？"松本说道。

"我，我……"左向风顿时不知道该怎么解释。

"所以，左先生，你就是'红棉'，对吗？外面那些人就是因为收到了你的信息，所以过来营救你的？"山本看着左向风问道。

"这怎么可能？我今天刚到广州，我怎么会是'红棉'？不错，我是让人帮我传信了，那不过是为了给我的朋友报个平安，我甚至都没让他们说我在这里，我怕他担心我。对，我的朋友是陆海程，他可以证明，我不是'红棉'。"左向风急急地说道。

"左先生，你确定要这么说吗？你可知道，光凭你这一句话，我们就可以将陆海程带到这里来。"松本冷笑了一下说道。

"我、我不是这个意思，我真的不是'红棉'。"左向风一脸苦笑地说道。

"他说得没错，他不是写纸条的人，更不是'红棉'。"这时候，一直沉默的山本忽然说话了。

所有人都愣住了，惊讶地看着山本……

12. 身份背后

山本的话让在场的人大感意外。

左向风木以为自己成了嫌疑最大的人，又不知道该怎么辩解的时候，山本竟然说他不是"红棉"。

莫非山本知道了自己的身份？左向风的脑子里立刻涌上了一个念头，不，不可能，即使他让特务科的那两个人帮忙给陆海程传信，但是那两个人也不会知道他们的身份。因为陆海程是老师在广州这边布下的最大一枚棋子，老师说了，即使左向风暴露了，陆海程都不会暴露，并且老师说，根本不会有人发现陆海程的问题，因为陆海程的身份，连他自己都不清楚，所以山本绝对不会知道他的身份。

"山本，你这是什么意思？你凭什么就断定左向风不是'红棉'？难道说他现在已经没有了嫌疑，可以直接离开了？"罗明问道。

"原因很简单，因为我们得到的情报是'红棉'是长期潜伏在广州的共党人员，所以左先生、沈先生和潘小姐三位刚刚从外地过来,自然就不会是'红棉'了。"山本说道。

"那,那我们可以离开了?"潘颖一听,看着沈浩天欣喜地说道。

沈浩天没有说话,对于山本的话,他从来都不相信。他不知道山本到底在搞什么鬼,但是定然不会是什么好事。

"山本,你这么说,就是'红棉'在我们三个人中间了?"罗明大声笑了起来。

"是啊,这会不会太草率了,我怎么会是'红棉'?"秦骏听到山本的话不禁惊声叫了起来。

"山本先生,我一直都在樱花夜总会唱歌,经常和你们日本人打交道,如果我是'红棉',他们应该早就发现了。对了,我和军部的上井大佐认识很久,他可以帮我担保的。"木兰花跟着说道。

"上井大佐?"听到这个名字,山本的脸皮颤了一下,身体莫名地颤抖了下,不过他还是尽量让自己面带微笑,"各位不必着急,我只是说据我们目前收到的情报,'红棉'是一个长期潜伏在广州的共党人员。我自然不希望你们中间有人是'红棉',毕竟你们每个人的背景都不一般,无论是谁出了问题,都会牵连到关系者。"

"那既然我们被排除了嫌疑,我们是不是可以离开了?"沈浩天问了一句。

"刚才的事情我只说了一半,我们的情报除了证实'红棉'是长期潜伏在广州的共党人员外,还确认共党派了一个特派员过来接应他(她)。所以你们三人中可能并没有'红棉',但是可能会有过来接应'红棉'的特派员。"山本说道。

"真是可笑,说来说去,就是说我们都有问题。真是欲加之罪，何患无辞？山本，你还不如直说，你抓我们过来，不过是为了满足你们的私欲。刚才我们已经互相询问过了，你贪图的不过是我们背后之人的钱财罢了。你还不如直接说出你的要求，这样反而还显得你们没有那么卑鄙。"罗明看了看山本。

"罗明，你不要敬酒不吃吃罚酒，我大哥对你一再忍让，你却如此不知好歹，你真以为我们不敢动你吗？"旁边的松本有点生气了，不禁拍了下桌子。

"怎么？松本，又想打我？终于露出了你们的真面目。"罗明冷笑着说道。

"松本，退下。"山本对着松本摆了摆手，看了一下其他人，说道，"现在回到笔迹的问题上。刚才笔迹专家说了，符合笔迹的有两个人，除了左先生外，还有一个是木兰花小姐。"

"我、我的笔迹？"木兰花呆住了。

"所以除了他们两个人，你们剩余的人可以回去休息了。"山本说道。

沈浩天和潘颖对视了一眼，没有说话，然后站了起来，对面的秦骏和罗明则跟着站起来走了出去。

山本的面前只剩下了左向风和木兰花。

"山本先生，我、我真的不知道是怎么回事。我不是'红棉'。"木兰花苦笑着说道。

"我知道。"山本点点头。

"我也不是什么特派员，我就是一个生意人，怎么可能和'红棉'扯上关系呢？"左向风跟着说道。

"这个我也知道。"山本依然点头说道。

"那，那这？"山本的话让左向风和木兰花愣住了，他们不知道这山本葫芦里卖的什么药。

"其实那七张纸条，是我让人用不同的办法放到你们身边的，包括那些刚才闯入红楼的人，也是我安排的。"山本说出了一个事实。

"啊，这是何意？"听到山本这么说，左向风问道。

"其实你们两个并不是嫌疑最大的，而是嫌疑最轻的。左先生你曾经去过日本做生意，并且和陆海程先生关系不错，你可能不知道，陆海程先生和我也算是朋友，所以我并不觉得你是'红棉'。同样，木兰花小姐，我想我和上井大佐的往事，松本应该和你说过了。虽然我对上井比较痛恨，但是这并不能成为我怀疑你的理由。我之所以将你们留下来，并且说纸条上的字和你们有关，其实是希望真正的'红棉'能够放松警惕，露出马脚。我想，你们应该明白我的意思吧？"山本看着他们两个说道。

"原来是这样。"左向风和木兰花对视了一下，松了口气。

"那我们是没事了吗？我们可以离开了吗？"木兰花欣喜地问道。

"本来应该是这样的，但是你们暂时还不能离开，因为有件事我还需要你们帮忙。"山本说道。

"什么事？"木兰花刚刚变得欣喜的心情顿时低落了下来。

"我们得到情报，'红棉'的组织正在安排营救计划，虽然今晚外面的人是我安排的，但是我知道广州的组织正在想办法和'红棉'以及特派员联系，所以我希望你们回去后帮我找一下线索，事成之后，我会让你们离开。"山本说出了他的请求。

"这？"左向风愣住了。

木兰花也感到万分惊讶，山本的意思已经很明确了，让她和左向风做他们的人，这不相当于是给日本人做事了吗？

13. 深夜来客

老虾站在窗前可以看到前面不远处的街道，心里感慨万千。

一年前的冬天，日本人侵略武汉后转向广东方向，很快便来到了广州。那天的广州阴冷昏沉，日本人带兵入城，见人就杀。据说广州城本来有一百二十余万人，一天时间便逃窜至剩下四十余万人。

这条昔日繁华热闹的街，如今却变得冷清、孤寂，犹如一座空寂的坟。

身后的门打开了，有人说："老虾，人来了。"

老虾转过身，然后走了出去。

外面院子里，一个戴着口罩和帽子的男人，站在前面，身后跟着六个穿着黑色衣服的保镖，每个人的脸上紧绷着，像是随时会断掉的弦。

"你就是老虾？"男人问道。

"不错，不知这位先生辗转多人找我，所为何事？"老虾问道。

"我能找到这里，自然知道你们的身份。都是聪明人，所以我们说话也不用绕弯子。我知道你们在准备行动，去红楼救人。"男人说道。

"你到底是什么人？"老虾愣住了。

"我希望你在救人的时候，顺便帮我带个人出来……"

"对不起，你找错人了，我不明白你在说什么。"老虾没有等对方说完，直接打断了他的话。

"或许你应该看看我的诚意。"男人笑了笑，拍了拍手。

后面的人立刻提着一个箱子走了过来，放到了地上。

"这是？"老虾不明白地看着对方。

那两个男人打开了箱子，里面竟然是一箱武器，除了枪和子弹之外，还有一些手雷。

"先生，你这个举动我就更不明白了，我看你有人有钱，这东西又是现成的，何必找我们做这事呢？"老虾说道。

"我常年经商，本不喜与人争斗。可是今日到了不得已的时候，希望能用钱解决的事情就用钱解决，所以立场上，我不希望别人对我有所误解。话已至此，我想你应该明白了。"男人说道。

"明白了，既然如此，先生只需要将你要的人的名字告诉我，我们就知道怎么做了。"老虾说。

"名字我不会告诉你，我的身份不希望被人知道，再说你们也不一定能成功，至于我要你们带出来的人，对方知道怎么和你们联系。好了，我就不多打扰了，希望你们可以顺利救人出来。"男人说着转过身往外走去。

门关上了。

老虾身后走了过来，仔细看了看那箱武器，惊喜地说道："老虾，这武器都是最先进的，有了它们，别说一个红楼，就是日本军区总部我们也不用怕了。"

老虾走了过去，皱了皱眉说道："如此贵重的东西，对方给了我们，并且他显然知道我们的底细，对方到底是什么人呢？"

"他们会不会是日本人？"另一个人问道。

"这怎么可能？如果他们是日本人，为什么要绕这么大的圈，直接把我们抓了不就得了？我看他们应该是和'红棉'一起被抓的人的关系者。根据我们得到的情报，这次和'红棉'一起被抓的五个人，每个人背后都有身份不一般的人。这个人害怕自己的身份泄露,想来必然是委屈于日本人之下,所以才会出此下策。"老虾说道。

"可是我们的营救计划看起来并不严密,对方无论是从什么渠道得到的情报,还是探听到了我的计划。红楼的山本是日本情报部的脑子,必然也已经知道了这个情报。这次的行动恐怕九死一生啊!"旁边的男人说道。

"'红棉'事关重大,不仅仅关系着我们广州地下交通站的生死存亡,更是关系着以后组织的对外物资运输线,如果被发现切断,那将会影响整个抗战后方的物资运输。这一点上,日本人也知道其中的利害关系,才会让山本亲自来负责这件事情。所以,明知山有虎,我们也得往虎山行啊。本来我还担心我们的武器设备太差,无法与山本的红楼对抗,现在有了这批武器,就算救不出人,山本他们也不会好过。"老虾冷哼一声说道。

"那好,我现在就去通知其他人,分好武器后,准备行动。"旁边的男人点点头站了起来。

"先不着急,行动之前,黑子,你带人去做一件事。"老虾摆了摆手说道。

"什么事?"黑子问道。

老虾走到了黑子的耳边,低声耳语一番。

"明白了,我现在就去。"黑子点点头,明白了老虾的意思,立刻对着后面两个人摆了摆手。

老虾慢慢走到了窗前,看着外面的夜色,先前悬着的心此刻慢慢落了下来。虽然这个送来武器的人身份不明,但是却真的帮老虾解决了一个大问题。这批武器,给了他们这次计划很大的胜算。只不过,还有一件事情让老虾有点担心,那就是上头派过来的特派员可能也陷在了红楼。也就是说,本来他们只是营救"红棉"，但是现在还要考虑营救特派员，再加上神秘人要他帮忙救的人，要救三个人。

这三个人中，有两个人的身份都还未知。再加上红楼定然已经知道会有人去营救"红棉"，所以必是做足了准备工作。如此营救之事，真的是难上加难。

所以为了保证这次营救计划能够顺利实施，他想到了一件事，那就是之前有消息传来，樱花夜总会的老板郑通在找人购买枪支弹药，因为他夜总会的头牌歌女木兰花也被带进了红楼。但是郑通毕竟只是一个商人，不可能做如此鲁莽冒险的事情，想来应该是他背后有人在指使。不过因为日本人对武器的把控，郑通应该并没有买到什么好的武器，所以如果此刻黑子过去，顺便带一些刚才神秘人送的武器过去，对于郑通来说应该是雪中送炭。如果拿到了武器，郑通应该也会行动，有了他一起对抗红楼，那他们的营救计划将会更加保险。

此刻已经是宵禁时刻，对面一些商户不得不挂着日本的商旗生存。前天收到消息，八和会馆的艺人为了宣传抗日精神，分散到四里八乡演出，专门在晚上表演《岳飞报国仇》等剧目，然后观看的群众纷纷打赏，收到的钱他们则暗中资助给了游击队。可惜老虾他们身在广州，却无法保护艺人，甚至连海珠桥底的鬼市传信人都无法照顾，这也让老虾觉得自己愧对组织，所以这次的"红棉"营救计划，他在心里暗暗发誓，无论如何都要将人救出来。

14. 临别之言

这一次，沈浩天和罗明被关在了一起。

刚才的情况让沈浩天陷入沉思中，山本说的话让他有一种莫名的担心。"红棉"的确是一个长期潜伏在广州这边的人，这点山本说得没错，所以如果说"红棉"真的在他们六个人中间，那么罗明、木兰花和秦骏中应该有人就是"红棉"？

"红棉"会是谁呢？

沈浩天首先看了看身边不远处的罗明，从他们三个人的性格和情况来看，罗明是最不可能的，毕竟从他的身份和做事方法来看，如果他真的是"红棉"，那也太让人意外了。因为从目前的情况看，罗明是六个人中对抗山本他们最明显的一个，他的样子和对日本人说话的语气，都是最直接最冒险的，说白了，这种态度随时可能激怒日本人。如果他真的是"红棉"，应该不会让自己陷入如此危险的境地。

木兰花，她的身份其实更符合"红棉"的特性，首先她依靠在樱花夜总会这个靠山下面，其次，她是一个歌女，这本身就是一个更适合隐藏自己身份的职业，还有一点，她所在的樱花夜总会，经常有日本人过来喝酒，所以探听情报，利用樱花夜总会这个地方作为掩护，所有条件综合到一起是最合适的。

最主要的一点是，木兰花和红棉都是花的名字。

想起木兰花的样子，尤其是她那双深如湖水的双眸，沈浩天便会有种莫名的亲切，这种亲切感让沈浩天觉得自己似乎在哪里见过木兰花。

难道木兰花就是和他接头的"红棉"？不知道为什么，沈浩天的心里忽然有一种莫名的紧张，如果说木兰花真的是他寻找的"红棉"，那么他定然不能让她出事，毕竟对于他来说，"红棉"比他更了解这里的情况，更熟悉这里的环境，更加有用。所以，就算付出自己的生命，也不能让"红棉"暴露。

至于那个秦骏，他看上去并没有什么特别，应该和他自己讲的一样，就是因为救了三和一郎，所以被他关照来到了南明商会做安保工作。如果他是"红棉"，怎么会去救下三和一郎，还和日本人搞到一起呢？

通过分析，沈浩天认为木兰花是"红棉"的可能性最大，并且山本还通过她的笔迹把她留在了后面进行询问调查。

"你是沈会长的幼子？"这时候，罗明忽然说话了。

沈浩天看了看他，点了点头。

"你撒谎。"罗明慢慢走到了他面前，盯着沈浩天仔细看了看，说道。

沈浩天没有理他，转过了头。

"你骗得了别人，骗不了我。"罗明继续说道。

"你想说什么？"沈浩天不知道罗明葫芦里卖的什么药。

"沈会长当年和沈浩南的母亲白梅并不是在广州认识的，白家家境优越，看不上他，所以后来白梅和他一起私奔来到了这里，他们的感情如此深厚，沈会长怎么可能会再和别人有关系，又怎么可能还有一个孩子？熟悉沈会长的人，都会对此有疑问。所以，其实你根本不是他的幼子。"罗明说出了他的怀疑。

"你说得没错，不过你只知其一，不知其二。"沈浩天笑了笑，其实罗明的这个疑问，他也问过沈浩天，按照他们的情况，沈浩天应该是老大，然后沈放出去闯荡认识了白梅，跟着成家生下了沈浩南，那么沈浩南应该是弟弟才对，怎么反过来了？当时，沈浩天跟他解释了原因，现在他正好借此解答一下罗明的疑问："父亲当时确实因为家境的关系没有得到白家的青睐，他和白梅后来私奔，然后生下了沈浩南，但是后来白家知道了这件事情，将白梅和哥哥带走了，并且还利用白家的势力打压父亲。

"父亲迫不得已在外面躲避，也就是在那个时候，他认识了我的母亲。他们在白家的威逼下，不得已走到了一起，但是母亲知道父亲的心里一直惦记着白梅，所以并没有想过能和他永远在一起。

　　"后来，终于有一天，父亲知道了白家没落的消息，于是便立刻出去寻找他们。母亲自知他们之间缘分已断，所以也带着我走了。如果不是母亲病重，害怕我一人孤独无依，也不会告诉我这些。"

　　"竟然是这样？"罗明听完沈浩天的解释后，不禁愣住了。

　　"说实话，其实我也不愿意来这里，更不愿意见他。这次过来也不过是想完成我母亲的遗愿，只是没想到刚到广州就被带来这里，看来我和他终不是一路人，老天都不想我们在一起。"沈浩天叹了口气说道。

　　"你不要这么说，沈会长这个人很好的，我罗明一生阅人无数，没有几个能让我佩服的，沈会长就是其中一个。"罗明说道。

　　"他如果在乎我，早来救我了，也不会把我扔在这里，让我担惊受怕。"沈浩天故意埋怨了一句。

　　"你不懂其中的复杂关系，沈会长不是普通人，他不仅仅代表自己，更代表我们广州商会，他不会不管你，只不过他可能会用更稳当的方式来救你。再说你有沈会长这层关系，这些日本人不会对你做什么的。"罗明劝慰沈浩天。

　　"那，如果我就是'红棉'呢？"沈浩天忽然看着罗明笑着说道。

　　"什么？山本不是说'红棉'应该是长期潜伏在广州的人吗？你不是刚来广州吗？"罗明愣住了。

"那只是山本说的，日本人的话，你能相信吗？"沈浩天一本正经地说道。

罗明一时不知道该说什么，愕然地看着沈浩天。

"开个玩笑，我怎么可能是'红棉'呢！"沈浩天笑了起来。

"这玩笑可不敢乱说，你要让山本他们听见了，那还了得？"罗明看到沈浩天笑了起来，不禁说道。

"其实没什么，对于他们来说，谁是'红棉'并不重要，他们看中的应该是我们身后的各方势力，我们不过是小角色而已。"沈浩天看了看罗明说道。

"你说得没错，山本他们狼子野心，一方面打着抓捕'红棉'的旗号，另一方面其实是觊觎我们几个人背后的财富和势力。我相信沈会长和其他人不会无动于衷的，他们肯定会想办法救我们的。"罗明感叹道。

"我倒不希望有人来救，你也看到了这红楼的情况，进来的人能出去吗？这里就是一个沼泽地，进来几个困住几个。现在我们几个人中间，无论谁是'红棉'，至少还隐藏得很好，没有破绽，但是如果真有人来救了，兴许这些人反而会将'红棉'的身份线索暴露出来。我估计山本他们巴不得有人来救人，这样正好可以让他们有进一步的发现。"沈浩天苦笑了一下说道。

罗明没有说话，他看着眼前的沈浩天，忽然产生了一个疑问，这个看起来年纪轻轻的沈浩天，真的只是沈放失散多年的孩子吗？这些年他经历了什么呢？刚才他的分析，其缜密已经远远超过一个普通人的心思，还是说就像他刚才说的一样，其实他就是"红棉"？

窗外，夜渐渐深了，但是人却怎么也静不下来。

15. 将计就计

"红棉"进入了卫生间,然后从口袋里拿出了一张纸条,将它扔进了马桶里面,随即按下冲水键,纸条立刻旋转着随水而下,很快不见了踪影。

山本的纸条套路并不高明,"红棉"一早就听过他的一些手段。山本对中国文化了解颇多,尤其喜欢研究《孙子兵法》,再加上他这红楼正好是实验自己所学的最佳之地。所以他早就研究了一套专门针对中国人的方法,其中最常用的就是无中生有,利用很多人贪生怕死的软肋,搅乱池中水,然后从中找出线索。

"红棉"在收到两张纸条后,立刻便明白了其中有一条是山本找人送来的,目的自然是为了后面测试他们。所以在刚才山本组织他们见面的时候,"红棉"拿出的便是山本他们给的那张纸条。

山本之所以用纸条套路众人,原因很简单,那就是打消他们让外面的人用纸条给他们传递消息的想法。这招很高明,这么一来,就算外面真的有人传进来纸条,那么他们几个人也不一定能分辨纸条的真假,如此一来,山本就切断了外面的人和里面的人的传送路线。而且,刚才山本让人演的那出戏,那几个假扮外人闯入红楼结果惨死的样子,也足以震慑到他们几个人。

按照山本的做事风格,他故意留下左向风和木兰花,目的显然只有一个,那就是将他们和另外四个人故意隔开一阵子,他们被放回来后,便成了山本的手枪。即使本来六个人统一口径,又或者说不会轻易怀疑别人的身份,但是经过山本这么一搞,本来就是陌生人的六个人之间会出现罅隙,也只有这样,山本才能从中看出破绽。

"红棉"不希望其他人为了自己闹翻,那样的话只会鹬蚌相争,牵连其他人。而且,山本这么做,更是想顺带引出特派员的线索,这样可以一举两得,遂了他的私心。

所以,如果上级派出的特派员也在他们中间,那此刻"红棉"必须找出来,这样的话他们两个人就可以互相依靠。

山本收到的情报没有错,特派员这次是从外地来的,所以左向风、沈浩天和潘颖,三个人中间必然有一个人是特派员,但会是谁呢?

"红棉"第一个排除的就是左向风,因为左向风的关系人是陆海程。在广州这么多年,这里的各个名人,"红棉"都认识,甚至都接触过,这个陆海程的口碑一直不错,甚至还总有传言,他早些年在日本留学,后来专门回广州做了一名医生,他医术高超,并且不畏权贵。这样的人让"红棉"感觉太正派,在这个风雨飘摇的城市,无论是谁,都不可能独善其身,陆海程和日本人的关系太干脆,干脆得太过头,这反而让人难以相信了。

而且左向风的身上总有一些说不出的感觉,或许是因为他的身份是生意人,又或许是其他原因,这种感觉让"红棉"确定左向风不可能是上级派来的特派员。

剩下的就是沈浩天和潘颖了。

一男一女,看上去外表温和,眼神深沉,说话不卑不亢,表现也是中规中矩,他们都是从外地来到广州,并且都和沈家有关系,面对这样的情况,沈浩天和潘颖一直显得都还算镇定。所以,这让"红棉"一时间难以分辨出他们两个到底谁是特派员。

"红棉"看了看窗外,夜色深沉,一切归于平静。

上级对于特派员的描述是,拥有丰富的特工经验。

这条情报不难理解，毕竟过来接手"红棉"的工作，如果没有丰富的经验，怎么能面对广州这腥风血雨的暗涌？

可是根据"红棉"的了解，目前他们组织上的老人大多数都在上海和重庆执行任务，根本没有多余的人抽调过来。还有一点是上级说了，这个特派员是一个生面孔。如此来讲，这个特派员和组织上的人并不熟悉，但是又有丰富的特工经验，那么就只有一种情况，他是被组织策反的军统或者中统的高级特工。

仔细判断沈浩天和潘颖的年龄，他们都是二十出头，按照军统和中统对他们手下特务的培训，年龄这么小就能成为高级特工的人并不会太多，要么是他们特意栽培的人，要么就是有关系的人。

从时间来推算，中统刚刚成立没有多久，并且他们的人大多数都分散于上海和奉天，加上他们是对立于军统和共产党的双向组织，所以策反中统的高级特工无论是从时间还是人员上来看都比较难，这个特派员很有可能是在军统被组织策反的人。

沈浩天、潘颖？

"红棉"的眼前出现了他们两个人的样子。他们两人都是刚来到广州，而且都和沈家有关系。尤其是沈浩天，他是沈放失散多年的幼子，相较于潘颖是沈家长子沈浩南的女朋友，其实沈浩天的身份更加令人迷惑。毕竟，失散的这段时间，沈浩天在做什么？当然，沈放肯定找人查过，并且也确认了沈浩天的身份，所以才会确定沈浩天就是自己失散多年的幼子，但是调查的事情确定是真的吗？如果沈浩天之前是为军统服务的，那么伪造一份没有破绽的真实资料，那不过是他们的随手之作。

现在的时间已经是夜里一点，距离组织上给暗号过来营救的时间只剩下两个小时，刚才山本的敲山震虎让"红棉"万分担心，如果组织上真的过来营救，显然不一定成功，可能还会陷入山本他们的圈套中。

这可怎么办？

外面传来了敲门声。

想来是守在门口的特务开始催了。

没有多想，"红棉"立刻收拾了一下，往外走去……

16. 烟花信号

窗外突然放起了烟花。

这突如其来的响声，顿时惊动了所有人。

木兰花走到了窗边，看着前方夜空里绽放的璀璨烟花，不禁神思有点游弋。

潘颖也跟了过来，看着那烟花，她的心顿时跳到了嗓子眼。

这是组织上给她的信号，看来他们要来红楼救人了。

从武汉过来的时候，上级跟她说了，如果在广州遇到了危险，组织上会第一时间派人过去营救她，到时候释放的信号就是在夜里放烟花，并且烟花的信号为三长一短，只放两次。

现在看来，组织上已经知道她被带到了红楼，决定过来营救。她的身份特殊，上级就连广州这边都没有透露，所以他们过来营救也是冒着必死的风险。而且刚才山本让他们的人过来假装救人，就是为了防止有人过来救人，毁灭他们几人的希望。

"我已经好多年没看过烟花了。自从日本人来到这里，人们都已经忘记了烟花的颜色。"木兰花看着慢慢散落的烟花灰烬，悲伤地说道。

"你是说广州这边很久都没有放烟花了吗？"潘颖心里一

紧，脱口问道。

"是的，现在这个时候，除了日本人会放烟花，谁还会放烟花？如今在日本人的手里活着，还有什么事值得我们去放烟花？"木兰花冷哼一声说道。

潘颖的脑子一下子炸了，如果说广州已经很长时间不放烟花了，那么这个突如其来的烟花暗号，按照山本他们敏锐的思维，他们一定会想到这可能是营救"红棉"和特派员的人发出的信号。这么简单的一个道理，广州这边的人竟然没考虑，这不是明摆着暴露身份吗？现在潘颖彻底明白了过来，为什么广州这边组织的行动屡屡被识破。好在上级没有告知他们自己的身份，否则一切会更加被动。

"潘颖，你说这忽然有人放烟花会不会是什么信号？这太奇怪了。"突然，木兰花说话了。

"啊，什么，什么信号？"潘颖愣了愣。

"我也不知道，刚才我和左先生被山本留下，他告诉我们，为了防止有人过来救我们，做了很多准备，并且还说今天晚上一定很热闹。当时我也没觉得什么，现在看到这突如其来的烟花，感觉有点奇怪。"木兰花说。

"这个我还真不清楚。"潘颖尴尬地笑了笑，不过心里一阵悲凉，果然，像木兰花都感觉这个烟花信号有问题，更别说老谋深算的山本他们了。如此看来，广州这边的人向她发出营救信号真的是一个愚蠢的行为。现在，潘颖只愿他们碰到什么事情，取消行动，否则无疑是白白牺牲。

"山本他们太坏了，我们六个人被困在这里，并且按照他们说的，大家都有背景关系，那么和我们有关系的人肯定会想办法来救我们啊。我老板其实也托人问了，想找人救我，但是刚才我们都看到了,以这红楼的情况想要救人,根本难如登天啊!"木兰花叹了口气说道。

"可不是,如果说这烟花信号真的是来救人的信号,那这些人也太愚蠢了,明知道广州都不放烟花,却拿这个来做信号,岂不是此地无银三百两。"潘颖悲伤地说道。

"不管是谁,都别再来了,这里真的就像地狱一样。"木兰花说着,眼泪都涌了出来。

"对了,山本留下你们说什么了?他莫不是怀疑你和左先生?"潘颖看到木兰花悲伤的样子,不禁问道。

"不,他想要我们帮他找出谁是'红棉'和特派员。"木兰花说道。

"你们,你们怎么帮他找?"潘颖问道,不过随即她明白了过来,山本真是一只老狐狸,他找木兰花和左向风帮忙的意思自然是让他们做自己的眼睛,本来他们六个人都是被关在红楼的嫌疑人,目标一致,"红棉"和"特派员"可以依靠这个特点隐藏在其中,但是如果木兰花和左向风变成了山本的眼睛,那么"红棉"和特派员在这里面就会很被动,就像本来装满水的水盆,现在倒掉了六分之二的水,那么水里隐藏的东西自然就越来越容易暴露。

"我也不知道该怎么做啊。反正,反正现在就是这个情况。"木兰花显然陷入了痛苦的纠结中,山本对她的要求让她进退两难,如果答应山本,那么她就成了他们几个人眼中的叛徒,可是不听山木的,又会得罪山本。

"反正现在我们都是山本的阶下因,他让我们做什么我们也无可奈何。你有没有想过,为什么我们并没有受到酷刑审讯?"潘颖说话了。

木兰花摇摇头："不知道，山本不是说，他不喜欢对人上刑吗？"

"呸，你听他胡说八道，你忘了你之前的姐妹凤凰花的遭遇吗？"潘颖不屑地说道。

"啊，是啊，之前凤凰花在这里被打得丢了半条命，但是为什么我们现在却没事呢？"木兰花不解地问道。

"很简单，因为现在山本他们还没有找到关于'红棉'的线索，还不知道我们六个人谁是'红棉'，并且每个人的身后都有一个背景关系人，所以他担心出错，才会对我们以礼相待。一旦他确定了谁是'红棉'，那我们的末日也将会到来。"潘颖分析道。

"既然找到了'红棉'，不是应该放了我们吗？怎么会是我们的末日呢？"木兰花更加迷惑了。

"你太天真了，山本他们这次抓人的目的可不仅仅是为了找出'红棉'。就拿我和沈浩天来说吧，我们可是刚到广州，并且还和沈家有着直接的关系，还有罗明，他可是罗氏家族的人，之前他也说了，每个人都是因为和山本他们有关系所以才被抓了起来。说白了，他们就是利用这次的事情，正好满足自己的私欲。如果'红棉'身份确定了，那么剩余的人质将会成为山本他们要挟人质背后关系者的筹码。"潘颖摇了摇头，点出了其中的利害关系。

"我明白了，这就是特务科的人让我们明天在坦诚会上承认自己是'红棉'的缘故，到时候他们就会以这个为理由来要挟我背后的人。无耻，太无耻了。"木兰花听后顿时气得浑身发颤。

"所以，现在我们最好保佑'红棉'的身份不要暴露，那样我们至少还是安全的。"潘颖叹了口气说道。

17. 新的发现

　　松本放下了手里的耳机，看了看旁边的山本说道："哥哥，这个潘小姐果然心思缜密，竟然有如此见识。"

　　"沈浩南看上的女人，自然不是一般人。你说，她会是过来接应'红棉'的特派员吗？"山本从口袋拿出一根烟，塞进嘴里问道。

　　"非常可疑，如果只是一个普通的人，根本不会想到这样的事情。甚至比起木兰花小姐，她要老练得多。"松本说道。

　　"如果她真的是共党派过来的特派员，定然是受过培训的，并且情报显示这位特派员有着丰富的特工经验，如果她是特派员，你认为她会对我们特意留下来问过话的木兰花小姐说出这些事情吗？"山本吸了口烟，说道。

　　"你是说，她知道我们在监听她们的对话，她讲的那些话是故意说给我们听的？"松本愣住了。

　　"不然呢？如果她真的是特派员，自然不会这么轻易暴露自己。又或者说，她是故意想要搅乱我们的计划，就像她说的一样，只要我们不知道谁是'红棉'，谁是特派员，那么对于他们几个人来说就是安全的保障。"山本叹了口气说道。

　　"现在看来，在这几个人身上想要找出线索有点难了，哥哥，不如我们直接将他们全部送到曹风那里去，不管他们谁是'红棉'，到了那里自然会查出来，就算真的错了，得罪人的也是曹风他们，和我们没关系。"松本提出了一个办法。

　　"你以为我没想过这个办法吗？现在军区和情报部正在互

相较劲，这次的'红棉'事件看似简单，其实代表双方势力的斗争，如果我们现在把他们移交给曹风，那么无论结果如何，都会让军区在情报部面前扫了面子，本来我们在这边就很艰难，那样一来，恐怕以后就和日本商会的情况差不多了。更何况，这一次你也知道，木兰花的背后可不仅仅有樱花夜总会，更有上井那个浑蛋。"山本说着，眼里冒出了愤怒的火光。

"明白。"松本点了点头，"对了，刚才的烟花信号，想来是有人要来这里救人，我这就安排人做好埋伏工作，定让他们有来无回。"

"不。"山本摆了摆手，抿了抿嘴唇说道，"既然他们来救人，如果直接全部杀了，那对我们调查'红棉'没有任何意义，他们来救人，你就让他们救，只不过救走的人和来救的人是不是他们彼此要的人，那就看你怎么安排了。"

"哥哥的意思是……"松本迟疑了一下，立刻明白了过来，笑了起来，"我立刻去安排。"

"记住，一定要安排好他们六个人，不要出岔子。"山本叮嘱道。

"放心吧，我知道怎么做。"松本说完立刻退了出去。

山本熄灭了手里的烟，继续拿起了旁边的耳机放到了耳边。

在这红楼里面，山本的另外一个武器名曰"冷剑"，其实是他培训的一些特工，这些人都是他千挑万选出来的优秀人才，把他们放到军统或者共党中间，几乎真假难辨。这也是他为了获取情报常用的一个套路，尤其是在遇到军统或者共党上下组织之间失联的时候，他便会让这些手下出马，混入其中，获取对方的信任，得到确切情报，帮助他将对方一网打尽。山本通过"冷剑"，除了给自己这边创造了大量的成功案例，甚至还帮助武汉以及上海的日本特务机关取得了不少成绩。

所以,对于此刻的情况,尤其是面对即将过来红楼救人的广州地下组织,"冷剑"自然是最合适的杀招。

山本浸淫特务情报工作多年,尤其是对军统和共产党这块的地下工作,摸排得非常清楚。他们为了安全,一般来说,特别重要的人物或者从上面派下来的人,都不会让这边的人知道,或者用特定的暗号约定见面,确定身份。在以前,他们还会找个中间人来连接双方的关系,但是后来出现过几次中间人出问题的事情,导致双方同时出事,所以这种办法便不再使用。

这时候,前面的电话响了起来,山本放下手里的耳机,走过去拿起了电话。

电话里传来了一个声音:"山本君,我是上井。"

山本的眉头一皱,脸皮颤了颤,不过还是忍着情绪说道:"上井君,深夜电话,所为何事?"

"我想和你见一面。"上井说道。

"我们到中国这么久都没联系过,上井君怎么忽然现在想起我了?"山本问道。

"山本君,我们也不要绕弯子了,如果你见我,我就过去,如果不愿意见的话,我就不打扰了。"上井说道。

"上井君哪里的话,你是军部的,再说也是我的前辈,于公于私,我都没有理由不见你的。"山本笑着说道。

"非常感谢,山本君。"上井说完,挂掉了电话。

山本知道上井的来意,自然是为了木兰花。之前松本猜测木兰花被他们带到了这里,凭着上井对她的喜欢,应该会出手,只是没想到他竟然来得如此之快,并且为了木兰花,愿意低头打破他和山本多年之间的冷战。

木兰花，山本第一次看到这个女人时，他的确想起多年前的惠子，她们的确很像，但是木兰花绝对不是惠子，她不过是一个中国女人，还是一个夜总会的歌女，怎么能和冰清玉洁的惠子相比？山本知道，这么些年，上井对惠子的思念不比自己少，但是面对这样一个女人，上井竟然如此行径，这不得不让山本有其他的猜测。这也是这些年他在情报工作中获取的经验，军统和共党组织最擅长的就是派女特务伪装成各种各样的职业人士来搜取情报，上井这些年在广州这边的军部工作，其中也有很多事情因为情报丢失而出错，如果这个木兰花就是"红棉"，歌女倒是她一个很好的伪装。

既然如此，山本忽然有了一个主意，立刻往外面走去。

18. 战乱爱情

六个人被带到了地下一个房间，看起来似乎是之前的审讯室，地上甚至还有一些没有擦干的血迹，空气里有股说不出的味道，似乎是血腥味，又似乎是什么东西的腐烂味。

沈浩天看了看其他人，他们的脸上都带着疑惑的表情，木兰花和潘颖可能是女性的缘故，看起来还有点惊恐不安。

"他们到底要做什么？这样翻来覆去地折腾，还有完没完？"罗明对着前面紧闭的大门愤怒地说道。

"人为刀俎，我为鱼肉。到了这里，还能说什么？一切不都得听人家的安排。"左向风叹了口气说道，直接坐了下来。

"真不知道，这次他们又要搞什么鬼？"潘颖叹了口气走到了桌子面前。

"算了，随他们便吧。就像左先生说的一样，我为鱼肉，人家要杀要剐，随便吧。"秦骏跟着说道。

"日本人狡猾万分，尤其是山本，他看上去面目温和，其实狡诈狠毒，他们绝对不会无缘无故把我们带到这里。"沈浩天说道。

"会不会是因为刚才那突然放的烟花？"木兰花说道。

"对，刚才那个烟花有点奇怪，这广州都多久没人放烟花了，再说了，乱世浮沉，谁会放烟花呢？我看十有八九是一个暗号，可能是'红棉'的人来救人的暗号。话说，各位，你们觉得这'红棉'真的在我们中间吗？"秦骏看了看其他人问道。

"这谁知道啊，不过我可不是什么'红棉'，那山本不是说了吗？'红棉'是长期潜伏在广州的，我这才刚来广州，真是屁股还没坐热就被带到这儿了。"左向风耸了耸肩说道。

"山本的话也能信？兴许就是为了诈我们的呢？要我说，先不管'红棉'在不在我们中间，他们把我们带到这里的目的其实很明确，无非是贪图我们背后的人的名和利。如果我们中间真的有人是'红棉'，我倒觉得我们应该保护好这个人，不然等到山本他们找到了'红棉'，接下来我们的命运可就惨了。"罗明冷笑了一下说话了。

"不错，之前我也这么想的，我们现在之所以还没事，山本他们对我们没有做什么，就是因为担心搞错了身份，但是一旦他确定了要找的人，那我们剩下的人肯定就成了他勒索我们背后关系人的砝码。"潘颖点点头，同意了罗明的话。

"可是我们能怎么办呢？我现在只想早点结束这审查，早点回去。"秦骏叹了口气，一屁股坐了下来。

"回去，谈何容易啊！"木兰花也跟着说了一句。

其实所有人都明白，他们被带到这红楼，想要回去恐怕真的不是一件容易的事情。罗明的话更是让他们内心更加恐慌，本来还以为如果山本他们找到了"红棉"，那么剩余的人便可以离开，但是现在看来，找到"红棉"后的情况竟然比现在还要惨，这真的让他们感觉进退两难。

沈浩天在前面坐了下来，他看着前面各怀心事的几个人，内心陷入了巨大的困惑中。就像他们说的一样，山本之所以将他们安置在这里，显然是有其他目的，最大的可能性就是那个烟花信号。

刚才秦骏的话让他的心纠成了一团，广州已经很久没有放烟花了。那么这个烟花信号必然是不了解广州的人发的，所以沈浩天担心会不会是接应他的人跟他一样也是从外地过来，因为不了解广州这个情况，所以放出了烟花信号。在情报科里，这种信号传播是最有效的，甚至都不需要和接应的人沟通，老练的特工都会意识到这一点。只是没有想到的是，广州现在的情况比较特殊，反而让这种最简单最有效的沟通信号变成了危险信号。

"你不用担心，肯定会没事的。"这时候，潘颖走了过来，坐到了沈浩天身边说道。

"谢谢。"沈浩天看着潘颖笑了笑。

"客气了，同是天涯沦落人，说起来要不是这档子事，我们现在应该是在沈家家宴了。"潘颖苦笑了一下说道。

"可能我们和沈家的缘分还是差那么一点吧。对了，你是怎么认识我大哥的？"沈浩天问道。

"阿南啊，我们是在武汉认识的。当时我还在学校当老师，我记得第一次见他的时候，他受了伤，浑身是血。当时天又黑，四周没什么人，我也不知道是怎么想的，就把他带到了我住的地方……"潘颖说起了她和沈浩南的相识，眼里不禁多了些许光亮。

说起爱情的最初,每个人的内心都是欣喜的。沈浩南是第一个来到潘颖住处的男人,那天晚上他除了外伤,还发烧,说胡话,甚至在迷糊中拉着潘颖的手,最后像个孩子一样蜷缩在她的怀里。

第二天,沈浩南醒了过来,他看到自己竟然在潘颖的怀里躺了一夜,不禁又紧张又感动,他挣扎着想要离开,但是身体太虚弱,直接坐在了地上。

"你伤得这么严重,怎么走啊?再说外面现在风声鹤唳的,你出去了还不得被人抓走啊!"潘颖扶着他坐到了床上。

"你是什么人?"沈浩南虽然对潘颖心生感动,却依然带着警惕。

"我就是一个普通人,不过你拿着的东西,还有你身上的伤,再加上外面一直在四处找人的那些特务,这还不能证明你是什么人吗?"潘颖指了指床头,那里放着沈浩南的手枪。

"你为什么救我?"沈浩南问道。

"我不知道。"潘颖低下了头。

"不管怎样,还是要谢谢你。"沈浩南收起了手枪。

"都是中国人,说这些做什么。你好好在这里养伤,我得去上课了,要是有人来敲门,千万不要开。"潘颖交代了一下,站起来收拾东西,出去了。

沈浩南在潘颖那里住了一个月,身体彻底恢复后,他离开了武汉。当时潘颖送他去车站,那个时候,他们已经相爱了。

乱世之中的爱情,犹如秋日落叶,水上薄冰,他们的内心充满了悲伤,因为今日一别,还不知道什么时候能再见面。在这一个月中间,沈浩南也曾经问过潘颖是否愿意来广州,但是得到的答案是，潘颖的母亲还在武汉，她没有办法抛下母亲。潘颖也问了沈浩南，会不会来武汉，她得到的答案，自然也是不可能，因为沈浩南不仅家人在广州，他的工作也在广州。

"我本以为和阿南的缘分不会继续，可是一个月前，我的母亲突然病重身亡，我所在的学校也因为日本人而解散，我一下子成了被世界遗弃的孤鸟，好在阿南知道了这件事后让我来广州找他。于是，我在处理完母亲的后事后便来到了广州，可是没想到，这还没见到阿南，就被带到了这里。"潘颖说完，眼泪不禁落了下来。

"你放心，你和哥哥感情如此深厚，肯定会没事的。"沈浩天听后不禁叹了口气。

"我也不愿意让阿南太着急，今天他也来看我了，还跟我说了一些事情。我相信阿南肯定会救我们的，所以我们只要安心等待就好。不过刚才听到罗明说的那些话，我已经做好决定了，如果山本他们想要通过我为难阿南，我宁可选择自杀，也绝不会连累沈家。"潘颖吸口气，看着沈浩天说道。

"不会的，大哥不会让我们为难的。"沈浩天看着潘颖，眼睛不禁有点酸楚。确切地说，潘颖比起自己，并不算和沈家的关系有多好。但是潘颖的决定让沈浩天有点感动，当然，如果说山本真的拿他们的性命要挟沈家，沈浩天不知道自己会不会像潘颖一样义无反顾。沈浩天不是因为贪生怕死，而是他身上还背负着组织给的特别任务，因为此刻他的性命已经不单单只属于自己，而是融合到了组织里。

这时候，突然门被打开了，两名特务走了进来，走到了木兰花面前，说道："木兰花小姐，山本先生请你过去。"

"做什么？他找我做什么？"木兰花惊呆了，脱口问道。

"等你去了就知道了。"两名特务说道。

"我不去,我哪里也不去。"木兰花摇了摇头。

"不好意思,你必须去。"两名特务说完,不由分说,立刻拉着木兰花往外面走去……

19. 昔日故友

黑色的车子驶进了红楼,后面的守卫立刻将门关住。

副驾驶座上的副官看到这一幕说道:"大佐,我们的人真的不进来吗?"

坐在后座的上井闭着眼睛说道:"怕什么?我们要见的人是山本和松本两兄弟,他们的性格我太了解了,就算给他们两个胆子,他们也不敢对我做什么。"

"可是我听说现在这红楼在山本的经营下,已经很不一样了,尤其是山本,做事心狠手辣,再说他之前和你也有过节,为了安全,我们是不是……"副官有点担心地说道。

"没事,这里虽然是中国,但我们毕竟都是日本人,我就不信山本他敢动我。"上井冷哼一声,想起之前山本和他年轻时一起打仗的情景,上井忍不住就想笑。那时候他们虽然都是初生牛犊不怕虎,但是面对战争的恐怖,每个人还是露出了心底的恐惧,尤其是山本,甚至还被吓得尿了裤子。

山本和松本站在前面,看到上井从车里出来,微笑着走了过来。

"山本君,好久不见。"上井说道。

"上井君,欢迎,欢迎。"山本笑着将他们请了进去。

"多年不见,没想到当初那个在战场吓得尿裤子的小兵竟然成了这红楼的主人，难以想象，难以想象啊！"上井大声说着，看了看后面的副官，哈哈大笑。

松本听到上井的话，顿时握紧了拳头，眼里要喷出火，但是旁边的山本却依然笑眯眯地说道："年轻时候的事情，上井君就不要取笑了。"

"是啊，说起来都几十年了，现在我们都老了啊！"上井听到山本的话，不禁有点感慨。

在山本的带领下，上井他们来到了会客厅。

一张会客桌，上面是日本的料理，酒是清酒，散发着淡淡的香味。

"上井君，一些家乡食物，请随意。"山本拿起酒壶倒了一杯酒，放到了上井面前。

"在中国多年，确实有一阵子没吃到家乡的菜食了。"上井吃了一口刺身，然后放下筷子说道，"山本君，非常冒昧今日到访，其实我是有事相求。"

"上井君，有话直说，何必这么客气？"山本微笑着看着他。

"我有一个朋友被你们带到了红楼，她的老板托我来看看她，不知山本君能否通融下？"上井说道。

"上井君哪里话，只要人在我红楼，自然没问题，只是不知上井君说的人是……"山本问道。

"哦，也不是什么重要的人，就是樱花夜总会的歌女木兰花，山本君你也知道，军部上面来的人总喜欢去那里喝酒，这个木兰花跟我比较熟悉，她的老板对我们日本方面特别配合，所以便托我来看看她。"上井说道。

"木兰花小姐，我想起来了，很漂亮的一位小姐，她的样子让我想起一位故人，本来我以为只是我个人的感觉，如此看来上井君也对她很是关照啊！"山本若有所悟地说道。

"山本君，你我都是已经快要入土的人了，何必再纠结往事？我来见木兰花小姐，也是鉴于军部这边的一些情况，山本君，你莫要误会。"上井笑了笑说道。

"既然上井君开口了，我又怎么会拒绝呢？松本，去请木兰花小姐过来。"山本看了看旁边的松本。

"好的。"松本立刻往外走去。

上井站了起来，走到了前面的桌子边，看到了上面的一个花瓶，里面插着一枝樱花。他不禁仔细看了一下。

"这是从武汉带过来的樱花，比起我们家乡的樱花，还是差了点。"山本看到上井在看那枝樱花，说道。

"山本君果然是痴情之人，想来还是对惠子念念不忘啊！"上井说道。

"惠子是我这一生的至爱，我就算死也不会忘记。倒是上井君想得开，即使来到这异国他乡，都能入乡随俗，喜欢上这里的女人。"山本叹了口气说道。

"时间太久了，有些事总会变的。"上井盯着眼前的樱花说道。

这时候，松本带着木兰花从门外走了进来，说道："木兰花小姐到了。"

"好吧，上井君，你们好好聊，我们就不打扰了。"山本说着看了看松本，然后两人走了出去。

"上井先生，是你吗？太好了。"看到上井，木兰花欣喜得眼泪落了下来。

"木兰花小姐，你没事吧？"上井走了过来，伸手抚摸了一下她脸上的眼泪。

"没事，我没事，他们没对我做什么。"木兰花摇摇头说道。

"你放心，我一定会带你回去的。"上井说道。

"可是？"木兰花欲言又止，她想起了之前松本给她讲的关于上井和山本之间的恩怨，话到嘴边又不知道该说什么。

"木兰花小姐，你先坐下，我需要问你一些问题。"上井说着拉着木兰花走到了旁边。

门外，山本和松本并没有离开，他们看着紧闭着的门一语不发。

"哥哥，如果上井要带走木兰花怎么办？"松本说道。

"那总需要一个我们无法拒绝的理由。"山本说道。

"上井是军部的人，你让他们这么在一起，如果他们编一个我们无法拒绝的理由呢？"松本说道。

"所以，我们不能给他们这个机会。"山本脸皮颤了颤，说道。

"可是，我们该怎么办？"松本不理解山本的话。

"那我们就给他们一个无法拒绝的理由。"山本说着笑了起来。

"你是说……"松本瞬间明白了过来。

山本拍了拍松本的肩膀："我曾经想过无数次了结上井的场景，但是从来没想过会是这种。中国人有句古话，色字头上一把刀。如果上井对惠子还是一如既往地忠诚，我也不会下此狠手。怪就怪他自己。"

"不，哥哥，即使没有惠子的事情，我也不会放过他，就凭刚才他那么说你。"松本怒声说道。

"不就是战场上被吓得尿裤子吗？那又怎样？松本，你记住，两人博弈，只有让人觉得你软弱，你才有机会击中对方。我想等到上井下了地狱后就会想明白这件事情。"山本笑了笑说道。

"好的，现在我先去收拾他带过来的那两个手下。"松本说道。

"杀了副官，让司机回去，毕竟他们是军部的人，我们不能一点面子都不给。"山本摆了摆手。

"明白。"松本说完，立刻转身往前走去。

看着眼前紧闭的门，山本可以想象此刻上井正在里面温柔地和木兰花说着他们之间的秘密，那些秘密必然是可以让木兰花安然离开的理由，只不过这一切也只是上井最后的想象，因为这里不是当年的太平洋战场，更不是日本的军部，大阪的家乡，这里是红楼，山本一人说了算的红楼。

"愿你能体谅我的一片苦心，惠子。"山本闭上眼睛，心里说道。

20. 借刀杀人

木兰花被推了进来，摔倒在地上。

前面的潘颖立刻走过去扶起了她，其他人也跟了过来，眼里充满了迷惑。

木兰花颤抖着身体，惊恐不安地看着其他人，眼里充满了恐惧。

"木兰花，你没事吧？他们没为难你吧？"沈浩天问道。

"你们看这像没事的样子吗？"潘颖怒声说了一句。

的确，木兰花的衣服袖子被撕开了，并且身上还有一些血迹，头发乱糟糟的，显然是遭到了伤害。

"山本这个浑蛋，表面装着一本正经，竟然如此卑鄙无耻。"沈浩天愤怒地说道。

"这些日本人把我们关在这里，就是想要一点一点折磨我们。"秦骏跟着说道。

罗明更是怒不可遏，走到前面用力拉着门把大声喊道："山本，你这个浑蛋，你们到底要做什么？有本事冲我们男人来，别为难这些女孩。"

"罗先生，罗先生。"这时候，木兰花说话了。

罗明回过了头，看着木兰花说道："你别怕，虽然我们几个都是阶下囚，但是作为男人，我绝对不会看着自己的同胞被日本人侵害而坐视不管。"

"对，横竖一死，大不了和他们拼了。"沈浩天跟着走到了罗明身边。

"事情不是你们想的那样。"木兰花吸了口气说道。

"什么意思？"罗明和沈浩天对视了一眼，不禁走了过去。

"这到底怎么回事？木兰花，难道不是山本他们对你做了这些事吗？"潘颖也愣住了。

"是，但是也不是，事情是这样的。刚才他们把我带走，是因为有人来找我。"木兰花皱了皱眉说道。

"有人找你？什么人竟然能到这红楼来找你？是特务科的人吗？"左向军问道。

"是，是我之前一个客人，他叫上井，是日本军部的人，也是山本从小一起长大的兄弟，我的老板托他过来帮忙救我。"木兰花犹豫了一下说道。

"既然，既然是日本军部的人，还是山本的发小兄弟，怎么你又回来这里了？"木兰花的话让众人越发疑惑了。

"山本太恐怖了，他是恶魔，这红楼就是一个地狱，我本来和你们想的一样，以为肯定可以离开了，没想到后面，后面却发生了一件怎么也想不到的事情……"木兰花说起了刚才的事情。

刚才上井等山本他们出去后，立刻拉着木兰花和她说起了离开红楼的计划。上井知道山本不好对付，并且他们之前还有过节，如果他主动提出带走木兰花，肯定会遭到拒绝，所以上井让木兰花一会儿跟着他的副官先离开红楼，他则留下来应付山本。

上井是日本军部的人，并且和山本还是同乡以及多年的兄弟，木兰花也觉得自己应该可以离开了，但木兰花没想到的是，当她出来见到上井的副官时，竟然是一具尸体。

"木兰花小姐，你怎么在这里？莫不是上井让你来找他的副官？"这时候，松本从后面走了出来，不由分说将她带到了前面的房间。

房间里，上井已经被绑了起来，并且脸上全是血，山本站在他的面前，拿着一张白色的手巾擦拭着手上的鲜血。

"木兰花小姐来了，太好了，过来过来。"山本看到木兰花进来了，立刻露出了温和的笑容。

"上井大佐，你、你这是怎么了？"看到上井的样子，木兰花顿时惊声叫了起来。

"山本，你竟然敢对我下手，你就不怕军部的人知道吗？"上井抬起头，看着山本说道。

"上井君，你真是太天真了，想当初你可不是这样的。我知道了，你一定是太相信女人的话了，你可能还不知道吧？木兰花就是我们要找的'红棉'，你觉得军部的人知道了你来我这里串通'红棉'，并且想要救她离开这里的事情后，军部的人还敢说什么吗？"山本笑着说道。

"山本，你在说什么？"上井怒声喊道。

"你没听清楚吗？木兰花就是'红棉'，你来我这里想要救走她，你说我该怎么处理你？"山本说道。

"你胡说！山本，你竟然算计我？"上井顿时明白了过来，不禁骂起来。

"松本，好好跟上井君解释下。"山本对着后面的松本摆了摆手。

松本拉着木兰花走了过来，说道："上井君，你不信，可以问问木兰花小姐，她是不是'红棉'。"

"哈哈，看来我的副官也凶多吉少。"上井笑了起来，额头上的血流到了嘴边，他看着山本说道，"山本，我真是小看你了，中国人有句话叫作"欲加之罪何患无辞"，看来我今天过来是进了你专门设置的圈套。木兰花小姐是不是'红棉'并不重要，重要的是你竟然对我下杀手。"

"松本，把木兰花小姐带下去吧，我想上井君也不希望自己这么不体面的样子被木兰花看到。"山本笑了笑，对松本说道。

"不，对不起，上井先生，是我害了你。"木兰花这个时候也明白了山本的阴谋，看到上井的样子，她不禁哭了起来。

"木兰花小姐，这不怨你，我只是有负郑先生的托付了。"上井无奈地说道。

"松本，把木兰花给我带走。"山本说完，走到了上井的面前，一把捏住了他的下巴说道，"上井，你个浑蛋，当年惠子的死都没见到你如此难过，今天为了一个中国女人却如此做法，你给我去死吧。"

木兰花被松本拖了出去，门被关上的那一刻，她看到山本拿着一把匕首刺进了上井的胸口，用力地扭转起来……

说到这里，木兰花不禁哭了起来。

众人听后顿时唏嘘不已，虽然上井是一个日本人，但是听到他为了木兰花遭到了山本的杀害，不禁有点难过。

"这山本真是阴险歹毒，竟然连自己的发小同乡都不放过，那看来我们想要从他手里逃走，是难如登天了啊！"秦骏听后不禁说道。

"难道说刚才那烟花信号是木兰花的老板发来的信号吗？"这时候，沈浩天说话了。

"应该不会吧？木兰花的老板郑通长居广州，怎么会不知道这烟花信号太过奇怪？再说郑通拜托的是日本军部的人，又何必多此一举呢？"罗明说道。

"对，我并没有接到过老板的口信说有烟花信号，上井先生也没说这个，那个烟花信号应该不是救我的信号。"木兰花说道。

"如此说来，我们被关在这里其实是山本守株待兔的诡计了。"沈浩天来回走了几步，忽然明白了过来。

"这是什么意思？"左向风问道。

"刚才的烟花信号想来山本也猜到是营救信号，但是他并不知道要营救谁，所以把我们关在这里，等着外面的人来。上井应该是误打误撞过来的，后面要过来的人还不知道这是陷阱。山本真的是心思歹毒，也不知道烟花信号是谁发出来的，恐怕是有来无回啊！"沈浩天叹了口气说道。

"不管是谁，都是我们的同胞，眼睁睁看着就要被山本杀害，真是痛心。"罗明愤怒地拍了下桌子。

第三章　拯救

1. 再探红楼

沈浩南接通了电话，顿时凝住了眉头。

旁边的沈放看到他的样子，不禁放下了手里的茶杯。

挂掉电话，沈浩南走了过来。

"是出什么事了吗？"沈放问道。

"特务科打来的电话，让我立刻过去配合红楼工作。"沈浩南说道。

"怎么这么仓促？莫非红楼那边出事了？"沈放皱紧了眉头。

"这是行动任务，想来应该是过去配合山本他们那边的事情。可能是有人要去红楼救人，山本他们担心人手不够，所以让特务科的人过去支援。"沈浩南猜测道。

"被带进红楼的人外面关系通天，有人过去营救并不奇怪，不过这可不是什么明智之举，要知道山本他们正等着有人过去打破这潭死水。曹风让你过去并不是什么好事，一旦潘颖和浩天被他们定性为'红棉'的嫌疑人，那么他们就有了对付我们沈家的理由。看来我们应该做一下其他准备了。"沈放分析道。

"不错，如果他们对付我们沈家，我自然是第一个被控制的。这样，我想过了，如果我在红楼出事了，我会让阿乐派人过来通知你们。即使我真的被牵连了，山本他们碍于我们沈家在广州的地位，一时半会儿不会对我做什么，只要父亲你没事，我们沈家就不会有事。"沈浩南说道。

"我明白，你安心去吧。记住，照顾好弟弟和潘颖，毕竟他们是过来投奔我们的，无论如何都不能让他们受委屈。"沈放点了点头。

这时候，沈夫人从旁边走了出来，拉住了沈浩南，话说了半句，眼泪便掉了下来、"南儿，你……"

"妈，没事的，放心吧，我会带着弟弟和潘颖安全出来的。"沈浩南说道。

"妈知道，你一定要好好的。"沈夫人擦了擦眼泪，没再说话。

沈浩南走出了房间，然后上了车。

看着车子离开的背影，沈夫人的眼泪再次落了下来，旁边的沈放说道："放心吧，夫人，别说是红楼，就是日本的军部，我都不会让他们有事的。大不了，我放弃整个沈家的家业，也要保他们平安回来。"

"可是，那是红楼，我听过这个地方，多少有背景的人进去都出不来的，更何况你是广州商会的会长，怎么能轻易放弃家业呢？"沈夫人摇摇头。

"我自有安排，夫人，不必担心。"沈放拍了拍沈夫人的肩膀说道。

老更从后面走了过来，站到了一边，等到沈夫人离开后，他附耳对沈放低声说了几句话。

沈放点了点头，若有所思地看着前方。

与此同时，坐在车子里的沈浩南看了看窗外，此时已经是凌晨时分，宵禁的街上空无一人，偶尔有路过的楼房亮着灯。经过前面禁停的街道，看守的警察伸手拦住了他们，司机打开了窗户，拿出了通行证。

沈浩南看到前面一名警察正拉着一个男人在说着什么，那个男人似乎在解释，转过头看到沈浩南后，他欣喜地跑了过来，说道："沈队长，是我，荣记的老板荣春。"

"你怎么在这里？"沈浩南看到荣春，顿时愣住了。

"是这样的，你们特务科点了我家的饭食让我送过去，可是他们不让我过去，要不，你帮我说说，或者你帮我带过去吧？"荣春说道。

"这？"沈浩南有点为难，毕竟警察局的事情他并没有权限，而且特务科点的饭食，还不知道是谁的，他带过去更不合适。

"沈队长，我这也不容易，你行行好，帮个忙吧。"荣春哀求着。

"这样，你们给连兆基打个电话，就说我找他，然后说下这个情况。"沈浩南想了想对旁边的警察说道。

"这……好吧。"旁边的警察犹豫了一下，同意了。沈浩南知道，这些干活的警察自然不敢直接联系连兆基，但是如果有了他找连兆基这个理由，那肯定就不一样了。

"谢谢你，太谢谢你了，沈队长。"荣春听到后，连连道谢。

沈浩南没有说话，对着前面的司机摆了摆手，司机立刻发动了车子，向前开去。

特务科院子里人车已经备齐，沈浩南下了车后，正好看到韩世超在分配人员，于是他快步走了过去。

旁边站着的曹风看到沈浩南来了,对着前面的人喊道:"人齐了,准备出发。"

沈浩南刚准备向前面的行动组的车子走去,结果曹风对着他喊道:"沈队长,你坐我的车,我们一起。"

"好。"沈浩南点了点头。

沈浩南跟着曹风坐到了车子后面。

"沈队长,你一定疑惑为什么我会让你跟着一起过去吧?你有什么想法吗?"曹风看了看沈浩南,说话了。

"科长,我,我听从你的安排。你既然让我过去配合工作,肯定是有你的打算。"沈浩南笑了笑说道。

"我知道你的女朋友和你的弟弟都在红楼,你和沈会长自然担心他们的情况。按理说你应该避嫌的,我特意向山本先生申请带你过去。你放心,只要你的女朋友和弟弟没有嫌疑,等我们离开的时候,带着他们一起离开。"曹风说道。

"谢谢科长,我相信他们肯定不会有事的。之前韩队长不是说了,'红棉'是长居在广州的潜伏人员,我弟弟和女朋友他们都是第一次到广州,显然不符合这个特点。"沈浩南说道。

"对,我相信他们肯定不是'红棉',只是,还有个事情你可能不知道。"曹风犹豫了一下说道,"我们还接到一个情报,这次共党除了安排'红棉'以外,还从外地派过来一个特派员,所以你的弟弟和女朋友因为第一次来广州,就有了嫌疑。浩南啊,你跟着我也有些日子了,你们沈家和我们特务科一直关系不错,这次的事情比较严重,你要好好想想,你的女朋友和这个弟弟能确定没问题吗?我是真不希望这里的事情连累到你们沈家,毕竟你也知道,虽然特务科看起来在广州耀武扬威的,但是这红楼里的山本才是我们真正惧怕的人。"

"科长，这个我知道。"沈浩南点点头。

"你知道就好，我们都是身不由己啊！"曹风叹了口气说道。

沈浩南转过头看了看窗外，内心陷入了巨大的疑惑中。曹风说得没错，特务科虽然平常在广州看起来很厉害，其实真正了解情况的人都知道，红楼里的山本才是他们特务科真正的上级，就连奉天那边也要给他们三分薄面。所以，如果潘颖和沈浩天真的有问题，就算是曹风，恐怕也没有办法。

潘颖和沈浩天真的一点问题都没有吗？

沈浩南皱紧了眉头……

2. 行动失败

红楼的门打开了，特务科的车开了进去。

打开车门，沈浩南跟着曹风下了车，很快特务科的人们站到了一起。

山本和松本走了过来。

"山本先生，我们特务科的人已经全部到位。"曹风走过去说道。

"辛苦曹桑了。"山本满意地说道。

"山本先生客气了，特务科本来就是为红楼服务的。"曹风笑着说道。

山本走了过来，看了看曹风后面站着的人，最后目光落到了沈浩南身上，于是说道："你就是沈会长的长子沈浩南？"

"是，我是沈浩南，山本先生。"沈浩南点点头。

"曹科长，这次来到红楼的人据说有沈先生的弟弟和女朋友,你怎么能让沈先生过来执行任务,这有点不合适吧?"山本回头看了下曹风说道。

"山本先生,这事情不怪曹科长,是我主动要求的,正因为有我的弟弟和女朋友,我认为我更需要过来。如果他们有问题,作为大哥和男朋友,我自然会大义灭亲,劝服他们主动交代一切,当然,如果他们没有问题,我也方便照顾他们。希望山本先生可以理解。"沈浩南没有等曹风说话,直接回答了山本的问题。

"对,对,沈队长做事向来公私分明,这点我可以保证,山本先生,你完全可以放心。"曹风跟着说道。

"如此甚好。"山本转过头看了看松本说,"这样,松本,你带沈队长去见下他的弟弟和女朋友,毕竟都是自己人,我相信沈队长。"

"明白。"松本点了点头,对沈浩南说道,"沈队长,你跟我来吧。"

沈浩南看了看曹风,然后跟着松本离开了。

看着沈浩南和松本离开的背影,说道:"曹桑,你认为沈队长真的可以做到公私分明,大义灭亲吗?"

"山本先生,这并不重要,任何人进了这红楼,哪里还有什么自己的看法?"曹风笑了起来。

"曹桑,你把我的红楼看成什么地方了?中国有句古话,兵不血刃,这才是我对红楼的定义。"山本说道。

"曹某明白,自然明白。山本先生,你有什么需要我们做的,尽管吩咐。"曹风连连说道。

"算算时间差不多了,我们要等的客人也快来了。曹桑,让你的人准备下吧。"山本说着对曹风摆了摆手。

松本带着沈浩南来到了二楼一个房间，很快让人带潘颖和沈浩天进来了。

"沈队长，你们慢慢聊。"松本说完，带着他的人出去了。

"大哥。"

"阿南。"

沈浩天和潘颖看到沈浩南，顿时欣喜地走了过来。

"你们还好吧？"沈浩南点点头。

"我们没事。"沈浩天说道。

"这么晚了，你怎么过来了？是不是山本他们对你做什么了？"想到刚才木兰花的事情，潘颖忍不住问道。

"红楼这边有行动，我们特务科过来配合他们。"沈浩南说着往前走了两步，坐了下来。

"是不是那个烟花信号的行动？大哥，你不应该来，这就是山本他们搞的一个陷阱。"沈浩天一听，立刻走过去说道。

沈浩南伸出手指放到嘴边，对着沈浩天轻轻摇了摇头。

旁边的潘颖走了过来，看到沈浩南的样子，顿时明白了过来。

"红楼这边和外面不一样，说话做事都要小心，稍有不慎可能就会惹上麻烦。"沈浩南一边说着，一边指了指自己的耳朵。

沈浩南的意思很明显，他让沈浩天和潘颖小心隔墙有耳。

"大哥，我们是冤枉的，什么时候才能出去啊？"沈浩天立刻明白了沈浩南的意思，于是假装委屈地说道。

"对啊，阿南，刚才韩队长还找我们，让我们明天在坦诚会上主动承认自己是'红棉'，说只有这样才能离开红楼，我总觉得其中有什么问题。"潘颖跟着说道。

"韩世超这么说的？这件事情我没听说过，不过他这个人一直对我有意见,这次你们被带到这里,他肯定会想办法跟我作对。红楼是山本先生负责的,他这个人不喜欢别人搞小动作,我跟他也没怎么接触过。不过你们听我的话,如果发现谁是'红棉',一定要告诉他,否则就算是我,恐怕也帮不了你们。"沈浩南说道。

"知道了,大哥。"沈浩天点点头。

另外一个房间里,山本和松本以及曹风正戴着耳机听着沈浩南他们的对话,听到这里,曹风放下了耳机,笑着对山本说道:"山本先生,我就说了,沈队长这个人其实公私分明,做事非常冷静的。"

"曹科长,刚才他们说的韩队长让他们自认是'红棉'是什么意思?"这时候,山本说话了。

"这不是之前我们一直合作的方法吗?不管这些人里面有没有'红棉',让他们先承认自己是,也省得到最后我们找不到'红棉',没有办法给上头交代啊!"曹风笑了笑说道。

"这次的事情不比寻常,这么做会影响我们的计划。松本,以后你们再做什么事情,记得跟我通报下,否则出了问题,别怪我不留情面。"山本知道之前松本和曹风他们做事的时候经常这样,但是这一次不一样。因为从情报显示,在这几个人中,除了有他们要找的"红棉",更有来接头的特派员,如果这么盲目地将他们全部认为"红棉",反而会让事情变得复杂。

"明白。不过从刚才沈浩南和沈浩天以及潘颖的对话来看,似乎并没有什么问题。"松本说道。

"为何这么说?"山本问道。

"如果他们中间真的有人是'红棉'或者特派员,那么自然会非常警惕,要知道无论是'红棉'还是'特派员',都是经过培训的有经验的地下情报人员,可是刚才听他们和沈浩南说话,根本不像是接受过培训的情报人员。"松本说出了他的推测。

"不,松本先生,如果他们中间真的有人是'红棉',可能他们是故意这么说,为的就是希望我们听见这样的答案。这正是共党地下人员的阴险之处,这些年我一直和他们打交道,太清楚他们的手段了。所以,千万不要相信你看到的情况,甚至有些亲眼看到的事情都不一定是真的。"曹风说道。

"曹科长说得没错,情报工作如履薄冰,步步为营,一步走错,步步错。松本,你还要多向曹科长学习。"山本说道。

这时候,外面突然传来了一阵枪声,然后韩世超和几个人跑了进来说道:"山本先生,科长,有人闯进来了。"

3. 灭口之人

枪声响起来的时候,罗明几个人一下子惊坐了起来,他们一起走到前面的窗户旁边,拉起窗帘往外看去。可惜,他们的房间在地下室,只能看到外面的一小部分情况,并不能看到全部。

"一定是有人闯进来了。"旁边的秦骏说道。

"不错,听这声音,不仅仅有枪,还有重武器,十有八九是来救人的。"罗明说道。

"罗先生,你还能听出有其他重武器?"左向风不禁意外地看了看罗明。

"这有什么难的,之前我罗家和军部合作过一些事情,运过一些重武器。他们验货的时候,他们的司令官跟我说了下这重武器声音的不同之处。"罗明说道。

外面传来了一阵嘈杂的脚步声,还有红楼特务们的叫喊声,想来应该是出去准备迎战了。

"我们，我们要不要出去看看？反正待在这里也是等死，要是能趁着混乱之际逃出去，兴许还能活命。"秦骏看了看其他人，提出了一个建议。

"对，我也这么想，与其在这里当案板上的鱼肉，不如借着这个机会往外冲出去看看。"罗明同意了秦骏的提议。

左向风和木兰花对视了一眼，也同意了。

于是四个人打开了门，看了看外面，确定没人后，他们从房间里走了出来，向前面的楼梯走去。

与此同时，二楼房间里正在说话的沈浩南和沈浩天以及潘颖也被院子里的枪声惊动了，他们走到窗边仔细看了下，发现红楼的大门被撞开了，两辆黑色的老爷车堵在门口，几个人躲在后面，正对着红楼里面进行枪击，并且时不时扔进一个手雷。

"你们待在这里不要出去，这把枪留给你们，无论是谁喊你们都不要出去。"沈浩南从背后拿出一把枪，塞给了沈浩天，然后说道。

"大哥，要不我们跟你在一起吧？"沈浩天说道。

"不行，你们待在这里，浩天，保护好潘颖。"沈浩南拍了拍沈浩天，立刻走了出去。

此刻红楼外面一片混乱，虽然山本他们早已经准备好了，但是没想到来的人竟然有重武器和手雷，一时间他们的人被重火力压得根本抬不起头，甚至有的往后退去，结果立刻被对方击倒。

"曹科长，让你的人顶上来，我现在给上级打电话。"山本对曹风说道。

"好的。"曹风点点头，对着旁边的韩世超说道，"让行动组的人在前面，快去。"

沈浩南从楼上匆匆赶了下来，不过他并没有去前面支援曹风他们，而是走向了红楼的后院门口，结果迎面看到几个穿着黑衣蒙面的人从那里走进来，他们都戴着黑色的面巾，故意遮掩着样子，看到沈浩南，前面的人立刻举起枪对准了他。

沈浩南一惊，伸手惯性地去摸腰间的手枪，结果却想起来刚才自己把手枪交给了沈浩天。眼看着那个人就要开枪，旁边一个戴着面巾的黑衣人却伸手拦住了那个人。

这一幕让沈浩南有点愕然。从外表和眼神看，沈浩南觉得那个黑衣蒙面人似乎在哪里见过，但是却一时半会儿想不起来。

几个黑衣人立刻离开，往前面走去，留下了满腹疑惑的沈浩南。

"沈队长，你没事吧？"这时候，阿乐带着两个人从后面走了过来。

沈浩南摇摇头，问道："前面怎么样？"

"红楼的人死了几个，现在科长让我们行动组的人过去。"阿乐说道。

"给我一把枪。"沈浩南说着往前走去。

来到前面的枪战现场，沈浩南看到，闯入红楼的这些人借着两辆车做掩护，再加上有充足的子弹和武器，让红楼的人非常被动，尤其是山本的手下，想来是平常没有遇到这样的猛攻，才会措手不及。

这时候，前面的松本忽然带着人停了下来，并且对着旁边的韩世超和沈浩南摆了摆手，示意他们往后撤退。

沈浩南不明白松本的意思，但还是对着阿乐他们摆了摆手。

所有人退到了后面的大堂里面，前面攻击的人看到他们撤了，立刻推着那两辆车往前进。

只听松本吹了一个口哨,红楼的四个高处突然亮起了四盏明亮的探照灯,直接照向了前面的两辆车以及他们后面的人,一时间,那两辆车和后面的人成了红楼院子里的焦点。

与此同时,松本对着韩世超和沈浩南他们做了下手势,所有人一起对着探照灯照向的两辆车和后面的人开始攻击。

强烈的光线让那两辆车后面的人一时半会儿根本无法直视前方,加上松本他们的攻击,很快对方的阵势被打破了,死的死,伤的伤,甚至还有人举手投降。

松本带着人立刻围了过去,将投降的人拉了起来。

沈浩南看到这一幕,知道一切结束了,不过他同时也皱紧了眉头,如果这些来营救的人都被杀了还好,但是留下了活口,那么接下来他知道沈浩天和潘颖可能要接受的是更加繁复的调查和询问。

外面的人在收拾现场,沈浩南他们则跟着松本一起往一楼的房间走去,离开的时候,沈浩南特意跟阿乐简单说了几句话。

房间里,山本和曹风坐在一起。

"两个活口,其他受伤的都自杀了。需要现在去审吗?"松本汇报了一下外面的情况。

"松本,审讯的工作可是曹科长他们的专长,用中国人一句话来说,你这可是关公面前耍大刀了。"山本笑着看了看旁边的曹风。

"山本先生,你说笑了,我们都是为情报部工作,谁审都一样的。"曹风笑了笑说道。

"这么晚把你们喊来我已经深感不安,曹科长,你让你们的人去审,这个功劳我不和你抢。"山本说道。

"那好,既然如此,曹某就不客气了,韩队长,带人去审,有什么不懂的地方向松本先生请教。"曹风说着看了看旁边的韩世超。

"是，科长。"韩世超点点头。

这时候，外面两个人急匆匆走了进来，走到松本身边，低声附耳说了一番话。

"什么事？"山本看了松本一眼。

"那几个人从地下室跑了出来，不过被我们抓住了。"松本说道。

"想来是外面的枪声惊动了他们，正好，喊上他们一起过去看看审讯，兴许还能找出点关于'红棉'的线索。"山本想了想说道。

"明白。"松本说道。

"沈队长，你，你也一起去吧。"曹风看到了旁边的沈浩南，犹豫了一下，说道。

"谢谢科长。"沈浩南自然知道曹风的意思，毕竟抓到的这两个人很有可能会牵连到沈浩天和潘颖，曹风这也算是给沈浩南一个面子了。

沈浩南跟着松本走了出来。

"沈队长，不如喊上你弟弟和潘小姐吧？我认为这是一次让他们证明自己的机会。"松本看着沈浩南说道。

"一切听松本先生的。"沈浩南点了点头。

"你过去带他们过来。"松本对着旁边的一个手下说。

松本的手下立刻往前走去，结果刚进房间，就听见传来了一声枪响。

沈浩南和松本听到枪声，顿时悚然一惊，立刻走了过去。

只见前面的房间门半开着，松本的那个手下躺在地上，已然中枪身亡，而房间里，一个黑衣人站在里面拿着枪，沈浩天和潘颖则蜷缩着身体蹲在旁边的角落瑟瑟发抖。

"放下武器，你跑不了的。"沈浩南对着那个黑衣蒙面人喊道。

"大哥，大哥不要过来。"里面的沈浩天听到沈浩南的声音，顿时叫了起来。

沈浩南看了看松本，只见他眯着眼睛，嘴唇颤抖着，手里紧握着手枪。

这时候，阿乐突然从旁边窜了出来，直接将那个黑衣人扑倒在地，将黑衣蒙面人手里的枪撞到了地上。

看到这一幕，沈浩南立刻跟着冲了进去。

黑衣蒙面人很快反应了过来，身体一转，再次拿起了地上的手枪，对准了阿乐和沈浩天他们。

沈浩南见状，立刻举起了手里的枪，对准黑衣蒙面人。

"沈队长，留活口。"身后的松本看到这一幕，立刻喊道。

但是，松本的话还是迟了一步，沈浩南直接开枪了……

4. 荣记老板

山本走了进来，所有人立刻站了起来。

松本刚想说话，山本却摆了摆手，看了一下地上黑衣蒙面人的尸体，皱了皱眉。

"山本先生，刚才形势危急，这个黑衣人要对我弟弟他们开枪，我救人心切，所以才开枪的。"沈浩南说道。

"是的，山本先生，当时我扑倒了他，他手里的枪也被撞飞，但是没想到他还是拿到了枪，沈队长是在万般无奈之下才开的枪。"旁边的阿乐说道。

"沈队长,我是喊了让你留活口的,你却根本没听。这个黑衣人和外面的人分开来到这里,显然是让外面的人引开我们,为的是掩护他来救'红棉'。这个房间里只有沈浩天和潘颖两个人,是不是可以说,'红棉'就在他们中间?"松本指着沈浩天和潘颖说道。

"阿南,我们不是,不是这样的。"潘颖听到松本的话,顿时说道。

"对啊,我们根本不认识他。再说我们是临时过来这里的,如果这个黑衣人是来救人的,怎么会来这里?他不应该是去地下找人吗?难道说有人告诉他我们在这里?"沈浩天跟着说道。

"不错,山本先生,刚才我们是跟着松本先生过来的,前后不过几分钟,后来我便过去跟着你们下楼了,这中间我们一直在一起的,这个黑衣人怎么会知道呢?"沈浩南点点头说道。

"松本,没有证据确定的事怎么能妄下结论?再说了,沈队长会说谎吗?有曹科长在这里,自然会查出真相。"山本瞪了松本一眼。

"是,是我着急了。"松本低下了头。

"让抓到的人来认下这个黑衣人,看看他们是不是一伙儿的,既然潘小姐和沈先生被牵连到了一起,正好一起过去配合调查吧。沈队长,你同意吗?"曹风听后说了一下后面的安排。

"科长,听你的。"沈浩南说着,看了看沈浩天和潘颖。

接下来阿乐带着沈浩天和潘颖走出了房间,旁边松本的人则抬着那个黑衣人跟着走了出去。他们经过沈浩南身边的时候,沈浩南无意中看到了黑衣人的手背，上面有一个疤痕，看上去有点熟悉，似乎在哪里见过。

"松本，沈队长，你们也过去盯着，有发现及时跟我们联系。"山本说道。

"好。"松本和沈浩南一起走出了房间。

沈浩南对于刚才松本在房间里对自己的指控有点生气，走出房间后，他故意比松本走快了几步，就是不想和松本再多说一句话。结果没想到，松本竟然追了过来，并且对他连连道歉，看上去非常诚恳。

"松本先生，你客气了，你也是为了工作嘛，我理解。"沈浩南笑了笑说道。

"沈队长，你放心，如果查出来你的弟弟和女朋友没有事，我会第一时间让他们离开，并且还会送上我们红楼最真诚的歉意。"松本又说道。

"那希望松本先生好好调查，千万不要冤枉了好人，更不要放走了坏人。"沈浩南说道。

几分钟后，沈浩南和松本来到了地下的审讯室。

对于审讯室，沈浩南在特务科早已经习以为常，阴暗，惨叫，冰冷，痛苦，这些词语组合到一起都比不上里面真正的恐怖。韩世超对于这样的地方非常喜欢，甚至还会在审讯室过夜，曾经有一次他说过，只有在审讯室，听到那些被逮到里面的人的惨叫，他才会安然入睡，这一点足以证明他的内心有多凶狠。要知道，特务科审讯室里的人，都是中国人，即使是军统或者中统的人，说到底也是自己的同胞。不过这些人在韩世超的眼里，都是他可以邀功的机会。

但是红楼的地下审讯室却让沈浩南有点意外，因为它看起来更像是一个会议室，虽然也处在地下，却没有那种阴气森森的压迫感。

走进审讯室的时候，其他人都已经在里面了，那个被抓住的黑衣人就坐在前面，而被怀疑的几个人依次坐在旁边，沈浩天和潘颖也在其中。

看到松本和沈浩南过来了，前面的韩世超立刻走了过来。

"人齐了，韩队长，可以开始了。"松本对韩世超说道。

"松本先生，我们，我们在这里审吗？"韩世超显然对于红楼的审讯有点意外，尤其是他看到那个被抓的黑衣人在前面既没有被绑着，也没有被押着，甚至感觉好像是客人一样。

"韩队长，审讯并不是只能靠严刑逼供，如果对方很愿意配合我们，不是皆大欢喜吗？山本先生非常不喜欢那样，你明白吗？"松本说道。

"明白，明白，我知道了。"韩世超连连笑道，走了过去。

"我也过去看看吧。"沈浩南说道。

松本点了点头。

沈浩南走过去，看到刚才那个被他打死的黑衣蒙面人的尸体就放在前面。这时候，韩世超的手下已经将那个黑衣蒙面人脸上的面巾取了下来，看到他的样子，沈浩南顿时大吃一惊。不只沈浩南吃惊，就连旁边的韩世超以及特务科的其他人都大感意外，因为那个人竟然是荣记茶楼的老板荣春。

"刚才松本先生的话你们听清楚了吗？你们认识他吗？他是你们的同伙吗？"韩世超走到那两个坐着的黑衣人面前问道。

那两个黑衣人点点头，又摇摇头。

"什么意思？怎么又点头又摇头的？"韩世超被他们的样子整蒙了。

"我认识他,他是荣记茶楼的老板,但是,我不知道他是不是我们的人。"那个黑衣人说道。

"说说吧,你们是什么人?为什么来这里?"韩世超又问道。

"我们,我们是军统的人,这次过来这里是接到上级的命令来救人的,不过我都是听从上级安排的,并不知道其他事情。"那个黑衣人说道。

"你们在广州有多少人?怎么联系的?你们的上级是什么人?"韩世超听后又问道。

"不知道,这次据说任务比较重要,我知道的几个人都来了,包括我们的上级,他们刚才都被打死了。"黑衣人说道。

黑衣人的审问结果基本上没有任何作用,这个黑衣人的回答也没什么价值,唯一有用的信息是他们是军统的人。

这让沈浩南有点意外,军统为什么会来这里救人呢?难道说被带来这里的人中还有军统的人?还是说这次过来的特派员之前是军统的,所以军统派人过来对"红棉"进行暗杀?

这时候,外面走进来一个人,他跟松本低声说了几句话,松本对着韩世超摆了摆手说道:"先把军统的人带下去,山本先生要和他们几个聊聊。"

那个黑衣人以及荣春的尸体被带了出去,韩世超跟着一起走,沈浩南也跟着往前走去,但是却被松本拦住了。

"沈队长,山本先生特意交代,让你留下来。"

"好。"沈浩南愣了愣,说道。

5. 自曝身份

房间里瞬间静了下来，明明有七八个人，但那时却静得连呼吸声都没有。

山本坐在桌子前面的主位置，松本站在他的身后，左边的位置上坐着曹风、韩世超和沈浩南，右边的位置则是罗明他们几个人。

沈浩天看了看对面的沈浩南，心里焦急万分。刚才这些黑衣人的身份是军统特务，他们来这里显然并不是为了"红棉"，而是为了他这个从军统转过来的特派员。这一点，在来的时候，上级曾经跟他说过，广州之行危险重重，他要接替"红棉"的身份，而且他的特派员身份如果被日本人和军统的人知道了，他们肯定会杀害他。尤其是军统的人，他们绝对不会允许自己的人才被策反、为敌人工作。本来沈浩天以为自己意外被带到了红楼，只要专心和日本人对抗就好，没想到军统的人竟然会如此冒险也要对他进行暗杀。

山本的目光扫视着眼前的每一个人，看上去他的目光没什么，却带着一股说不出的阴冷气息，就连旁边的曹风和韩世超都有点如坐针毡。

很显然，军统的这次袭击让山本也想到了这一点，之前特派员的身份因为有"红棉"的掩盖，所以不显眼，山本他们虽然收到了情报，但并没有在意。但是现在军统不惜冒险暗杀的做法，让山本认识到这个特派员的重要性。

"曹科长，对于这次军统的事情，你有什么看法？"终于，山本说话了。

"山本先生,这不是已经很明显了吗?从军统这次的武器和装备、人员可以看出,他们甚至动用了在广州的整个地下组织,显然红楼里军统要救的这个人肯定非常重要。"曹风说道。

"韩队长,你认为军统为什么会派人来红楼呢?"山本笑了笑又看了看韩世超。

"军统这次的袭击可谓阴险至极,歹毒万分。其一,之前我们不是得到情报吗?这次除了'红棉'以外,共党还派了一个特派员。按照军统的习惯,他们绝对不会让自己的人才流入敌人的手里,所以我认为他们这次的目的就是杀人。对于军统来说,他们为了完成任务一向不择手段,从这次他们的重武器装备来看,我看他们就是为了将这里的人全部杀掉,那么共党派过来的特派员和'红棉'自然也就全部被杀。

"其二,大家都清楚,我们这次带来有嫌疑的人背景斐然,每个人的背后都有着无法得罪的关系,所以军统的人这么做,不但可以完成他们的任务,还可以让我们得罪这些背后的人,可以说是一石二鸟。"韩世超站起来分析了一下。

啪啪,山本拍起了手,赞许地看着韩世超说道:"韩队长,不愧是特务科的情报组队长,分析得很到位,有理有据。"

"山本先生客气了,他说的你自然都想到了,你不必夸他。"曹风笑了笑说道。

"刚才韩队长说了,军统如此费劲要杀害这个特派员,那这特派员到底有多重要呢?沈队长,你有什么看法吗?"山本说着看了看沈浩南。

"山本先生,刚才韩队长已经分析得很好了。之前我们大家的目光都在'红棉'身上,对特派员其实没有怎么在意。现在按照韩队长的分析,那可能只有一种情况,这个特派员的身份比较特殊,可能不仅仅是一个特派员,还是过来接替'红棉'身份的。"沈浩南想了想说道。

"这怎么可能?'红棉'的身份何其重要,从这次奉天和军部给的任务就可以看出来,共党怎么可能会将这么重要的身份给一个从军统转过来的人?"韩世超听后说道。

"韩队长说得没错,所以没有这种可能性的话,那么还有另外一种可能性,军统这次过来并不是韩队长说的为了杀人,而是为了救人。"沈浩南说道。

"沈队长,你这是什么意思?怎么一会儿杀人,一会儿救人的?"松本不禁问道。

"很简单,我认为他们是过来救人的,有两点原因:第一点不用说,刚才的烟花信号应该是他们给要救的人的信号,这次的'红棉'事件我们一直关注共党组织,但是疏忽了军统方面,既然奉天和情报部想要抓住'红棉',那么军统的人为什么没有这个想法呢?第二点,刚才在二楼我枪杀的那个黑衣蒙面人,很巧,我认识他,他是荣记茶楼的老板荣春,在来这里的路上,我碰到警察局他们在设防,正好遇到了荣春说要给我们特务科送外食。刚才我让人查了下这个荣春,他其实并不是军统的人,并且刚才被杀的黑衣蒙面人和受伤的几个人加起来,一共是九个人,根据我们之前对军统在广州的特务的了解,他们不超过六个人,所以我认为这里面有两个人并不是军统的人,他们是跟着军统的人过来救人的。既然如此,那么可以证明一点,军统的人过来并不是为了杀人,也就是说刚才韩队长分析的其实有点误差。"沈浩南将他的想法和分析说了出来。

山本看了看曹风,嘴角露出了一丝微笑。

韩世超还想说什么,但是话到嘴边却又不知道该怎么说。

"沈队长，佩服，你想的和我想的是一样的。军统的人还不至于为了一个特派员牺牲全部的人员，并且就像你说的，这些人中还有两个人不是军统的人，那么他们必然是一起合作来救人的，这也可以解释为什么军统他们忽然有了超过他们自身装备的武器。"山本说完站了起来，转头看了一下左边罗明他们六个人说道，"那就是说在各位中间，一共有三个特别人物，一个是'红棉'，一个是共党派过来的特派员，还有一个是军统派过来的神秘人。"

山本的话顿时让所有人大吃一惊。

如果之前从六个人里寻找一个"红棉"，概率还是比较低的，即使加上他们给的情报，可知"红棉"是长居广州的人，以此缩小调查范围，后来情报里又多了一个从外地来的特派员，嫌疑人比例降低到了一半，也依然让他们有点难办。现在军统的这次袭击，嫌疑人从概率上再次降低了三分之一，也就是说每两个人中就有一个是他们要找的人。

"你们真是无耻至极，竟然当着我们的面如此来决定我们的命运。之前说什么'红棉'、特派员，现在又多了一个军统特务，你干脆直接说我们都是你们要找的人，把我们全部杀了算了。"罗明一拍桌子，指着山本他们怒声骂了起来。

"罗先生，你不要生气，我们这么做不也是为了避免冤枉好人嘛。你也看到了，军统的人如此阴险，竟然把他们的人混进来，如果我们不把这个人找出来，你们大家都会有危险的。"曹风说道。

"闭嘴，曹风，你这个日本人的走狗，说得这么冠冕堂皇的，帮着日本人祸害我们中国人。你们不是要找特派员吗？不用找了，就是我，我就是你们要找的人。"罗明愤声说道。

"罗先生，这个事情可不是开玩笑的，他们不了解你，我还是了解你的，你怎么会是特派员呢？"山本说道。

"你们要证据吗？好，我给你们。"罗明说着从口袋拿出了一张信纸，放到桌子上，"这就是证据，还有，荣春是过来救我的，他的荣记茶楼也是我开的，平常就是我和组织接头的地方，那天和我接头的人在荣记茶馆发现问题后，直接跑到南明商会也是为了通知我。"

6. 浑水一团

事情越来越复杂了。

"红棉"看着眼前的山本以及曹风他们，显然，山本他们故意在他们六个人面前推论分析目前的情况，目的很简单，敲山震虎，想要通过目前的情况来刺激他们六个人，然后从中找出破绽，寻找"红棉"和特派员的线索。

不过，让"红棉"没想到的是，沈浩南的分析竟然如此缜密，并且比韩世超的更加到位。本来"红棉"也以为，这次的军统营救是冲着特派员过来的，但是沈浩南的分析却给出了一条新的思路，同时也让他们的危险程度又一次升级了。

六个人中有三个是红楼和特务科要找的人，这样的概率太大了，"红棉"甚至都能想象出来后面只要山本稍微做一些测试或者审讯，就能锁定范围。更何况，之前他们还得到了情报，"红棉"是长居广州的人，特派员则是刚从外地过来的人，如此一来，一下子将六个人的嫌疑彻底升级到了一个新的高度。

"红棉"也没想到，他们六个人中除了自己和特派员竟然还有一个军统的人，仔细一想便明白了过来，军统的人自然是知道了这次的"红棉"计划,所以特意将他们的人安排了进来,军统他们到底要做什么呢?

"红棉"看着身边的人,每个人的样子看起来或者低沉,或者痛苦,有的人眼里充满了恐惧。

罗明出人意料地站出来,让所有人大吃一惊,因为一直以来罗明的态度让所有人都感觉他根本不可能是特派员。

当然,他不可能是特派员,这一点真正的"红棉"自然知道。对于罗明的行为,"红棉"甚至有点窃喜,因为罗明这样的做法正好给了山本他们一个烟幕弹,在这个烟幕弹下面,真正的"红棉"和特派员可以将自己隐藏在其中。

但是,这次罗明说自己是特派员,还拿出了证据,他拿出的那个证据,是一封信。看到那张信纸,"红棉"的脑袋似乎是被什么撞了一下,嗡的一声,半天都没有回过神来。

罗明拿的那封信,正是上级给特派员的接头密信,上面的内容则是安排特派员和"红棉"碰头以及对广州现在的形势的介绍,因为担心这封密信被人发现,所以并没有将所有的信息写完,确切地说,这是一半的内容,另一半的内容自然在"红棉"自己手里。

"红棉"怎么也没想明白,本来应该在特派员手里的这封信,怎么会在罗明的手上?当然,"红棉"可以确定,罗明肯定不会是特派员。

此刻罗明向他们说他是"红棉"的证据除了这封信外,还有一个,那就是过来营救他们的人中有一个是他的人——荣记茶楼的老板。

所有人都知道,他们之所以从南明商会被带到红楼,就是因为特务科的人在荣记茶楼抓人,结果对方跑到了南明商会的开业仪式现场。所以，罗明说荣记茶楼真正的主人是他，那里也是他和"红棉"接头的地方。

罗明的这两个自证至关重要，首先有书信，确定他的身份，其次荣记茶楼是他的产业，并且特务科当时收到的情报确实就是"红棉"在那里和组织的人接头，最后特务科跟着对方来到了南明商会的开业现场。

这三点结合到一起，确实没有什么问题。

罗明显然已经做好了身份暴露的准备，他站在那里，冷眼看着山本。

此刻，他们正拿着罗明提供的那封密信分析内容的译文。

"红棉"看了看罗明，正好罗明的目光也扫了过来，两人视线对上了，罗明露出了一个笑容。

这个笑容让"红棉"内心大震，显然罗明知道"红棉"的身份，他现在这么做其实是故意的，这不禁让"红棉"鼻翼一酸，眼泪差点流出来。

罗明是什么时候拿到那张纸条的呢？"红棉"仔细想了一下，很快，明白了过来。

他们从地下室上来之前，看到外面的烟花后，他们分析很有可能烟花是一个营救信号，山本他们这次可能会对他们进行彻底调查，比如搜身，以为他们来到红楼，其实山本对他们还算客气。在"红棉"身上的那一封下半部分密信，已经被自己销毁，当然上面的内容"红棉"早已经刻在心里。

罗明手里拿到的这封上半部分密信，必然是从真正的特派员手里拿到的。想来应该是之前特派员担心被山本搜身，所以将这封上半部分密信藏了起来，结果被罗明拿走了。

如果这封信真的落入了山本手里，按照山本做情报工作多年的经验，他必然会发现其中的秘密。

　　罗明现在主动将这封信拿出来，并且将特派员的身份引到自己身上，显然是知道这封信破译的内容并不会使得"红棉"和真正的特派员身份暴露，所以才会主动站出来。而且罗明的身份如果被山本他们认定了，那么还会打乱之前山本他们的情报，那就是所谓的"红棉"是长居广州之人，特派员是刚从外地过来的新人。所以，罗明这么做，看似让山本他们找到了特派员，其实降低了"红棉"他们身份曝光的危险。

　　"罗先生，你怎么会是特派员？根据情报，特派员是从军统转过来的高级特工，并且特派员是从外地来广州的，你可不符合这两个条件啊！"曹风看着罗明又问了一句。

　　"情报难道不会出错吗？再说你怎么知道我之前不是军统的高级特工？还有，你们所谓的情报说特派员是从外地来广州的，并没有说特派员之前不是在广州长居的吧？"罗明冷哼一声说道。

　　"罗先生，这关系到你和你们罗家的生死存亡，我劝你要慎重，不要胡乱认罪！"曹风皱了皱眉头说道。

　　"不错，罗先生，最主要的一点是我不明白，你为什么会主动暴露自己的身份呢？"山本说话了。

　　"很简单，因为我不想要我们的人再做无谓的牺牲了。刚才沈队长说得没错，军统的人过来不是为了杀人，而是为了救我，包括荣春，他和军统的人一起过来，也是想救我出去。不过我之前就和组织说过，如果来救我的人出事了，就不要再来了。你们也别想着利用我再伤害其他人了。"罗明说着，迅速伸手将山本腰间的手枪拔了出来。

　　"罗明，你做什么？"这一幕发生得太快，等到山本他们反应过来，想要冲到罗明身边抢枪的时候，罗明已经对准了自己的脑袋直接开了一枪。

枪响了。

所有人都愣住了。

木兰花甚至发出了惊恐的哭声。

这时候，门被撞开了，松本拿着刚才罗明交出的那张信纸，欣喜地说道："破译出来了，这是确定特派员身份的密信。"

7. 密信在身

沈浩天的后背在微微颤抖，内心充满了悲痛。

旁边的潘颖看到了，轻轻拍了拍他。

当然，潘颖可能以为沈浩天看到了罗明自杀的一幕太过害怕，包括对面的沈浩南也看到了沈浩天的样子，心里有点难过。

其实不仅沈浩天，旁边的木兰花以及其他人，对于罗明的突然自杀都大感意外，更多的是惊恐与不安。

不过，沈浩天内心的悲痛是因为罗明代替了他的身份，他用生命帮助他消除了隐患，这一点只有他们两个人知道。

两个小时之前，木兰花被带走后。沈浩天的危险感觉上来了，如果说之前他还能沉着冷静，那是因为他的身份暂时还没有被山本他们怀疑。但是山本告诉了他们最新的情报，在他们中间有一个特派员，并且特派员就在他、潘颖和左向风三个人中间。

自从知道这个消息，沈浩天就惴惴不安，因为他的身上还有一份让他身份暴露的东西，那就是组织上给他的密信，那也是他过来和"红棉"接头的信号。沈浩天想过很多种办法处理这张纸条，但是都没有找到机会。

现在他们被带到了地下审讯室，而且山本他们要做什么还不得而知，如果让他们发现这封密信，沈浩天的身份将会彻底暴露。沈浩天也想过将这封信塞给其他人，但那样却是害了别人。想来想去，沈浩天决定将密信塞进一个角落的缝隙里，那个缝隙沈浩天看了很久，并且对于外面的看守来说也是一个死角，就算被发现了，也不知道是谁塞进去的。于是，沈浩天趁着其他人不注意走了过去，就在他拿出那封密信的时候，罗明从旁边走了过来，伸手拉住了他，顺势取走了他手里的那封密信。

沈浩天愣住了。

"十年前，我去武汉出差，沈会长曾经托我去看望一位故人，当时的武汉处在兵荒马乱的时候，我按照沈会长给的地址寻了过去，可惜并没有找到他的故人。后来我准备离开的时候却遭遇一个军阀带人路过，于是只好找了一个破庙躲了起来，没想到当时破庙里面竟然还藏着一对从家里出来躲避军阀的母子。

"那个军阀的手下追过来没找到人，于是让人拿枪对着里面乱射一气，最后离开了。流弹过来的时候，我替那对母子挡了一下，左臂受了伤，那对母子便把我带到了他们家里照顾了我一段时间。

"回到广州后，我把在武汉的遭遇告诉了沈会长，对于没有找到他的故人，我们都很遗憾。然而无意中我看到沈会长拿着的一张照片，上面是一个女人和一个刚出生不久的孩子，我才明白，原来在那个破庙遇到的那对母子竟然就是沈会长的故人。当时那个孩子已经十几岁，我和他们相处了一段时间，也算是记忆深刻。"罗明低声对沈浩天说了一段话。

沈浩天脸皮颤了颤，感觉后背有点颤抖。

"那对母子，母亲叫周淑君，儿子叫沈浩天。所以从我第一眼见到你，我就知道你不是沈会长的幼子，那么根据后来山本他们说的情报，你的身份自然就是那个过来接应'红棉'的特派员。"罗明接下来凑到了沈浩天（周远）的耳边轻声说道。

在"天才计划"营里，沈浩天和周远无话不谈，所以沈浩天的所有事情周远应该都知道，但是唯独这件事周远没有听过。不过想来也正常，毕竟那只是沈浩天生命成长里的一个插曲，他自然也没想到当年无意中遇到的那个人会是他父亲委托前来寻他们的人。

沈浩天（周远）不知道该怎么回应，罗明的话已经将他的身份彻底否定了，并且他根本没有任何反驳的意见，即使他想否认，刚刚被罗明拿走的那封密信也足以证明罗明的推理。

人证，物证，全部在罗明的手里。

只要罗明将手里的密信交给山本，他这个假冒沈放儿子的特派员将彻底被曝光，别说他的任务不能完成，恐怕他还会死得很惨。

"放心，我不会告诉别人的。"接下来罗明的话让沈浩天（周远）顿时松了口气。

自从来到红楼，罗明的表现已经很明显，他是一个非常讨厌日本人的爱国人士，所以按照他的性格，他自然会掩护沈浩天（周远）这个特派员的身份。

只是让沈浩天（周远）没想到的是，罗明在这一刻会将特派员的身份拉到自己身上，用牺牲自己的方式来保全沈浩天（周远）。

此刻，沈浩天（周远）的眼泪几乎要流出来了，但是他强忍着让自己的情绪稳定下来，他记得在加入组织前，上级曾经说过一句话："只要你有一颗红心，那么就会有千千万万颗红心来照亮你。"

现在，他真正感受到了这句话的意思。之前他以为那些照亮他们的红心是盼望胜利的老百姓，但是此刻他明白了，那些红心不仅仅有普通的老百姓，甚至还有罗明这样的商贾大户。

山本让人把沈浩天他们带了下去。

罗明的意外自杀让剩下的五人的心里产生了各种疑问和猜测。

与此同时，山本他们心里也出现了同样的疑惑。

"真没想到，罗明竟然会是共党的特派员。那如果这样的话，我们之前的情报是不是理解错了，就像罗明说的，'红棉'是长居广州的，但是这不代表刚到广州的人就没有嫌疑。既然这个'红棉'如此神秘，那么他（她）在广州的身份肯定会有所隐藏。甚至可能就是担心身份被识破，故意放出假情报。"韩世超说道。

山本皱紧了眉头，没有说话。

曹风看了看旁边的沈浩南，想说什么又没说出来。

"山本先生，不管怎么样，特派员被我们找到了，也不能说没有发现。如果实在不行，就将剩下的人交给我们特务科，我们肯定能找出'红棉'。"韩世超看到曹风欲言又止的样子，直接说话了。

"罗明的自曝我认为有问题，他显然是为了保护'红棉'，也就是说之前我们可能已经接触到了'红棉'。这样，去调查一下罗明之前和谁接触最多。另外还有那个荣春，他为什么去了二楼的房间？在那个房间里只有沈队长的弟弟和女朋友，沈队长，这会是巧合吗？"山本站了起来，往前走了两步后说话了。

"对于这点我问了的，当时荣春并不是直接去那个房间的，他是从楼下跑上去的,并且他前脚进去,我的手下阿乐就跟了进去,可以说他和我弟弟以及女朋友根本没有任何沟通。这点阿乐可以做证的。"沈浩南说道。

"韩队长,你问问阿乐,沈队长说的这个情况也不是没有可能。还有,再调查下这个荣春是怎么进入这里的,然后他进来后都做了什么。"曹风看了看韩世超说道。

"明白。"韩世超点了点头。

沈浩南和韩世超出去了。

房间里只剩下了山本和曹风。

"曹科长,罗明是罗氏家族的人,还是广州商会的人,虽然他说自己是特派员,但是罗家的人闹起来似乎也不太好。尤其是他的侄子好像还在军部工作。"山本叹了口气说道。

"山本先生放心,这些人的事情我都安排好了。罗明的侄子叫罗志峰,之前已经找过我了,我也答应了他,如果罗明这边有事情,罗家就靠他了。所以,即使罗明他不是特派员,我们也没想让他安然无恙地回去。"曹风嘿嘿笑了起来。

"好吧,果然曹科长是我们大日本帝国忠实的合作伙伴,有曹科长帮忙,我确实非常安心。"山本笑了起来。

"山本先生,您客气了。"曹风连连说道。

8. 分开询问

询问是分开进行的。

松本主审,韩世超陪审。

罗明的死,让其余人的内心受到了严重的冲击。

询问的内容很简单,那就是在罗明出事前曾经和谁走得最近，说话的时间最长。为了避免他们不说真话，松本特意编造了一个理由：之所以问这些，是为了给罗明家人复述罗明出事前后的详细情况。

当然，松本的理由并不能站住脚，不过松本也没想让剩余五个人都相信他的话，只要有一个人相信了，那么就能问出罗明之前到底和谁进行过沟通，找出嫌疑人。

询问的问题都一样，并不是上来直接就问，这样的话基本上不会有什么收获。所以一开始先问一些基本的小问题，最后再慢慢转移到罗明的事情上。

虽然五个人当时的情况比较混乱，不过经过梳理他们各自的说法，最后还是锁定了一个人，那就是沈浩天。

根据对五个人的单独询问，他们回忆罗明出事前，在罗明身边的人是沈浩天，并且当时和罗明一直站在一起的人也是沈浩天，根据左向风的回忆，沈浩天和罗明好像在一起低头聊了很长时间。

沈浩天是最后一个接受询问的。本来按照规定沈浩南是要避嫌的，但是松本特意让他留了下来。

或许是看到沈浩南在场，所以沈浩天看起来还比较镇定。对于松本提出的问题，他解释得很清楚，在地下房间的时候，他的确和罗明站在一起，不过那是随机的，后来他和潘颖被带到了二楼，便再没和罗明说过话。

至于说他们之前的对话，那再正常不过了，因为在那样的环境，那样的状态下，大家总会说出自己的猜测以及担心。当时罗明跟他说不要担心，他肯定没问题，因为沈浩南是他大哥，只要他安心等待到最后，自然会洗脱嫌疑。

"罗明只是和你说这些？"韩世超听他说完后问道。

"其实不是罗明跟我说，是我跟他说的，我担心我和潘颖会影响到我大哥在特务科这边的工作。当然我不只和他一个人说，也曾经和木兰花，包括秦骏都说过，只不过木兰花和秦骏对我说的话没有太在意，也没有像罗明那样帮我分析具体情况。"沈浩天说道。

"罗明帮你分析了具体情况？你能否详细说下？"松本愣了一下。

"这，可以说吗？"沈浩天看了看沈浩南，似乎有点为难。

"不管是什么，都如实说出来。"沈浩南对他说道。

"好，那我就说了。"沈浩天深吸了口气，环视了一下眼前的松本等人，"我知道在我们这几个人里，我和潘颖不太一样，因为我们是最大的关系户，不仅仅是因为我的父亲是沈放，还有我的大哥是在特务科。

"他们都疑惑像我这样的关系户怎么会被带到这里，甚至会认为我是特务科他们放进来的眼线，所以我和其他人说话，他们都是敷衍了事。其实我内心是害怕的，因为我从来没见过这样的事情，并且我更担心我会影响到大哥和父亲。所以无论是山本先生还是松本先生，甚至韩队长对我说的任何话我都仔细斟酌，生怕理解错误。我们到这里一天时间不到，却发生了这么多事情，甚至亲眼看到很多人死在我们面前。在地下房间的时候，罗明在我旁边，我和他说起了我的担心，罗明说我们几个人里面我是最安全的，因为我担心的问题反而是可以证明我没有嫌疑的证据，并且他说他了解我的父亲，他绝对不会让沈家有事，所以他肯定会想办法救我的。"

"如此说来应该是罗明知道'红棉'和他自己的身份，所以才会如此笃定跟你说这些。"韩世超说道。

"这个我不清楚。"沈浩天摇了摇头。

"好吧,就到这里吧。沈队长,你有什么想说的吗?"松本看了看沈浩南。

"我想说的其实和罗明说的一样,我父亲绝对不会让沈家有事,所以只要沈浩天和潘颖没有问题,我们一定会救他们出来。"沈浩南说道。

"这个自然,如果他们没有问题,我们肯定不会为难他们的。"松本笑了笑说道。

窗户对面,山本和曹风站在一起,看着里面的询问工作。

"曹科长,你觉得沈浩天有问题吗?"山本说话了。

"对于情报这块来说,没有任何一个人是没有问题的,同样,也不是所有人都有问题。我们既然选择做这一方面的工作,那怀疑就是我们唯一的工作内容,所谓宁可错杀一千,不可放过一个。"曹风笑了笑说道。

"你这个话说得非常对,宁可错杀,不可放过。只不过这次的事情比较特殊,我相信罗明绝对不会无缘无故突然自曝,所以沈浩天的嫌疑很大。我已经托人对他来广州之前的经历进行了调查。"山本点点头说道。

"我记得沈放不是给过我们一份关于沈浩天的资料吗?"曹风问道。

"那是沈放调查的,我这边还要核查下。"山本说道。

"是,是,那山本先生,现在这个情况我们该怎么办?本以为通过得到的情报几乎就要找到'红棉'了,但是现在罗明这么一死,反而把我们再次拉进了谜团中。"曹风说道。

"情报部刚刚给我通知,他们派了一名特工专家过来帮助我们。据说这位特工专家是特高课培养了很多年的高级人才,深知军统以及共党的习性,有了这位特工专家的帮助,相信我们应该很容易找出'红棉'。"山本说道。

"啊,那太好了,只是不知道这位特工专家什么时候到?"曹风听后不禁问道。

"按照时间算,今天下午就能到。你放心,到时候我帮你引荐一下。"山本说道。

"那太感谢了。"曹风一听,欣喜地说道。

9. 拉拢手段

砰!门被撞开了。

沈浩天坐了起来。

只见松本带着两名手下走了进来,指着沈浩天怒声说道:"带走。"

沈浩天愣住了,刚想说话,对方却什么都没说,粗暴地将他从床上拖了下来,然后往外面走去。

松本走在前面,四周是黑漆漆的通道,只能看到远处一团闪烁的微光,沈浩天想说话,但是不知道为什么却说不出来,甚至他感觉自己的身体像麻木了一样,没有任何知觉,想动都动不了,只能任凭对方拖着他往前走去。

很快,他们来到了地下审讯室。

松本推开门,一股阴冷血腥的味道扑面而至,让沈浩天不禁有种说不出的感觉。尤其是里面绑着的人,他的身上全部血淋淋的,也许是被打晕了,低着头一动不动。不过,沈浩天还是从那个人的衣服袖子认出了他的身份,他竟然是沈浩南。

"大哥。"沈浩天惊呆了,顿时大声叫了起来。

也许是听见了沈浩天的喊声，沈浩南微微抬起了头，只见他的脸上也是青一块紫一块，看上去似乎已经没有了任何力气，但他还是冲着沈浩天露出了一个微笑。

"知道为什么他会这样吗？都是因为你，你的身份我们已经知道了，你还要继续装下去吗？"身后的松本说话了。

"我，我不知道你在说什么，快放了我哥哥。"沈浩天摇着头说道。

"你真是不见棺材不掉泪，你根本就不是沈放的儿子，你是共党派来接应'红棉'的特派员。"松本说道。

"我不是，我不知道你在说什么。"沈浩天否认道。

"你不说没关系，我让你见个人，你就知道了。"松本笑了起来，拍了拍手。

门外走进来一个人。

看到进来的人，沈浩天顿时呆住了。

"十八，好久不见啊？"来人笑着走了过来，他的声音轻飘飘的，带着一丝冰冷与阴森。

"十九，你，你不是已经死了吗？你怎么会？"他惊呆了。

"不只他，还有他们。"松本嘿嘿一笑，然后再次拍了拍手。

外面又有人走了进来，陆陆续续有五六个，他们的样子沈浩天非常熟悉，有救他的老书记，也有带他加入共产党的大刘，甚至还有为他挡住子弹的小张，他们的出现却让沈浩天感到内心的炸弹彻底要爆炸了，因为他们都知道自己并不是真正的沈浩天。

"看到他们，你还要说自己是沈浩天，是沈放的儿子吗？"松本又问道。

沈浩天感觉浑身在颤抖。

"还不说？"松本举起了手里的枪，对准沈浩南直接开了一枪。

沈浩南身体一阵抽动，不再动弹。

沈浩天感觉浑身颤抖，整个人都要瘫下去了。

这时候，松本的枪口转了过来对准了他，一字一句地说道："现在，轮到你了。"

啊！沈浩天睁开了眼，感觉冷汗涔涔。

"做噩梦了？"旁边的左向风看了看他问道。

"是，是啊。"刚才的一幕竟然是一场噩梦，沈浩天吐口气，身体慢慢平复了下来。

"真没想到罗明竟然是特派员，他的举动让我太佩服了。"左向风又说话了。

沈浩天站了起来，走到了窗边。

夜色深沉，外面的高楼犹如一头沉默的野兽，散发着诡异的气息。

"你说谁会是'红棉'呢？"左向风走了过来，看着外面说道。

"这我怎么会知道？"沈浩天皱了皱眉，也许是因为刚才左向风提到了罗明，这让他有点不舒服。

"其实一开始我以为罗明是'红棉'呢，没想到他竟然是特派员。"左向风自顾自地说道。

"为什么？"听到左向风的话，沈浩天不禁问。

"我们几个人刚被带到这个陌生的环境，大多数人都是带着惊恐和疑惑，但是罗明非常不一样，甚至一直态度冷漠恶劣地对待山本他们，当时我以为他这么做是想利用自己创造的这些情况来掩饰自己的身份，现在看来其实是为了保护'红棉'。"左向风分析道。

"或许吧。"本来沈浩天还以为左向风发现了什么,但听他说完后感觉就是纯属瞎想,所以沈浩天也没有说什么。

"现在我们五个人里不知谁是'红棉',其实我觉得潘颖最可疑。"左向风犹豫了下说道。

"你什么意思?"沈浩天看了他一眼。

"你别生气,我知道她是你大哥的女朋友,但是正因为这样,你才不会去怀疑她,我是从整体来猜测的。你仔细想想,很多时候她的言行举止都超过了一个普通女老师的身份,并且我观察了下,之前我们遇到各种突发情况,她都很镇定,唯独罗明自杀的时候,她显得很意外,按理说如果一个女人,看到有人突然死在自己面前,她应该是害怕的,就像木兰花那样的反应。但是她的样子好像知道罗明要自杀一样,你说她其实会不会知道罗明自杀是为了保护她呢?"左向风说了一下他的分析。

"你别胡说八道,潘颖不可能是'红棉',她在来广州之前,特务科的人专门查过她的,你这样乱说让山本他们听到了,可能会给她带来麻烦。"沈浩天说道。

"这个我知道,我也是提醒你,不要因为潘颖是你大哥的女朋友,你便疏忽了她,如果她真的是'红棉',那可是害了你们沈家啊!"左向风说道。

"这就不劳你费心了,只要你不是'红棉'就行。"沈浩天冷声说道。

"我怎么可能是'红棉'?我要是'红棉',我还会跟你说这些吗?那我不是自己找死吗?"左向风一听,顿时叫了起来。

"那可不好说,万一'红棉'现在因为特派员死了,想再找个挡箭牌呢?"沈浩天说道。

"好了，好了，算我没说，我不说了。"左向风摆了摆手，坐到了前面，不再理会沈浩天。

　　沈浩天再次看向了窗外，左向风的话其实并不是没有道理。潘颖，一直以来沈浩天都对她没有怀疑，但是就像左向风说的一样，会不会是她和沈浩南的关系导致他忽略了她的疑点呢？

　　在来广州之前，上级曾经跟他说过，"红棉"的身份非常严密，并且经过了双重加密，所以无论是日本的情报还是军统的情报，都只可能破译第一重，绝对不会破译出第二重。

　　山本得到的情报证明，"红棉"是一个长期在广州的潜伏人员，但是这个情况不一定是真的，所以"红棉"的身份不能就此确定。

　　想起之前他和潘颖在一起的时候的情况，潘颖的表现和反应确实不像一个普通女人，并且之前沈浩南和她的相识非常蹊跷。沈浩南去执行任务，结果被潘颖所救，按照当时军统在武汉的势力，潘颖一个普通的女老师，怎么会躲过他们的搜索呢？之前沈浩南几次希望潘颖过来广州，但是她都不来，但是在发生"红棉"事件的关键时刻，她却从武汉过来了，这一切确实显得太过巧合……

10. 品茶之道

　　天亮了。

　　沈浩南醒了过来。

　　恍惚了一下，他坐了起来，走到窗边拉开了窗帘。

　　阳光从外面照进来，有点刺眼。

　　这是他在红楼第一次过夜。

昨天晚上的事情发生太晚，所以他们都留在了红楼。

从窗户看下去，可以看到楼下的人们正在早练，特务科的一些人也在其中。韩世超站在前面，正在说着什么。

这时候，门响了，有人敲门。

沈浩南转过身走到门口，打开了门。

"沈队长，没有打扰你休息吧？"敲门的是松本，他看上去似乎非常客气。

"没有，是有什么事吗？"沈浩南问道。

"山本先生和曹科长在等你，有些事可能需要和你确认。"松本说道。

"好，我现在就去。"沈浩南皱了皱眉，不知道山本他们又要做什么。

在松本的带领下，沈浩南来到了山本的房间。

山本换了一套和服，跪坐在茶台前，曹风坐在他的对面。

"沈队长，请坐。"山本指了指前面说道。

沈浩南坐到了曹风旁边。

山本端起茶壶在他面前的茶杯里倒上了一杯热茶，说道："沈队长，品尝一下，这是我家乡的静冈茶，虽然比不得你们中国的茗茶，但是却别有一番味道。"

沈浩南端起茶杯抿了一口，点了点头："之前有幸喝过日本的玄米茶，感觉是一种别致的香味，没想到这静冈茶竟然如此清新，不过……"

"沈队长，有话不妨直说。"山本看到沈浩南欲言又止，笑了笑说道。

"可能静冈茶是日本的茶叶，中国这边的水并没有完全将它的茶香味弥散出来，喝上去总有点欠缺的感觉。当然，即使如此，也是非常难得了。"沈浩南说道。

"沈队长，你胡说什么？你懂茶叶吗？"曹风瞪了沈浩南一眼。

"沈队长的意思我明白，你说得不错，中国文化源远流长，静冈茶用这边的水确实无法将它的所有香味弥散出来，但是这并不重要，只要我们继续努力，相互合作，就像我们的乌龙茶，也是来源于中国，但无论是用日本的水还是中国的水泡出来的茶水，都已经没什么区别了。"山本说道。

"山本先生，曹科长，不知你们找我来是为何事？"沈浩南看了看他们问道。

山本放下了茶杯，对着松本摆了摆手。

松本拿着一个档案袋走了过来，放到了茶台上。

"这里是我从武汉那边得到的最新资料，是关于你弟弟和潘颖的，我觉得你应该看看。"山本说道。

"科长，他们的资料我们不是调查过，都上交了吗？"沈浩南看了看曹风。

"你们调查的确实没问题，不过我这边让日本情报部又仔细查了一下，发现了一些你们没有查到的东西。沈队长，因为他们和你的关系特别，所以我觉得你还是好好看看，仔细了解下，以免我们出错。"山本说道。

"好，谢谢山本先生。"沈浩南说着拿起了档案袋，出去了。

门关上了。

"曹科长，你觉得沈队长看到这些资料后让他二选一，他会怎么选？"山本端起茶杯问道。

"沈队长一向重情重义。不过生死关头，沈浩天毕竟是他的弟弟，而潘颖不过是一个女人，两人相比较的话，我认为他肯定会选择沈浩天。"曹风说道。

"罗家那边安排好了吗？"山本又问道。

"放心，已经安排好了。不过罗家毕竟是大户，又是广州商会的人，可能后面我得代表特务科过去慰问。如果可以，山本先生是否可以表示一下，毕竟罗明是在红楼这边出事的。"曹风想了想说道。

"没问题，到时候我让松本跟你一起过去。需要他做什么，我让他完全配合。"山本说道。

"好的，那太好了。"曹风笑了起来。

"算算时间，我们要等的人应该到了。"山本看了看墙壁上的钟表说道。

"那我们是不是要出去一下？"曹风说道。

"你说得不错，我们确实应该下去看看。"山本说着站了起来。

两人走下楼，正好看到韩世超将下面的人整顿好。看到他们，韩世超走了过来。

"韩队长，准备得怎样了？"曹风问道。

"科长，都准备好了。"韩世超说道。

"好，我们一起出去准备迎接客人。"山本满意地点了点头。

红楼的门被打开了，然后韩世超带人走了出去，列队站在两边。

两辆黑色的吉普车从外面开了进来，几个身着军服的人立刻从车上下来，然后一个身着军装的女人从后面走了出来。

山本和曹风对视了一眼，意外地看着眼前的女人。

女人摘下了墨镜，环视着红楼看了一下，走到了他们面前说道:"谁是山本?"

"你好,我是山本真一,红楼的负责人。"山本笑着说道。

"那你就是曹风了,奉天下派到广州的情报负责人?"女人看着曹风问道。

"是,我是曹风。"曹风连连点头。

"我是叶玲珑,特高课让我过来帮你们。"叶玲珑说道。

"您就是叶专员啊,欢迎,欢迎。"山本笑了笑说道。

"我是为了'红棉'过来的,听说你们带了几个人,一天一夜非但没有找出'红棉',还搞得越来越麻烦了。"叶玲珑扫视了他们一眼说道。

"因为这几个人背后的关系比较复杂,我们也不能直接上刑拷打。其实本来已经差不多有眉目了,可是突然共党派过来的一个特派员为了保护'红棉',自曝身份,将我们的调查彻底打乱了,这才……"

"好了,不要再说了。真是没用。"叶玲珑没有听完山本的话,直接打断了他。

"是,是,一切听叶专员的。"山本笑着说道。

"给我收拾一个房间,我要挨个见见这几个人,记住,是一个一个。"叶玲珑说道。

"需要我把资料给您吗?"山本问道。

"不用,来的时候我已经看过了,就像你说的一样,这些人的身份还挺特别的,每个人都很有意思。"叶玲珑说道。

"好,我马上安排。"山本说道。

叶玲珑关上了门。

山本看了看曹风,不禁舒了口气。

"山本先生,这位叶专员是什么来头,怎么您都对她如此客气？"曹风看了看山本问道。

"具体的我也不清楚，我只知道她是小林先生的人，就连奉天的佐藤先生都要对她忌惮三分。我听说叶专员刚到情报部的时候，小林先生身边一个跟了三年的副官因为质疑她的身份，直接当场被她杀了。"山本说道。

"这么凶狠，那我们可得小心点了。"曹风小心翼翼地说道。

"那是自然，稍有不慎，我们可能就会没命。所以让你的人也小心点，不然到时候就算是我，恐怕也帮不上忙。"山本看了看曹风。

"明白，明白，多谢山本先生提醒。"曹风连连道谢。

11. 再见老友

看到叶玲珑从车里走出来，山本和曹风对她毕恭毕敬的样子，左向风说话了。

"这女人是什么来头？怎么看起来山本在她面前都如此谨慎？"

"又来人了？十有八九是山本他们找来对付我们的。"沈浩天走到了窗边，往外看了一下。

果然，叶玲珑走在前面，山本和曹风跟在后面，远远看去，叶玲珑更像是这红楼的负责人，而山本和曹风则像是她的手下一样。

"看这女人的气势，估计我们没什么好果子吃了。"左向风叹了口气。

看着叶玲珑的背影，沈浩天觉得有点熟悉，似乎在哪里见过，他探出头想要仔细看下，但是叶玲珑已经走进了一楼。

没过多久，松本来了，带着沈浩天和左向风走了出去，最后来到了前面的会客厅。

沈浩天他们走进去的时候，其他人都已经到了。桌子旁边坐着的人还是他们几个人，不过旁边多出一个空位，那是之前罗明的位置，不过此刻罗明已经死了。

五个人面面相觑，不知道山本他们又要搞什么鬼。

不过沈浩天感觉应该和那个刚来的女人有关系。

很快左向风被人带走了，沈浩天也跟着被带了出去，不过两个人去的是不同房间，沈浩天进房间后，看到沈浩南在里面。

"阿乐，你带着人到门口吧。"沈浩南看到沈浩天进来了，于是说道。

阿乐和带沈浩天过来的人走了出去。

门被关上了，沈浩南站了起来，倒了一杯水，放到了沈浩天的面前。

"大哥，这是……"沈浩天意外地看着沈浩南。

"我问你几个问题，你要如实回答我。"沈浩南盯着沈浩天，虽然话很温和，但是语气中却夹杂着一些疑问。

"好，你问。"沈浩天做好了准备。

"之前你母亲来信说几年前你曾经跟人在山上跑货，那是在什么地方？什么山？跟的什么人？"沈浩南问道。

"大哥，怎么忽然问起这个了？"沈浩天内心一震。

"山本让人对你的过去重新调查了一下，发现有五年的时间是查不到任何信息的，唯一的线索就是你曾经跟人去山上跑货。为确保你没有问题，你需要告诉我那五年你到底去了哪里，否则如果被山本他们抓住了把柄，到时候就麻烦了。"沈浩南说道。

"不，我不能说，如果让他们知道，我会连累你们的。再说那些事情已经过去了。"沈浩天摇了摇头说道。

"难道说你母亲之前的书信是骗我们的？现在你不能继续瞒下去了，否则才是真的害了我们。你不用怕，任何事都有父亲和大哥，哪怕，哪怕你就是'红棉'，我们也会想办法保住你。"沈浩南说。

"不错，之前母亲的书信的确是骗你们的，其实我当时并没有去山上跑货，我是被人掳走了。母亲找了我整整五年，后来病重身亡。那五年我去了一个神秘的地方，这个地方有人称它为'天才计划'训练营，但是我们背后却喊它为'死亡俱乐部'。"沈浩天迟疑了几秒，说话了。

"那是什么地方？"沈浩南听后不禁问道。

"之前我并不知道，因为被他们掳走的时候我才十五岁，当时那个组织名为复兴社，也就是军统的前身，我在那里被他们囚禁了六年，后来军统成立，他们便把我带进了'天才计划'营，后来计划失败，他们杀死了所有人，我侥幸逃了出来，四处躲避他们的追杀。直到回家才知道母亲找了我五年，后来病重身亡，通过她留下的遗书我才知道了你们的联系方式。"沈浩天说道。

"你十五岁被复兴社的人掳走，在那里待了六年，为什么逃出来两年后才联系我们？"沈浩南来回走了几步然后问道。

"我其实并不愿意来广州，我母亲一生凄苦，但是却从来不愿意求助他人，即使在曾经最难的时候都没有找过父亲求助。我之所以冒充母亲写信给父亲，最大的原因是军统的追杀让我无法藏身，如果不是因为这个情况，我可能并不会过来广州。"沈浩天苦笑了一下。

"为什么一开始这些事情你不说？"沈浩南皱了皱眉问道。

沈浩天站起来走到门边和窗边看了看，似乎担心什么。

"这里很安全，外面有我的人守着，确保不会有人窃听。"沈浩南看出了沈浩天的担心，于是说道。

"我一来就被带到了红楼，我之前虽然不是军统的人，但是却被他们培训了六年，后来我逃出来后东躲西藏，每天过得如履薄冰，小心翼翼，除了要躲避军统的人，更要躲避日本人，我被带到红楼，怎么可能说出之前的事情，那岂不是自掘坟墓？"沈浩天并没有将他之前的事情完全说出来，要知道当年他逃出来的时候是被共产党的游击队所救，并且在他们的医治照顾下才活过来的，后来他加入了共产党。这次之所以过来，自然是因为他接受了组织的考验，组织上认为他被军统培训了六年，熟知军统特务的情况，所以过来接手"红棉"的业务最合适不过。

"好吧，这些事情你暂时先别和其他人说，尤其不要对山本他们说，我需要整理一下，然后和父亲商量。"沈浩南犹豫了片刻后说。

"没关系，如果你们怕被牵连，我绝对不会连累你们。反正我早已经习惯了。"沈浩天笑了笑说道。

"不管你是无奈还是自愿过来广州，那么沈家就是你的家，我和父亲不会不管你的，我们一定会想办法救你出来，只不过事情比较复杂，我们需要想一个万全之策。"沈浩南说道。

"那就谢谢了。"沈浩天停了一下又说道，"不过好像红楼又来了一个人，山本看起来对她都挺客气的，我想可能是过来查我们身份的人。"

"我听说了，这个人是特高课派过来协助特务科和红楼工作的，据说是一个很厉害的特务。"沈浩南说道。

"确实厉害，刚才我看左向风也被带了出来，想来应该是去见她了。这个人一来就对我们进行单独审讯，的确是一个高手。不过放心，就算她再厉害，我不想让她知道的事，她就不可能会知道。要知道在'天才计划'营里的时候，第一节课就是教如何保守秘密。"沈浩天说道。

12. 无处遁逃

左向风进来的时候，立刻感到了一种压迫感，首先是一直以来都微笑的山本竟然紧绷着脸站在旁边，曹风甚至都在门口站着。

一个女人背对着他站在前面，听到声音后转过了身。

"过去吧。"松本指了指前面说道。

左向风吸口气，走了过去。

"你们都出去吧，我和左先生单独聊聊。"女人看了看前面的山本和曹风。

"我，我也出去吗？"山本问。

"我说的话不清楚吗？你们都出去。"女人皱了皱眉说道。

"好，好的，明白。"山本点了点头，然后和曹风一起走了出去。

房间里只剩下了左向风和那个女人。

左向风有点不知所措，明明眼前的女人只有一双眼睛，但是不知道为什么他却感觉仿佛有无数双眼睛在盯着自己，似乎要将他的五脏六腑审视个透明。

"不要紧张，左先生，请坐。我叫叶玲珑，特高课过来协助山本他们工作的。"女人指了指前面的凳子，介绍了下自己。

左向风坐了下来，看着眼前的女人。

"我看了左先生的资料，感觉有些问题，不过我想左先生肯定会主动跟我说些什么。"叶玲珑说道。

"叶小姐，我，我不太明白你的意思。"左向风感觉有点莫名的紧张，在来广州之前，老师说过，他肯定会遇到特高课的人，如果遇到了一定要万分小心，因为特高课的人每个都不简单，尤其是女人。

"左先生，我刚刚让山本他们都出去了，也就是希望听到你不想对他们说的话。我喜欢和聪明人说话，我想你理解我的意思。"叶玲珑说道。

"叶小姐，我想你是希望得到关于'红棉'的线索吧。根据我对其他人的了解，我认为木兰花的嫌疑最大，当然我只是从我的角度来看，并不一定是真的。如果你让我说证据，我，我也说不上来，就是觉得她的可能性比较大。"左向风快速说了一些话，当然这些话是他早已经准备好的。这段话听上去没什么，甚至有点牵强，但是从叶玲珑这边来看，其实漏洞百出，反而让左向风多了嫌疑成分。

"左先生确实很真诚，竟然直接将木兰花小姐推了出来。不过说实话，木兰花小姐确实嫌疑很大，她和我们日本很多人有关系，她的身份也非常符合'红棉'的一些特征。对了，我听说左先生之前在日本经商，也有一些日本朋友。"叶玲珑若有所思地问道。

"混口饭吃而已，不过随着日本商会来中国这边扩展生意，我便想着也能从中找一些合作。只是没想到刚到广州，就陷入这个'红棉'事件里。"左向风无奈地说道。

"实在难以理解，你一个在日本经商的很普通的生意人，怎么会和陆海程这样的专家医生成为朋友？"叶玲珑继续问道。

"说出来可能很简单，之前在日本的时候，我发生了意外，正好遇到了陆海程医生，他当时带我去了他的诊所，还帮我做了简单的处理。可能因为都是来自中国，就认识了。后来陆医生成了有名的医生，却从来没有什么架子。我从日本回来后，知道陆医生在广州，于是便想着来这里看看有没有机会。"左向风说道。

叶玲珑看着左向风，没有说话。

左向风的心跳到了嗓子眼，他说出来的事情在日本是有据可查的，这个自然也是之前老师担心他的身份被人发现，特意做过布置的。

陆海程是左向风在中国唯一的靠山，他们两个人是老师这辈子最后的依靠，所以在左向风来到中国之前，老师已经想过了各种他将来会遇到的状况的应对方式。

"看这里。"叶玲珑伸出左手食指来到了左向风的眼睛前，一字一字地说道，"我之所以在特高课受到重用，其实是因为这根手指。"

"是、是吗？"左向风往后退了一下，不知道叶玲珑的意思。

"我这根手指有一个神奇的功能，只要看着它的人说谎，它就会不自觉地挖掉他的眼睛。之前我在特高课的时候，曾经百试不爽。不过来到这里，我还没试过。"叶玲珑转动着手指说道。

"叶小姐，这、这可使不得，你不是在开玩笑吧？"左向风一听，顿时脑子发麻，后背发凉，这叶玲珑的话看似温柔，其实却狠毒无比。

"你看我像是开玩笑的人吗？所以我问你话，你可不要说谎，否则一不留神，我这手指直接挖了你的眼睛，你就成盲人了啊。"叶玲珑笑着说道。

"叶小姐，你要我说什么啊？"左向风咽了口唾沫问道。

"你到底是什么人？"叶玲珑说着脸色渐渐变得阴沉起来，眼神跟着也变得冰冷起来。

"我，我不是已经说了，我就是一个生意人，我所有的资料都交给了你们啊！"左向风说道。

"你何必骗我呢？我在特高课见过的人没有一千也有九百，眼前的人有没有问题，我看一眼就知道。你说你是生意人，你觉得我会信吗？"叶玲珑问道。

"我真的是生意人，我没有骗你。"左向风辩解道。

"我记得你资料上说你是做水产生意的，对吗？"叶玲珑问道。

"是的，我之前在日本做水产贸易的，现在生意不好做，我才回来的。"左向风点头。

"我除了有一根会分辨别人有没有说谎的手指外，还有一个超能力，那就是可以通过人身上的气味分辨他的身份。我告诉你，任何人身上都有自己独特的味道，比如厨师身上有油烟味，卖鱼的身上有鱼腥味，医生身上有消毒水的味道，这些味道长年累月在身上，时间长了就会和自身分不开。你说你之前是做水产生意的，但是我在你身上却闻不到水产生意人的味道，反而闻到了一丝血腥味。"叶玲珑冷笑一声说道。

"叶小姐，你别开玩笑了。我，我……"左向风这次真的感觉到了叶玲珑的压迫感，怪不得老师说，特高课的每个人都不要小看，尤其是女人。叶玲珑说得没错，任何人身上都有气味，之前老师说过，因为他的身份是水产生意人，最好有机会去水产市场待两个月，只不过后来他来到中国，来广州之前辗转几个地方都没有找到合适的水产市场，所以便疏忽了这点。没想到，叶玲珑竟然真的从这里产生了怀疑。

"好了，今天是我们第一次见面，后面还有其他人，你回去好好想想吧，如果有什么想说的，随时可以联系我。"叶玲珑说着站了起来。

"好的，好的，一定，一定。"左向风感觉后背全是冷汗，立刻走出了房间。

叶玲珑拿起了桌子上的资料看了一眼说道："下一个，沈浩天。"

13. 痛苦往事

生命中有些岁月是没有时间的。

第一天到达营里的时候，教官说，这里是一个没有时间的地方，你们的命运从这一刻开始就不再属于你们，你们属于党国，你们的一切将要和过去告别。

"我要离开，我不要在这里。"队列中的一个男孩听到后，从人群里跑了出去。

所有人的目光都看着那个男孩。

砰，一声枪响，那个男孩倒在了地上。

教官收起着冒着青烟的枪，看了看前面的人群说道："逃，在这里只有一个结果，那就是死。"

于是，所有人都开始瑟瑟发抖，再也不敢发出任何声音。

冰冷的高墙，一排又一排缠绕在一起的铁丝网，哨楼上的高射灯和重型机枪，大门门口来回徘徊的守卫和吐着舌头的狼犬。

死亡，在这里不过是最好的待遇。

教官说了，想要活下来，那就要成为这里最厉害的那个。

一百个精心挑选过来的种子，每天都有人被淘汰。身边的号码渐渐越来越少，剩下来的人也越来越优秀。

十八，是他的代号，从头到尾一直留下来的人并不多，十七，十八，十九，他们成了最紧密的合作者。

十七是一个女孩，但是在各种考核上从来不输给任何一个男孩，甚至在杀人训练的时候，都毫不犹豫。

很多时候，他都觉得十七太过狠毒，超过了他对她的认知。

"在这样一个地方，你觉得靠软弱和仁慈能活下来吗？"十七说道。

十七说得没错，他们所在的地方本身就是地狱，又怎么可能会有阳光呢？

"十八，你说，我们还会见到阳光吗？"很多时候，十九会在夜里偷偷问他这个问题。

"会的，一定会的，你不是还要去广州见你的父亲吗？你不是说你的父亲是一个很厉害的英雄吗？"他对十九说道。

"是的，我母亲临走前说我一定要帮她完成遗愿，可惜我还没去广州就被他们带到这里来。无论如何，我都要活着离开这里。"十九说道。

他记得，毁灭之日那天的阳光特别灿烂，训练休息的时候，十七忽然主动来找他。

"你想过离开这里吗？"十七望着前面突然多出来的一些军车和士兵说道。

"为何这么问？"他看了看十七。

"人总要有信仰，就像我们来这里，他们对我们进行优先培训，目的就是希望培养出可以帮到他们的最佳特工。"十七说道。

"就像教官说的一样，这里没有时间，我们的命运从来到这里的那一刻开始就已经不再属于我们。"他说道。

"世事难料，你还记得吗，我有一种特别的能力，嗅觉。"十七说道。

"那你今天闻到什么了？"他问。

"地狱要破了，我们的命运也将发生变化。"十七笑了笑说道。

"什么意思？"他不太明白。

十七没有再说什么，站起来离开了。

一个小时后，教官带着人来到了训练场，开始了毁灭计划，所有手无寸铁的学员都被杀害。

幸运的是他和十九在最后一刻明白了十七的话，趁着混乱，从铁门上面跳了出来。

教官带着人一路追杀，最终他们在一条河边走投无路。

那一刻，他认为或许命运真的已经到了尽头。

枪响的瞬间，十九站到了他的面前，挡住了致命的一枪，但还是有子弹打中了他的胸口。

倒下去的那一瞬间，他看到有人过来了，他们很快将教官的人击退。

等到他再次醒过来的时候，已经是在一个陌生的地方。

救他们的人是共产党在当地的游击队队员，他因为枪伤不太严重，没什么问题，但是十九却因为替他挡了致命的一枪，生命垂危。

"不要难过，我们也算是离开了那里。"十九嚅动着嘴唇，尽力微笑着说。

他抽泣不语。

"你是哥哥,你不是说你不会哭的吗?你以后要记得去广州看我的父亲,听说他在那里很厉害,用另一种方式在和日本人对抗。"十九说道。

"我会的,我会的。"他点头。

"他叫沈放,我是他从未谋面的幼子,沈浩天,我再也不用被人喊十九了。"十九说完,伸着的手落了下来。

记忆到这里戛然而止。

"好了,你进去吧。"这时候,前面的人对着沈浩天说话了。

沈浩天推开了门,走了进去。

前面的女人背对着他。

沈浩天往前走去。

"你相信命运吗?"女人说话了。

"命运?我们中国人有句话叫命运无常,所以与其相信命运,还不如相信自己。"沈浩天说道。

"那你这辈子有没有相信过别人?"女人又问。

"没有,我认为求人不如求己。"沈浩天说道。

"是吗?你在说谎。"女人转过身来,微笑着看着他说道,"好久不见,老朋友。"

沈浩天看到女人的样子,顿时愣住了:"是你,你是,十七?"

"不错,是我,不过你不能喊我十七了,你应该喊我的名字,叶玲珑。"叶玲珑笑着说道。

"真没想到,特高课派过来的人竟然会是你,看来当年从天才营跑出来的人不止我和十八两个。"沈浩天嘴唇哆嗦了一下说道。

叶玲珑走了过来，凑到了沈浩天的身边，深深吸了一口气说："十八没和你说过吗？当时是我提醒他的，要不然你们两个怎么可能会提前做好准备呢？"

"所以，你是得到了情报，然后提前离开的？可是，你怎么去了特高课？难道说，你本来就是日本特高课安排到天才营的？"沈浩天忽然明白了过来。

"十九，你比以前聪明了很多，或许之前是因为有十八在，所以并没有显示出你的聪明。"叶玲珑笑着说道。

"我记得十八跟我说过，你有一个超乎常人的能力，那就是通过气味来分辨人的身份。看来你准备用这个能力来调查谁是'红棉'吧？"沈浩天说道。

"不错，但是在这之前，我准备先用这个能力分辨一下你到底是十八，还是十九。"叶玲珑抚了抚额前的刘海，凑过来对着沈浩天说道。

14. 谁敌谁友

左向风回来，他的额头上全是冷汗。

看得出来，刚才对他的询问让他有点坐立不安，他在前面来回走着，似乎在想什么重要的事情。

第二个被叫去的人是沈浩天。

"红棉"看了看剩下还没有被喊去的人，内心有了一种莫名的恐慌。

刚才在窗口看到那个女人下车的那一瞬间，尤其是山本他们对那个女人的尊敬，可以确定这次过来红楼的女人必然不是一般人，很有可能是日本特高课派过来的人。

日本特高课，这个类似中国明朝时期的锦衣卫的组织，就连日本情报部和军部的人都怯之三分。虽然他们属于日本内务省，却可以做任何抓捕工作，并且无须报备。即使是面对日本的政客和商会，都可以直接出手。所以，从日本特高课里出来的人，每一个人的手上都沾满了鲜血，就连军统的人都称他们为地狱的恶魔。

自从来到红楼，"红棉"就一直在观察身边的人，这个左向风非常特别，他自称是一个生意人，但是身上却没有生意人的气质，反而看上去有点畏畏缩缩，说他是普通人，但是他却和著名的陆海程医生关系不浅，"红棉"知道，越是这样的人越需要谨慎，因为他如果不是自己的盟友，就有可能是自己的敌人，一旦自己的身份被他察觉，就会成为一颗不定时炸弹，随时会爆炸。

罗明的死让"红棉"十分痛心，虽然从表面上将形势反转，让红楼的人以为特派员被找到了，但是其实也给"红棉"多了一条线索，那就是在他们剩余的五个人中间，还有一个隐藏的军统特务，并且这个军统特务的任务就是杀害真正的特派员。之前沈浩南分析的情况其实并没有错，军统派出广州组织的所有人来这里，看上去似乎是来救人，其实应该是和他们中间的这位特务合作完成杀人任务。好在罗明看明白了这个局势，于是牺牲自己，既把山本他们对特派员的怀疑清除，又稳住了军统的人。

当然"红棉"知道，罗明一定不是特派员，他之所以选择牺牲，最大的原因应该是为了保护特派员，也就是说他和这位特派员应该是旧识，或者说一定是有让他义无反顾地选择以牺牲来保护特派员的理由。

现在"红棉"也陷入了困境中,究竟剩余的人中谁会是特派员呢?会是这个身份诡异,摸不清路子的左向风吗?

可是,想想之前左向风的一些举动和行为,却又和特派员的信息无法贴合。当然,既然对方是派过来的特派员,肯定不会表露出线索,否则早已经被山本他们发现。

但这样的情况也导致"红棉"无法确认对方身份。尤其是之前上头给出的他们用来接头的一些东西,现在已经失去了作用,因为罗明临死前将它拿走,变成让山本他们相信他是特派员的证据了。

"红棉"站起来往前走了走,看着门边,心里叹道:"那特派员会不会是沈浩天呢?"

关于特派员,沈浩天其实是"红棉"心里可能性最大的人选,因为之前组织说过,特派员过来不仅仅是要和"红棉"接头,更是要接替"红棉"在广州这边的组织工作,以后更加稳定地为组织保护好广州这边的关系。所以这样的一个特派员,肯定不会是普通人,或者说这个特派员的关系一定是不一般的。

那么,最符合这个身份的人就是沈浩天,因为他的父亲是沈放,他的哥哥是沈浩南,无论是在广州的商会,还是在这边的特务科,都能给他一个绝对安全的保障。在这样的环境背景下,他可以轻松地完成很多任务,并且接触到更多之前"红棉"都无法接触到的情报。

再加上之前沈浩天一直在外地,他的过去也是一个谜,很有可能早就加入了共产党,正好利用沈放的关系,过来这里接手"红棉"任务。可是,沈浩天过去的情况,特务科的人肯定会进行调查了解,所以如果沈浩天真的和共产党有关系,自然无法被隐藏,即使他的过去隐藏再深,特务科和山本的情报网肯定会查出一些蛛丝马迹。

所以这一点也是沈浩天的身份致命之处，如果他真的是特派员，除非之前所有的行踪都能彻底躲过山本他们的情报网，不然很可能暴露。

"你们最好有心理准备，这次'红棉'，怕是逃不过了。"这时候，左向风忽然说话了。

"红棉"努了努嘴，想说话，但是没有说出来。

现在"红棉"担心的其实是另一个问题，那就是在广州这边的组织会不会因为自己和特派员被带到这里而组织救援，从目前山本和特务科的布防来看，不管是谁过来营救，都会陷入他们的圈套，先前军统的人就是一个例子。想起刚才军统的人的情况，"红棉"还有一个疑问，那就是他们的武器装备看上去完全超出了之前的预期，也就是说应该是有人给他们增加了装备，那么会是谁呢？根据目前广州的形势，这种重武器的出入非常谨慎，除非是有特别的关系，否则根本不可能拿到手，这么一看，很有可能是他们这些人背后的关系人给予的帮助。可是，一直以来军统和这边的商会、军部要员都没什么关系，反而共产党这边的组织和他们的关系还算不错，并且经常受到他们背地里的资助。

在广州的组织里，老虾一直是"红棉"的联系人，按照老虾做事的风格，一向比较谨慎，所以即使真的准备过来营救他们，也不可能轻易出手，难道说……

"红棉"一下子想到了一种可能性。

15. 策反之计

沈浩南推门走了进来。

"沈队长，你不能进去。"身后的松本想要拉走他，但是沈浩南已经进来了。

叶玲珑和沈浩天看了下进来的沈浩南。

"对不起，叶小姐，沈队长硬闯进来，我没拦住。"松本抱歉地说道。

"没关系，松本先生，你出去吧。"叶玲珑笑了笑，对松本说道。

松本点了点头，关上门走了出去。

"实在抱歉，我刚刚接到家里的消息，家父病重，希望，希望可以见浩天一面，我跟山本先生申请了，但是他做不了主，无奈之下这才进来。"沈浩南解释道。

"父亲怎么了？"听到沈浩南的话，沈浩天不禁着急地问道。

"老毛病犯了，总之事情挺紧急的，所以，很抱歉，叶小姐。"沈浩南说完，再次看了看叶玲珑。

"可以的，没问题的。"叶玲珑爽快地说道。

"叶小姐，您的意思是我可以带浩天回去一趟？"沈浩南听了叶玲珑的话愣住了。

"对啊，没问题，对了，沈队长还不知道吧？我和浩天可是老相识了，我们认识了七年，他的情况我可最了解了。"叶玲珑笑着说道。

"你们认识？浩天，这，这是怎么回事？"沈浩南顿时呆住了。

"大哥，这，我回头和你说吧，一时半会儿也说不清楚。"沈浩天尴尬地摸了摸头。

"怎么？沈队长你不知道吗？浩天之前有几年的时间失踪

了，他被军统带到了一个'天才计划'训练营里进行培训，后来逃了出来。你弟弟，其实是一名优秀的高级特工。"叶玲珑说道。

"我？"沈浩南看了看沈浩天，似乎明白了过来，于是说道，"这点我是知道的，浩天跟我说过，不过我之前因为还没核查清楚具体的情况，所以没有跟山本先生他们汇报，这点是我的责任。"

"原来沈队长知道这个事情啊，我还以为浩天会瞒着你们呢！毕竟他之前这个身份和你的身份可是敌对关系啊！"叶玲珑说道。

"叶玲珑，你要这么说，你之前跟我是一样的，现在算什么？难道你的身份没问题，我的身份就一定有问题吗？哦，对了，我忘了，你是特高课专门安排进去天才营的，你和我不一样。"听到这里，沈浩天忍不住了，脱口说道。

"十九，我不是这个意思。我……"

"还是叫我沈浩天吧，之前的那些代号以及那段经历已经随着毁灭计划彻底死了，叶玲珑，我想你也不愿意再想起那些往事吧。"沈浩天打断了叶玲珑的话。

"好，好的。"叶玲珑的脸皮颤了颤，点了点头。

"那叶小姐，我带浩天回去需要再和山本先生他们报备吗？"沈浩南看了看他们，说话了。

"不用，我知道这件事情，你又是特务科的人，沈浩天如果真有问题，我想你们断然不会赌上整个沈家吧？"叶玲珑笑了笑说道。

"既然如此，那我还有个请求，不知道……"

"你是想带潘颖一起回去吧？不好意思，这个不可以，我希望沈队长可以理解。"叶玲珑没有等沈浩南说话,直接打断了他的话。

"是,我明白了。"沈浩南知道这个请求叶玲珑可能不会同意。

沈浩南带着沈浩天走出了房间。

松本和韩世超立刻走了过来。

"叶小姐已经同意了。"沈浩南说道。

"那,那叶小姐同意了,没问题了。"松本说道。

"沈队长,你要不要和科长也说一下?"韩世超若有所思地说道。

"我都说了他可以带人回去,怎么还要找曹风呢?"这时候,叶玲珑从房间里走了出来。

"好的,叶小姐,我不是这个意思。"韩世超尴尬地笑了笑。

"多谢叶小姐,家里的事情结束了,我会立刻带着浩天过来的。"沈浩南感激地说道。

"没关系。"叶玲珑微笑着说道。

沈浩南说完带着沈浩天转身往楼下走去。

看着沈浩南他们离开,叶玲珑脸上的笑容慢慢凝固了,她看了看松本说道:"让山本来一趟。"

"是。"松本说完,立刻往前走去。

山本很快进来了。

叶玲珑站在窗户前看着楼下的沈浩南带着沈浩天上了车,旁边的人打开了铁门。

"叶小姐,你真的相信沈浩天吗?"山本走过来看着窗外的情景说道。

"特高课的人有一个特点,那就是不相信任何人。"叶玲珑说道。

"那为何你还让沈浩南带他离开?"山本问道。

"你觉得沈浩天会是'红棉'吗?"叶玲珑问道。

"这个,没有确凿的证据,我也不能确定。"山本说道。

"那你觉得现在这几个人里谁是'红棉'?谁又是特派员?"叶玲珑又问道。

"特派员不是罗明吗?他已经死了,然后谁是'红棉',这个还得进一步调查。"山本说道。

"山本,你做情报工作很多年,你认为特派员就是罗明吗?"叶玲珑看着山本说道。

"这……"山本皱了皱眉。

"在我面前,收起你那套伪善吧。我不喜欢别人给我耍心眼,你不知道'红棉'计划是谁提出来的吗?"叶玲珑冷哼一声问道。

"莫非,莫非是?"山本忽然想到了什么,惊讶地看着眼前的叶玲珑。

"广州这边你们入驻已久,特务科负责的人虽然是从奉天过来的,可他们毕竟是中国人,特高课需要对这里进行一些调整,再加上这里是唯一连接国外的关口,所以,广州的水需要清理一下,包括你们红楼和特务科。"叶玲珑看了山本一眼。

"是,是,我一定配合特高课的工作。"山本连连说道。

"这是一场博弈,不仅仅是我们和广州地下组织的对决,更有潜藏在背后的暗涌势力,这些隐藏的势力如果不被揪出来,我们怎么可能建成大东亚共荣圈?"叶玲珑目光阴沉地看着前方。

16. 家宴诀别

车子离开了红楼。

沈浩南长长地舒了口气。

沈浩天看了看他,焦急地问道:"大哥,父亲他?"

沈浩南伸出右手打断了他的话,闭上眼睛说:"父亲没事。"

"那这?"沈浩天愣住了。

"叶玲珑是特高课过来的,根据我在特务科工作的经验,特高课的人,就连山本他们都要畏惧三分,更何况你呢?在你进去之前,山本这边刚刚拿到了你对我们隐瞒的那段过去,幸亏你对我讲了,否则刚才叶玲珑的怀疑会让你成为最大的'红棉'嫌疑人。所以我不得不冒险,以父亲病重为由进去找你。只是我没想到,叶玲珑竟然同意让你跟我回去。"沈浩南说着睁开了眼。

"我也很意外,没想到来的这个特高课的人竟然会是叶玲珑。"沈浩天叹了口气说道。

"我看叶玲珑对你的态度还不错,你们之前很熟吗?"沈浩南饶有兴趣地问道。

"之前我被军统的人带到一个秘密基地进行'天才计划'培训,叶玲珑也在其中。因为她和其他女孩都不一样,她的能力和成绩并不比天才营里的男孩差,甚至她在很多地方要赶超其他人。只是没想到,她竟然是特高课安排到军统天才营里的卧底。"沈浩天想起那段往事,不禁有点悲伤。

"难怪她对你比较信任,原来你们有那样的经历。"沈浩南松了口气。

"信任?哼,大哥,你可知道,之前军统给我们上的第一课，就是不要相信任何人。"沈浩天看着前面脱口说道。

是的。

所以，即使在天才营七年，他和沈浩天的身份从来没有对外人说过，叶玲珑今日再见，依然对他的身份有所怀疑。

其实不止叶玲珑，在天才营里，所有人都分不清他和沈浩天的真实身份，因为他们两个人是同一天来到天才营，同一天进入同一个宿舍，然后几乎焦不离孟地一直在一起。或许是上天的缘分，他们两个人相貌相像。也正是因为这一点，在他们进来天才营的时候，教官就让他们互换了身份。进入天才营之前，教官说了，从此以后，他们之前的一切都将告别，他们有了新的身份，代号十八和十九，并且他们之间没有秘密。所以，十八知道十九所有的事情，十九同样也知道十八的所有事情。

刚才在房间里，叶玲珑凑过来说，她分不清眼前的人到底是十八还是十九的时候，沈浩天便知道了叶玲珑的意思。

在天才营里，十九曾经救过叶玲珑一次。那是一个夜晚，一名教官把叶玲珑带到了一个杂物间，欲行不轨。

十九正好路过，看到叶玲珑眼里的泪，于是怒不可遏地冲了进去，打晕了那名教官，从里面救出了叶玲珑。

那时候，叶玲珑惊魂未定地靠着十九说："你身上有一股菖蒲花的味道。"

"那他呢？"十九看着那个被打晕的教官，问道。

"猪一样的腐烂味道。"叶玲珑说道。

夜里，十九问他："菖蒲花是什么花？怎么从来没听过？"

他也不知道，后来他才明白过来，菖蒲花是日本的一种花，花语是信仰者的幸福。所以，刚才看到叶玲珑出现，他才明白当时为什么她会对十九说出那样的话。

于是，当叶玲珑询问他究竟是十八还是十九的时候，他说了一句话："那你觉得我身上是菖蒲花的味道，还是猪一样的腐烂味道？"

这两句话是只属于十九和叶玲珑的秘密。

叶玲珑自然不知道，十九会将这个秘密和十八分享，所以自然义无反顾地相信，他就是沈浩天。

半个多小时后，车子驶进了沈家大门。

早已守在门口的下人立刻将大门关住。

沈浩天跟着沈浩南下了车。

楼前站着的人立刻走了过来，为首的正是沈放和沈夫人。

"父亲，母亲，我把浩天带回来了。"沈浩南走过去说道。

"没事就好，没事就好。"沈夫人抚摸着沈浩南的脸，眼泪落了下来。

"父、父亲。"看着沈放，"沈浩天"喊道，他打量着沈放，这就是沈浩天的父亲，个子不高，却散发着一种令人敬畏的气质，尤其是一双眼睛，闪着鹰一样的精光。

"好。"沈放笑了笑，拍了拍沈浩天的肩膀。

"这就是浩天，孩子，你受委屈了。"沈夫人走到沈浩天面前看着他说道。

"好了，进来坐下再说吧。"沈放说完看了看后面的吴妈说道，"吴妈，准备开席吧。"

"好的，老爷。"吴妈听后，立刻转身向房间里走去。

看得出来，这个家宴沈家准备了很久，并且旁边还留了一个空位子，那应该是给潘颖的。

吴妈和老更站在后面，旁边还站着一名医生和护士。

席位上，沈放坐在主位，旁边依次是沈夫人、沈浩南、沈浩天，对面则是沈夫人的弟弟以及弟妹。

"想来不用给大家多做介绍了，本来应该是我沈家高兴的事情，我流落在外地多年的幼子以及浩南的女朋友好不容易来到了广州，结果却遇到了特务科抓人，他们全部被带走。现在浩南的女朋友还在红楼，无法脱身。说起来，也算是我沈家的错，如果潘小姐不来广州，也遇不到这样的事情。"沈放叹了口气，然后咳嗽了起来。

"老爷，你别担心了，潘小姐肯定会没事的。"沈夫人拍了拍沈放，关心地说道。

"放心吧，父亲，我一定会救出潘颖的。"沈浩南跟着说道。

"是的，红楼那边只要审查结束，我们就会没事的。"沈浩天忍不住也说了一句。

"这么多年，我一直在广州经商，但是很多人都知道，当年在武汉如果不是浩天的母亲，我恐怕早死在了外地。我愧对浩天的母亲，也愧对他。这杯酒，是我给他们赔罪。"沈放说着端起了眼前的酒杯。

"父亲，你病还没好，要不以茶代酒吧？"沈浩南看了看沈放说道。

"没事的，母亲，母亲她从来没有怪过你，她之前说过你是一位英雄，是她从来没有后悔过的选择。""沈浩天"看到沈放的举动，不禁有点动容。这话是之前沈浩天告诉他的，现在能够通过他告诉沈放，也算是帮沈浩天转达了他的心愿。

"我这一生亏欠太多人，唯独对你的母亲非常痛心，我曾经几次想要接她来广州，但是她都拒绝了，后来甚至失去了联络。不过浩天，你放心，你既然来到了这里，我一定会弥补这么多年对你们母子的亏欠。特务科这里的事情，你大哥肯定会想办法把你救出来。"沈放看着沈浩天说道。

"好了，不说这些了，浩天好不容易过来了，就别再说这些了。"沈夫人看了看沈放。

"好，我们吃饭。"沈放点了点头。

这两天在红楼基本上没吃到什么东西，面对桌子上的珍馐佳肴，沈浩天还真的有点饿了，于是也顾不上其他，开始吃了起来。

沈浩南帮着夹了一些菜放到了沈浩天的碟子里，自己简单吃了几口。

家宴结束后，沈浩南和沈浩天跟着沈放来到了书房。

"罗明的事情我们已经知道了。"沈放坐下来说话了。

"真没想到，罗明竟然会自杀，并且还承认自己是特派员，这太意外了。"沈浩南叹了口气说道。

"我认识罗明二十多年，他的父亲跟我也算是深交，罗明这个人疾恶如仇，尤其是对日本人恨之入骨。浩天，你这两天和罗明接触，还有他自杀的时候你也在现场，你觉得罗明是特派员吗？"沈放说着看了看沈浩天。

"不，他不是。"沈浩天摇摇头。

"为什么？"沈放问道。

"因为我才是特派员。"沈浩天说道。

"你说什么？"沈放愣住了。

"大哥，父亲，我不想瞒你们，也不想牵连沈家。在来的路上，其实我已经想明白了，能够和你们吃一次家宴，我已经满足了。山本他们已经查到了我之前失踪七年的事情，现在叶玲珑过来了，他们肯定知道我之前的经历，那么特派员的身份怕是瞒不住了，虽然罗明为了帮我，牺牲了自己的性命，但是他的这个举动瞒不了叶玲珑的。我不想再有人为了我出事了，尤其是沈家的人。我的确是特派员，在来广州之前，我知道大哥的身份，所以并没有打算告诉你们。不过现在情况不同了，我了解到了你们的内心，我也知道大哥虽然在特务科，但是其实内心是抵制他们的。

"现在情况比较特殊，尤其是罗明为了掩盖我的身份牺牲自己的事情，让我改变了看法。虽然我是特派员，但是这是我第一次来广州，我根本不知道'红棉'是谁，所以从这一点来看，'红棉'是安全的，就连我都不知道'红棉'是谁，那山本他们就更搞不清楚了。本来我想着在红楼，借着罗明帮我铺好的路可以躲到最后，但是现在叶玲珑来了，我和她都在天才营培训过，我非常清楚她的手段和能力，所以后面是我和她的对抗，我不想让沈家任何人再被牵连进去。"沈浩天说完，跪在了地上。

17. 威逼利诱

木兰花感觉很不舒服，对面的叶玲珑看上去并没有什么特别之处，但是她却感觉仿佛有无数只虫子从叶玲珑的眼睛里钻出来，在她身上四处攀爬，密密麻麻的，让她冷汗涔涔，此刻她算是明白了为什么左向风回来的时候是那样的反应，以及他说的那句话。

"你们最好有心理准备，这次'红棉'，怕是逃不过了。"

"木兰花小姐，你的样子看起来像是日本女人，很漂亮，怪不得上井会为你着迷。"叶玲珑笑着走了过来。

"我是中国人。"木兰花说道。

"那就更厉害了，一个中国女人，还是樱花夜总会的歌女，竟然会让上井为了你不惜向断交多年的人求助，甚至赔上了自己的性命。你，可真不简单啊！"叶玲珑说道。

"你说什么？上井先生，上井先生他已经死了吗？"木兰花听到叶玲珑的话，心里一阵难过。

"所以我就很难想象，你究竟是个什么样的女人，可以让上井为了你丢掉性命。"叶玲珑凑到了木兰花的脖子后面，深深吸了口气。

木兰花感觉后背一阵冷风，不禁打了个哆嗦。

"樱花的味道，这让我想起富士山下的樱花树。想来你用的香水也是上井送你的吧？"叶玲珑闭着眼，缓缓地说道。

木兰花没有说话，她的内心有点悲痛，虽然上井是日本人，但是相对于其他日本人来说，他对自己和整个樱花夜总会一直比较客气，现在又是因为过来找自己而被山本杀害，这让木兰花不禁有点难过。

"你似乎有点难过，是因为上井死了，还是因为少了一个救你出去的靠山呀？"叶玲珑看着木兰花说道。

"叶小姐，我听不明白你的意思。你如果就是为了取笑我，你的目的达到了。"木兰花对叶玲珑的感觉已经从一开始的恐惧变成了讨厌。

"不好意思，我可没时间奚落你，你应该知道我是来做什么的。我查了你的资料，这些年你在樱花夜总会做歌女，前前后后大概熟悉的日本客人有十八个，其中有十二个在这边负责的工作和情报有关系，并且这十二个人中有七个因工作机密被泄露而失职查办。关于这点，你没有什么想解释的吗？"叶玲珑走到桌子边，拿起了一份资料说道。

"我，我怎么会知道这些？叶小姐，你不会是怀疑那些人泄露机密是因为我吧？"木兰花苦笑了一下说道。

"我没这么说，不过并不是没有这种可能吧？"叶玲珑说道。

"樱花夜总会那么多人，你或许不了解我们歌女的情况吧？你口中的这些人可不只对我一个人感兴趣，很多次他们都会喊上好几个女人过去陪酒，有时候还会自己带外面的女人进来。不过要说明的一点是，在樱花夜总会里面我是在舞台上唱歌的，我不陪酒，对于一些特别重要的人物，老板会让我过去敬酒，但是从来不会让我和客人多说话，更别提喝酒了。所以，你对这份资料的理解是有问题的。"木兰花解释了一下。

"是这样吗？"叶玲珑缓缓问道。

"这个并不奇怪，毕竟叶小姐是女人，想来也没怎么去过夜总会这样的地方，所以对于我们的情况有偏见也很正常。我虽然是歌女，却是整个樱花夜总会的头牌，老板靠着我这个头牌撑场子，怎么可能让我随意去陪人喝酒？即使是上井大佐过来，也不过是听我唱唱歌，然后随意聊聊天而已。"木兰花笑了笑说道。

"叶小姐，你觉得罗明这个人怎么样？"叶玲珑换了一个话题。

"我和罗先生不太熟，他在这里比较照顾我们，他的死，我很难过。"木兰花如实说道。

"你说得没错，罗先生的死让人很难过，因为他根本就不是特派员，他不过是为了给那个真正的特派员做掩护而已。山本调查了一下，罗明出事前接触最多的人有两个，一个是沈浩天，一个是你，并且我们发现，罗明拿出的那封接头信并不是他自己的，应该是真正的特派员给他的。木兰花小姐，你是那个真正的特派员吗？"叶玲珑盯着木兰花，一字一句地问道。

"我不是。"木兰花说完，立刻有点后悔，因为叶玲珑说了，和罗明接触最多的两个人，一个是她，另一个则是沈浩天，也就是说她如果不是特派员，那沈浩天就是特派员。

"既然你不是特派员，那沈浩天应该就是特派员了吧？"叶玲珑说道。

"我不知道。"木兰花摇摇头。

"那你觉得沈浩天是不是特派员呢？"叶玲珑又问道。

"我怎么会知道？这不是你们应该调查的吗？"木兰花反问道。

"刚才的问题我问过沈浩天，他说他也不是特派员，对于你，他说可能性比较大。"叶玲珑继续说道。

"他怀疑我那是他的事情，没有证据的事情，我不会乱说。"木兰花说道。

"其实不是他怀疑你，是左向风说你的可能性最大。"叶玲珑又说道。

"叶小姐，你不用在这里说这些，不管谁说什么，总之我不是什么特派员，你如果不信可以随意调查。"木兰花感觉身体在发颤，叶玲珑这些问题让她有种非常气愤的感觉，当然她知道这是叶玲珑的套路，就是希望她情绪失控，然后说出自己内心真实的答案。

"现在沈浩天去了沈家，不过他很快会回来，我想等他回来，你和他之间到底谁是特派员应该会一目了然，所以木兰花小姐，你如果在这段时间想通的话，随时可以找我。"叶玲珑微笑着对木兰花说道。

18. 分析办法

门外传来了敲门声。

沈浩南扶起了沈浩天说道："你先起来吧。"

老更从外面走了进来。

"什么事？"沈放问道。

"客人来了，急着见您。"老更说道。

"浩南，先带浩天去客房休息下吧。"沈放叹了口气，对沈浩南说道。

"好的。"沈浩南说着，和沈浩天走了出去。

走出门外，沈浩天看到门外站着几个人，他们看到沈浩南，微笑着打了个招呼，沈浩南也很客气地回应。

"他们是？"沈浩天感觉从这几个人的装扮和气场看，他们并不是寻常人。

"他们是红楼里那几个人的关系人，樱花夜总会的老板郑通，医生陆海程，还有三和一郎的人。"沈浩南说了一下。

"他们怎么在这里？难道？"沈浩天皱了皱眉。

"你们身在红楼着急害怕，但是外面的人比你们更加着急。所以有些事不要总想着自己可以承担一切。"沈浩南说道。

"我知道的，大哥。"沈浩天说道。

"刚才曹科长来电话了，说是关心父亲的身体，其实是在催我们了。父亲跟我说了，虽然他很希望你能在我们身边，但是现在陷入这样的麻烦中，他一直觉得愧对你，所以安排了一下，一会儿就送你离开广州。后面的事情，父亲和我会给特务科那边一个交代。"沈浩南说道。

"什么？这怎么可以？不！大哥，我不同意。"沈浩天一听着急地说道。

"你别着急,这个事情是我和父亲经过深思熟虑的。你也说了,你是特派员,如果让山本他们知道了你的身份,你肯定活不了的。本来我们还想着和他们一起实施营救计划,现在正好有这个机会出来了,你就听我们的吧。"沈浩南拍了拍沈浩天的肩膀。

"不行,正因为我的身份,如果让山本他们知道了,沈家怎么办?他们肯定不会放过沈家的。我不能因为自己牵连沈家。"沈浩天摇摇头。

"这点我和父亲会想办法的……"沈浩南说道。

"大哥,你和父亲不要再为我操心了。我既然已经告诉了你们我的身份,后面的事情我会自己安排。再说在叶玲珑面前,你们就算做任何事情,恐怕都无济于事。"沈浩天说的是事实,叶玲珑是特高课过来的人,她在天才营的表现沈浩天也是见识过的,虽然沈放和沈浩南有一定的能力,但是比起叶玲珑的手段,那真的是天上地下。

"可是……"沈浩南还想说什么,但是沈浩天的话确实不无道理,山本、曹风他们这样的人,在叶玲珑面前都瑟瑟发抖,更何况他们呢?

"还有,最好劝劝郑通他们,不要想着去红楼救人了,有叶玲珑在,他们只会是去送死。"沈浩天皱了皱眉说道。

"父亲约他们过来其实也是这个想法,我把在红楼的情况跟他说了,本来他们准备进行一次大规模营救的,现在看来这条路怕是行不通了。"沈浩南点点头说道。

"红楼看似简单,但是无论是布防还是武器装备都非常充足,并且这次叶玲珑过来还带来了十几个人,别说你们临时找一些人过去营救，就算是有组织有经验的营救团队恐怕都不是对手。"沈浩天分析道。

"难道我们就一点办法都没有了吗？"沈浩南叹了口气。

"也不是完全没有可能，有件事情你们可能不知道，日本军部的上井过来红楼想要救走木兰花，结果被山本杀了。我记得三和一郎也是日本军部的人，所以如果你们真的想对抗红楼的话，目前来看，日本军部是唯一的突破口。"沈浩天想了想说道。

"我明白了，我这就去和父亲说。对了，其实我还是觉得你不要再回去了，虽然你和叶玲珑是旧识，但她是日本人，毫无人性的日本人，我听松本说过，她曾经毫不犹豫地杀死了一个得罪她的特高课副官。"沈浩南说道。

"大哥，你和父亲不要再为我担心了。我不能这么一走了之，我还有我的任务，否则罗明就白白牺牲了。"沈浩天看着前方，眼中闪出了一丝泪光。

沈浩南点了点头，走了出去。

沈浩天看了看眼前的房间，这应该是沈家专门为他准备的房间，床单床套一切都是新的，甚至还有一双崭新的拖鞋。

十九，你看到了吧？这就是你之前一直心心念念的沈家，之前你还担心你的大哥对你会有芥蒂，可是现在看来他从来没有把你当外人。如果你还活着，回到这样的家里，一定会开心幸福的。沈浩天的眼泪落了下来，或许是想起了自己从小孤独的生活。

沈浩天从脖子上取下了一枚玉佩，放到了桌子上。这个玉佩是十九死前给他的，这也是之前沈放给沈浩天母亲的信物。现在沈浩天知道，自己一旦再次回到红楼，必然是一条不归路，也是应该把沈浩天的身份还给沈家了。他答应十九的事情已经做到了,现在他要以自己的身份回归红楼,去做组织上交代给自己的事情了。

从房间里出来,沈浩天四处看了看,下楼的时候碰到了沈夫人。

"孩子,你放心,老爷和浩南一定会救你出来的。"沈夫人看着他说。

"沈夫人,你真是一个好人,之前我母亲担心她过来后会影响你和父亲的关系,所以无论如何都不愿意过来。其实,如果她知道你是这么好的人,也许就不会受那么多苦了。"沈浩天说着眼泪落了下来。

"你母亲是一个好人,她在老爷落魄的时候陪在他身边,但是后来老爷事业好了起来,可以享福了,她却不愿意过来,仅凭这一点,我就很佩服她。你是她唯一留下来的孩子,我和老爷一定会好好照顾你的。"沈夫人说道。

"谢谢。"沈浩天说道。

走出沈家大门的时候,沈浩天回头看了一眼,他的内心充满了激动。

打开门,沈浩天看到了门外停着的一辆车,旁边站着两个特务科的人,于是他走过去说道:"走吧。"

19.图穷匕见

松本推开门,请潘颖走了进去。

叶玲珑摆了摆手,松本关上门,走了出去。

潘颖眉毛皱在一起走了过去。

"潘小姐,请坐。"叶玲珑指了指沙发说道。

潘颖皱了皱眉，走过去坐了下来。

叶玲珑端了一杯茶，放到了她面前。

"沈浩天呢？他去哪里了？"潘颖忍不住问。

"潘小姐，看起来，你还挺关心沈浩天。哦，对了，想起来了，你是他哥哥的女朋友。如果不是这次的事情，你们应该是在沈家的家宴上。"叶玲珑点了点手指说道。

"他去了哪里？"潘颖看到沈浩天不见了，不禁有点着急。

"潘小姐放心，你不用担心沈浩天，我觉得你更应该担心自己。"叶玲珑从口袋里拿出一个银色的烟盒，从里面抽出一根烟，塞进了嘴里。

"你这是什么意思？"潘颖不明白叶玲珑的话。

啪啪，叶玲珑拍了拍手。

很快，松本从门外走了进来，后面还跟着两个人，他们架着一个男人，正是刚才过来营救行动失败被留下的那个活口，不过此刻看起来他应该刚刚遭受了酷刑，身上伤痕累累，血渗透了衣服。

"这个人，潘小姐熟悉吧？"叶玲珑走到了那个男人身边说道。

"这，我怎么会认识？"潘颖笑了笑。

"这是夜里闯进来救人的军统的人，山本留了个活口，刚才拷打审讯后说出了一些线索，有些地方和潘小姐的信息比较符合，所以想请潘小姐解释解释。"叶玲珑说道。

"这我倒要听听了，我都没见过这个人，怎么会跟我扯上关系？"潘颖说着站了起来。

"你抬起头，把你刚才说的话再说一遍。"叶玲珑指着那个男人说道。

那个男人慢慢抬起了头,他的头发湿漉漉的,额头上也是血,不过两只眼睛却睁得又圆又大,他看着潘颖没有说话。

"叶小姐让你说话,你他妈的没听见吗?"松本怒声骂了一句。

"让我说什么?"男人冷笑了一下说道。

"刚才你是怎么说的?"松本一听,怒声抓住了男人的衣服领子喊道。

"好。"男人看着松本,点了点头。

松本松开了男人,就在这时候,男人仿佛一头发怒的野兽,瞬间扑到了松本的身上,然后两只手一下子压住了他的胳膊,张嘴朝着松本的脖子用力咬了下去。

"快,拉开他。"这一幕发生得太快,等到叶玲珑他们反应过来的时候,松本已经发出了痛苦的惨叫声。

旁边的松本的手下立刻冲过去想要拉开男人,但是男人的身体仿佛粘在松本身上一样,无论他们怎么用力都拉不起来。

叶玲珑从腰间拔出手枪,走过去对着那个男人快速开了两枪。

男人挣扎了几下,不再动弹。

松本的手下立刻将男人从松本身上拉了下来,松本脖子上已经被咬了一大口,鲜血直流,他双手捂着脖子想说话,却说不出来,血从他的双手里弥漫出来。松本很快不再动弹。

听到枪声的山本他们很快冲了进来,看到倒在地上的松本和被枪杀的男人,他们似乎明白过来是什么情况,不禁愣在了原地,尤其是山本,因为痛苦,身体在瑟瑟发抖。

"怎么回事?这是怎么回事?"山本慢慢控制住了自己的情绪,转过身一下拉住了旁边的手下,怒声问道。

"你们先出去吧,把潘小姐也带下去。"叶玲珑看到山本的样子,对着后面的曹风和其他人说道。

曹风没有说话,韩世超和另外的人将潘颖带了出去。

刚才的一幕让潘颖也大吃一惊,后背有点发凉,从最开始她担心那个人被策反到后来他突然与松本拼死相搏,此刻她整个脑袋都是一片空白,甚至旁边曹风他们的对话都没有听清楚。

"到底发生了什么事?"曹风拉着那个松本的手下问道。

"刚才,刚才我们带人进来……"那个松本的手下哆哆嗦嗦地将刚才的事情说了一遍。

"怎么会这样?这真是太意外。"曹风看了看韩世超。

"你,先把潘小姐带下去吧。"韩世超对那个松本的手下说完,看了看曹风说道,"科长,这松本是山本的亲弟弟,现在出了这事情,山本会不会……"

"先别说了,回去说。"曹风看了看旁边的潘颖,朝韩世超摆了摆手。

回到房间里,潘颖失魂落魄地坐到了旁边。

"刚才是发生什么事了吗?怎么开枪了?"左向风看到潘颖回来,于是走过去问道。

"松本,松本被杀了。"潘颖吸口气,抬起头说道。

"啊,松本被杀了?谁干的?"听到潘颖的话,木兰花和秦骏也惊呆了。

"就是之前来救人被他们抓到的那个人,他突然发了疯一样咬断了松本的脖子,然后叶玲珑开枪杀了那个人。"潘颖心有余悸地说着刚才的事情。

"松本是山本的亲弟弟,松本被杀了,山本一定不会善罢甘休的。这可怎么办?"左向风一听,立刻担忧地站了起来。

"松本这人阴毒狡诈，死了也好。"秦骏冷笑一声说道。

"你懂什么？别看死的是松本，要知道可能受牵连的是我们。"左向风瞪了他一眼。

"松本又不是我们杀的，这跟我们有什么关系？"秦骏不明白。

"左先生说得没错，虽然松本不是我们杀的，但却是因为我们而死。要知道杀他的人是过来救我们其中某个人的，之前山本是为了完成上级的任务，找出'红棉'和'特派员'，又担心得罪我们背后的关系人，所以才会对我们客气有加，现在他的弟弟死了，我估计他应该不会再给我们身后关系人面子，甚至可能会宁杀一千，不放一个地对我们下死手了。"潘颖跟着说道。

"什么意思？难道他还准备把我们都杀了吗？"木兰花不禁脱口说道。

"如果是那样还好，就怕他会做出更加阴毒的事情。我刚才过去没有看到沈浩天，他被带过去后就没有回来，很有可能已经被盯上了，我们几个人里面，我和沈浩天背后的关系都是沈家，我比起沈浩天还差点，毕竟我只是他哥哥的女朋友，而沈浩天是沈家人，现在在他们对沈浩天下手，也就是说他们挑选了我们几个人里面关系最硬的一个开始。现在再加上松本被杀，可想而知，我们下面将会遇到怎样的事情了。"潘颖分析道。

"这可怎么办？"秦骏叹了口气。

其他人也都陷入了沉默。

20. 黄雀在后

沈浩天进入红楼后直接被带到了坦诚室。

所谓坦诚室其实是山本的审讯室，只不过他为了给自己树立形象而起了个好听的名字而已。这个坦诚室是山本花了重金装修的，里面不仅配备了先进的监听设备，更有各种先进的审讯手段。据说进入坦诚室的人，基本上没有不开口的。

松本的死让山本撕掉了自己最后一块遮羞布，他的目光开始变得阴毒起来，之前装出来的友善一扫而光，取而代之的是暴躁和愤怒，就连对叶玲珑都显得有点不耐烦。

"山本，我知道松本的死让你生气，但是你这么做会打乱我们的计划，你到时候怎么跟上面交代？"叶玲珑说道。

"叶小姐，你放心，出了事我来负责，对于这次的事情，我已经够宽容了，结果呢？不但没有找到'红棉'，反而搭上了松本的性命。我知道特高课那边是希望我和日本商会以及军部保持好合作关系，但是共产党和军统他们就是利用这点在和我们周旋，难道我们就要这样被他们牵着鼻子走吗？"山本怒声说道。

"山本先生的话真是让我大开眼界，既然如此，你要怎么做？"叶玲珑冷笑了一下问道。

"正好，叶小姐也见识见识我红楼这边的手段，当然，有什么意见您多提。"山本说着对着前面的人挥了挥手，旁边的人立刻将沈浩天拉着推到了桌子旁边。

沈浩天坐到了木兰花的旁边，对面是秦骏和左向风，潘颖则坐在前面，中间隔着一个座位，那是之前罗明的位置。

山本坐到了前面的主位，目光阴沉地看着面前的五个人。

叶玲珑和曹风坐在后面，一语不发地看着前面。

山本摆了摆手，站在他身后的两个手下，立刻拿起桌子上的五张纸和五支笔分发到了五个人面前。

"韩队长，把你的人也叫来吧。"山本看了看前面站着的韩世超说道。

韩世超看了看曹风，曹风点了点头，于是，韩世超走了出去。

很快，韩世超带着人进来了，身后还跟着红楼的几个人，他们全部都拿着枪，依次站到了五个人的后面。

"各位，话我只说一遍。现在你们面前有一张纸和一支笔，你们每个人写下你们中间谁是'红棉'或者谁是'特派员'，每个人必须写一个，当然你也可以放弃，如果你放弃的话，那么你们看到后面的人了吧，他会直接开枪杀了你。"山本扶着桌子说道。

听到山本的话，所有人都惊呆了。

就连后面的曹风和叶玲珑也有点意外，山本这是疯了，竟然用如此办法来寻找"红棉"和特派员。这种生死相逼，非常冒险，除非"红棉"和特派员主动站出来，否则很难判断出来，并且可能会错杀怀疑对象，导致整个事件陷入更加难以收拾的局面。

"山本先生？"曹风站了起来想说话。

"曹科长，你不用劝我，如果出了事，我山本一人承担责任。"山本没有让曹风说话，直接挥手拒绝了他。

"你们有十秒的时间，如果你们都不写，那么就把你们全部杀掉。"山本再次说道。

沈浩天目光阴沉地看着前方，本来他从沈家回来就决定要在关键时刻站出来保护"红棉"，只不过他想着在站出来之前能够先和"红棉"接头，将上级的指示传达出去，但是现在山本竟然如此逼迫，看来是没有时间了。

左向风低头在纸上写了起来，他之前就跟叶玲珑举报过，认为木兰花的嫌疑最大，所以为了保命，直接写出来也无所谓。"

秦骏也拿着笔看着面前的纸，但是落笔似乎有点困难。

潘颖的表情有点复杂，或许是在思考，但是十秒的时间太短了，短到她可能根本无法确定自己应该写谁。

"四、三、二、一。时间到，韩队长，将他们的纸条依次收上来。"山本倒数完十秒后，顿时站了起来。

"山本先生，这时间太短了，你确定这会是我们要的答案吗？"叶玲珑站起来说道。

"对啊，山本先生，如果我们找到的不是真正的'红棉'，不但浪费时间，还可能会让真正的'红棉'隐藏得更深，这会对我们后面的工作非常不利啊！"曹风跟着说道。

山本拿起了面前的手枪，对准了旁边的曹风："如果你再多嘴，我第一个先毙了你。"

曹风立刻不再说话。

后面的人走了过来，拉住了沈浩天的手，想要拿走他面前的纸张。沈浩天吸口气，他已经想好了，这恐怕是自己站出来最合适的时候。毕竟他们只有五个人，除去他自己外，也就是说"红棉"就在剩余的四个人中，并且现在山本因为松本的死失去了耐心，开始用几近疯狂的办法来寻找"红棉"和特派员，在他这种疯狂的状态下，估计他们的身份不能再继续隐藏下去，还会连累到无辜的人。

"好了，山本，你不用这么麻烦了，你要找的人是我。"这时候，沈浩天旁边的木兰花一下子站了起来，看着山本说道。

木兰花站出来让众人大感意外，尤其是旁边的沈浩天。

"你说说吧。"

"其实我才是过来接应'红棉'的特派员，罗明是为了帮我掩饰身份才说他是特派员。你们要找的特派员其实是我，我才是真正的特派员。"木兰花说道。

山本似乎对于木兰花站出来的事情并不惊讶。

曹风大吃一惊，看了看旁边的叶玲珑，似乎想说什么，但是话到嘴边又咽了回去。

"好，很好，你说你是'特派员'，可有证据？"山本点着头问道。

"罗明手里的信是我的，他是怕我暴露所以才会那么做。之前那些过来救人的也是为我而来的，这是我们之前就约定好的，如果我出事了，先利用我之前和日本客人这边的关系尝试营救，如果不行，就派人过来抢人。山本，你不好奇上井在房间里跟我说了什么吗？哦，对了，他跟我说了，你肯定会监听我们的对话，所以有些话我们不是说的，而是写出来的。"木兰花看着山本笑着说道。

"是的，我很好奇，上井跟你说什么了？"山本说道。

"他给了我一张照片，然后说如果你杀了他，那么就让我按照照片上的女人的样子讨好你，你肯定会放过我。"木兰花说着从口袋里拿出了一张照片，放到了桌子上，继续说道，"之前松本跟我说了你和上井之间结怨的事情，就是因为照片上这个叫惠子的女人，虽然你不承认，但是上井和松本都觉得我和她很像，所以只要我讨好你，你就会因为对惠子的爱和思念放过我。哦，对了，他还教了我几句惠子之前最喜欢说的日语，但是上井想错了，我是一个中国人，怎么可能为了自己的性命去惺惺作态装作一个日本女人？更何况，我还是过来接应'红棉'的特派员。上井被杀后，外面的人便开始了第二次营救，只可惜没有成功。不过也算不错，他们杀死了你的弟弟松本，也算没有白白牺牲。"

山本拿起了惠子的照片，嘴角在颤动，用力砸了一下桌子，怒声喊道："巴嘎雅路，上井该死，你也该死。来人，把她拉出去，杀了她。"

"山本先生，不要生气，她在骗你，她根本不是特派员，她之所以这么说，就是为了让你生气，就是为了让你杀她。"旁边的曹风慌忙说话了。

山本慢慢平复自己的情绪，看了看旁边的叶玲珑："叶小姐，你觉得呢？"

叶玲珑走到了木兰花的面前，仔细打量了一下，看了看前面的曹风问道："曹科长，为什么你觉得她不是特派员呢？"

"很简单，之前我们得到的情报是这次过来的特派员是从外地过来的，并且曾经在军统工作过，这木兰花长居广州，根本不符合情报信息，所以她在说谎。"曹风说道。

"不错，共产党派过来的特派员是从外地过来的，木兰花，根据我们对你的调查，你从来没离开过广州，所以你根本不是什么特派员。"山本冷静了下来，看着木兰花说道。

"你们应该知道，上级派我来这里，自然会知道你们会截取调查情报，那么如果像你们说的一样，情报信息如此精准，那这特派员的身份也太容易被猜到了吧？你们收到的情报看似是锁定特派员的信息，其实是保护特派员的信息，你们也是做情报工作的，这点反制能力都没有吗？"木兰花笑了起来，反问道。

山本没有说话，他看了看其他人，木兰花说得没错，如果她真的是特派员，那么他们的人肯定会在情报上对她进行保护，将她的身份信息反过来，这就是最大的保护。现在就剩下五个人，除了她和秦骏，其余三个人都是从武汉过来的，这也是之前收到的情报信息，如此看来这三人的情报信息反而确实成了保护特派员的盾牌。

"既然你是特派员,为什么现在才说出自己的身份?之前你为什么不说?"韩世超忍不住问。

"那自然是因为山本先生的生死逼供,如果我不说出自己的身份,那么我们五个人会有人因为不知道该写什么而白白牺牲。其次,你们真的以为我说出自己的身份,你们就赢了吗?"木兰花身体往前探了探说道。

"你什么意思?"曹风不明白她的话。

"我说出了自己的身份,但是真正的'红棉'还在,山本,你现在的生死逼供是因为我们五个人中有两个是你想要找的人,那样的比例确实很大,但是现在你要从剩余四个人里找一个,这可就没你想的那么容易了。"木兰花说完大声笑了起来。

啪啪,叶玲珑拍了拍手,说道:"精彩,好手段,果然好手段。"

"木兰花,我还真小看了你!怪不得上井能被你耍得团团转。你竟然如此,如此心机。"山本瞪着木兰花。

"山本,你把我们带到这里来,装模作样的,不就是想要证明你比我们高出一头吗?上井说过,你这么些年在红楼为日本情报部收集情报,立下了无数功劳,但是那对于我们来说却是一个又一个悲剧,残害的是我们一个又一个同胞。所以,你不是喜欢玩计谋吗?那你就看看到底谁能赢到最后?"木兰花冷声说道。

"杀了她,曹风,把她带到樱花夜总会杀了,让所有人都知道她的身份,让她的同党都知道她的下场。"山本愤怒地喊道。

"那将是我的荣幸。"木兰花说着从口袋里拿出了一根火柴。

"你这是什么意思?"山本不明白地看着她。

"这是一根火柴,以前有一个人送给我,他说别看这只是一根火柴,它可以点燃漫天大火。"木兰花看着手里的火柴,放到了桌子上,"虽然我看不到大火烧毁你们这些侵略者的那一天了,但是我相信到时候那天的火焰一定会很大,很亮。"

"带走,给我带走她!"山本大声喊道。

第四章　光芒

1. 歹毒计策

木兰花的尸体被挂在了樱花夜总会的楼上，宛如一朵凋谢的花。

山本除了让人守着尸体外，还安排了暗哨潜伏在周边，如果有人过分关心木兰花，或者说出什么线索，立刻会让人跟去，甚至抓人审讯。

沈浩天他们也被带到了现场。

虽然早已经料到了木兰花会被暴尸，但是真正看到这一幕，所有人都沉默了，潘颖甚至身体哆嗦，发出了低沉的哭声。

沈浩天的脑子再次眩晕起来，身体甚至在微微发抖。在坦诚室，他怎么也没想到木兰花会像罗明一样代替他站出来说自己是特派员。直到木兰花拿出那根火柴，说出那句话。

"别看这只是一根火柴，它可以点燃漫天大火。"

那一刻，沈浩天看向了木兰花，木兰花也看到了他。那一刻，沈浩天看到了木兰花眼里的光。

如果不是因为山本他们在场，沈浩天知道木兰花一定会喊他一声"周远哥哥"，因为这句话是他告诉木兰花的。

十年前，他从家乡逃亡出来，遇到日军袭击，于是逃难的人四处寻找遮蔽之处，最后他们躲到了一个隐蔽的山洞里。

那个时候是冬天，天寒地冻，因为是临时躲进来，没有食物和水，也不知道什么时候有人营救，更不知道什么时候外面可以安全。于是，所有人都不敢出去。

时间一点一滴地过去，身边的人渐渐地开始昏迷，饿死，冻死，本来安全的山洞变成了地狱的入口。

强大的意志力让他从昏迷中醒了过来。本以为山洞里的人都死了，结果没想到还有一个小女孩活着，于是他将小女孩拖了起来，然后两人从山洞里逃了出来。

虽然没有了日军的袭击，但是山洞外面是漫天的风雪，两个弱小的身体在风雪中互相搀扶着，他们走了很远的路，最后找到了一个山神庙。两人走了进去躲避风寒。当时他的身上带着一盒火柴，凭着盒子里的几根火柴，他们在庙里度过了两天两夜，每当那个小女孩坚持不住的时候，他便会拿起火柴说："别看这只是一根火柴，它可以点燃漫天大火。"

当火柴剩下一根的时候，他把它交给了那个女孩，自己出去找人帮忙。后来，他昏倒在了路边，被路过的人救走，等他醒过来的时候已经在外地了。他一直以为那个女孩已经死了，没想到她竟然是木兰花，怪不得第一次见面的时候，他觉得木兰花有点熟悉，原来那个时候木兰花就认出了他。

叶玲珑走到了沈浩天的身边，附耳对他说道："其实你知道，她不是特派员，她是为了你而死的。"

沈浩天一惊，回头看了叶玲珑一眼，目光充满了疑惑。

叶玲珑已经转身离开了。

沈浩天皱紧了眉头，叶玲珑的话是什么意思？她竟然知道自己是特派员？还说木兰花是为了他而死。

回去的路上，每个人的心里都是沉重的，他们各自沉默着。

叶玲珑单独将沈浩天带到自己的车上。

车子发动后,沈浩天直接问出了心里的疑问:"叶玲珑,我们明人不说暗话,你刚才的话是什么意思?"

"你为什么不叫我十七呢?你这么叫我名字,显得多没情分?"叶玲珑说道。

"有什么意义吗?你既然说我是特派员,那么我们就是敌人,还有什么情分可讲?"沈浩天说道。

"十九,我不会让你成为我的敌人,即使你是特派员,我也不会让你有事。"叶玲珑说道。

"所以,木兰花的死和你有关?"沈浩天突然明白了过来。

"那是我没想到的,不过这不是正好帮了你吗?你也看到了,你的身份想要保住,就需要别人牺牲,你说能有几个人为你牺牲?你如果想保住身份,只有我能帮你。十九,你我都是从军统天才营出来的,教官说过,那里没有时间,那里属于地狱,可是我们从地狱里爬了出来。难道你还要继续活在地狱吗?"叶玲珑说道。

"你想说什么?"沈浩天看着她。

"离开这里,你不要做这个特派员,就像当初离开天才营的时候一样离开这里,其他事情交给我来安排,可以吗?"叶玲珑说着回头看了一下沈浩天。

"十七,你太天真了,这样的乱世,哪里还有你说的地方?再说了,你以为离开就没事了吗?你说得没错,我们是从地狱爬出来,所以我才期待光明。就像木兰花说的那样,即使是一根火柴,也可以点燃漫天大火。已经有太多人为我牺牲了,我根本没有办法在这个时候离开,对于木兰花,我不知道是什么原因让她替我承担了身份,但是后面我不会再让任何人替我牺牲了。"沈浩天说道。

"你想要做什么?"叶玲珑一下子踩住了刹车。

"我要向山本说出我的身份。"沈浩天说道。

"你疯了吗?你可知道后果?你这样做不但救不了人,还会牵连到沈家。"叶玲珑说道。

"这个我自有安排。"沈浩天说道。

"十九,我还有一个一举两得的办法,只要你同意,就可以不牵连别人,还可以保你无事。"叶玲珑咬了咬嘴唇说道。

"什么办法?"沈浩天问道。

"你如果可以弃暗投明,跟我一起回日本,即使你是共党的特派员,由我担保,你也一定可以和我一样在特高课受到重用。"叶玲珑说道。

"你让我和你回日本?"沈浩天愣住了。

"你愿意吗?"叶玲珑问道。

"我?"沈浩天刚想拒绝,但是想到了一些事情,话到嘴边却又忍住了,"十七,让我考虑下吧。"

"当然可以,只要你同意了,我可以保证,所有的事情都会结束。"叶玲珑欣喜地说道。

2. 新的计谋

山本看了看曹风说道:"沈放怎么来了?"

"我也有点意外,可能是木兰花被暴尸的缘故,毕竟沈浩天和潘颖都在这里,沈家怎么会不担心呢?"曹风说道。

"也是,你让他进来吧。"山本放下手里的茶杯点了点头。

很快,沈放跟着曹风走了进来。

"山本先生，好久不见。"沈放对着山本点了点头。

"听闻沈会长病重，深夜造访真是意外，快请坐。"山本指了指前面的位子。

"多谢关心。对了，浩南也来了，想和曹科长聊聊，不知道方便吗？"沈放看了看旁边的曹风。

"这……"曹风看了看前面的山本。

"正好，我也有话想单独和沈会长聊聊，曹科长，你去吧。"山本明白了沈放的意思，于是对曹风说道。

曹风关上了门，走了出去。

"沈会长，有什么话请说吧。"山本给沈放倒了一杯茶说道。

"山本先生，我的来意您应该清楚，自然是为了浩天。"沈放说道。

"沈会长，您这是？"山本意外地看着沈放，似乎不太明白沈放的意思。

"山本先生，我就开门见山了，我知道这次的'红棉'事件比较严重，很不幸的是我的幼子浩天陷入其中，我这一生愧对他们母子，昨天见过他以后，心里更是愧疚。思来想去，决定来找山本先生，我愿意用沈家家产换来我儿自由。"沈放说出了他的来意。

"沈会长，你这可是为难我了，只要沈浩天没有问题，我们绝对不会为难他的。当然，我知道可能这次木兰花暴尸的情况让沈会长担心了……"

"山本先生，我自然知道这个情况。实不相瞒，我这次病情太重，医生说怕是用不了多久就会卧床不起了，所以我希望在我还能站着的时候将浩天带回沈家。如果换作平常时候，我自然无惧一切,可是我们中国人有句话叫作'人老惜子',尤其是浩天,我对他愧疚太多。所以我才会深夜过来,不惜拿出我沈家一切来置换浩天的自由。"沈放说道。

"沈会长,你这付出的代价似乎有点太大了。"山本皱了皱眉头说道。

"就像山本先生说的,因为现在浩天的嫌疑没有清除,再加上我身体时日无多,所以我自然要付出这么大的代价,说白了,就算浩天是你们要找的人,我希望可以通过我的条件换取他的自由。山本先生,你我都是聪明人,也是生意人,这个买卖对你来说稳赚不亏,毕竟'红棉'也好,特派员也好,还不是你们说了算?"沈放端起手里的茶杯说道。

"沈会长,你的条件的确诱人,我也非常动心,如果是放在以前,这点事情对我来说确实没什么,但是现在特高课派过来的叶专员负责协助我调查,说是协助,其实是监督,就算我同意,怕是……"山本叹了口气说道。

门被推开了,叶玲珑走了进来。

山本和沈放一下子站了起来。

"叶小姐,怎么门都不敲?外面的人呢?"山本对着外面怒声喊道。

"山本,不用喊了,刚才外面没人,我在门外听见了你们的对话。"叶玲珑说道。

"这……"山本和沈放对视了一眼。

"这茶不错,山本,我来红楼这么久,都没请我喝过。"叶玲珑说着坐了下来。

山本和沈放跟着走了过来,坐到了旁边。

"先前沈队长说沈会长身染重疾,所以想见沈浩天一眼,现在沈会长竟然来到了这里，这真是让人意外啊！"叶玲珑看了看沈放说道。

"叶小姐，其实事情是这样的……"沈放想说什么。

叶玲珑摆了摆手说道："沈会长不用紧张，你也不用解释，我过来其实是想和山本先生商量一件事情。"

"哦，那我就先出去了？"听到叶玲珑的话，沈放不禁站起来看了看山本。

"沈会长无须出去，我和山本说的事情其实和沈会长也有关系，就一起听听吧。"叶玲珑笑了笑说道。

"好。"沈放坐了下来。

"不知叶小姐要说什么事？"山本疑惑地问道。

"我想山本和沈会长都知道沈浩天和我之前是旧识，所以我想请山本先生卖我个人情，将沈浩天从'红棉'危机里解救出来。"叶玲珑说着看了看山本。

"叶小姐，你是说……"山本愣住了。

沈放也愣住了，他没想到叶玲珑竟然会说出这样的要求，如果说刚才山本还担心叶玲珑不会同意沈放的要求，那么现在叶玲珑的提议几乎就是雪中送炭。

"这，这是真的吗？叶小姐，你，你真的愿意帮助浩天？"沈放一听，不禁欣喜地看着叶玲珑。

"沈会长，这是我的意愿，不过这红楼毕竟还是山本先生说了算，我只不过是从特高课过来协助他的。"叶玲珑说道。

"既然叶小姐这么说，我也不怕说出我的想法，沈会长爱子心切，现在又病情加剧，再加上沈浩天还是叶小姐的旧识，我怎么能再拒绝呢？"山本说着笑了起来。

"那就太感谢二位了。"沈放端起了茶杯，激动地说道。

"不过，这事情我们同意了并不管用，还需要一个人同意。"叶玲珑说道。

"谁？"沈放和山本不明白。

"沈浩天，他自己。先前我问过他，他似乎有点犹豫。"叶玲珑说道。

"放心，浩天这边我来负责。"沈放说道。

"如此甚好，沈会长，我和山本先生还需要商量一下具体细节，你如果方便的话，可否现在去找沈浩天谈谈？"叶玲珑对沈放说道。

"好，我现在就去。"沈放明白了叶玲珑的意思，于是站起来走了出去。

等到沈放走出去以后，叶玲珑站了起来，走到了窗边。

山本也站了起来，走过去说道："叶小姐，您刚才所说的事情可是真的？"

"你觉得呢？"叶玲珑转过头看了看山本。

"叶小姐，沈放的目的很简单，他希望用自己全部家产来换儿子的自由，这个自然是因为木兰花被暴尸，沈放担心他亏欠多年的这个儿子有问题，所以才会这么做。沈浩天没有问题的话没什么，万一他有问题，那我们怎么和上面交代？"山本说道。

"所以，接下来才是我和山本先生要谈的事情，不管沈浩天有没有问题，你我都要想办法将他洗干净，让他安然无恙。"叶玲珑看着山本说道。

3. 相濡以沫

沈浩天进房间后看到了沈浩南和沈放,他顿时皱紧了眉头:"你们怎么来了?"

"怎么?你真打算就这么离开我们?"沈浩南瞪了他一眼说道。

"大哥,我在家里已经说了,不要再来找我了,我不想牵连沈家。"沈浩天说道。

"说的什么话?你是我沈家的人,你以为你一句话就跟我们断绝关系了?你以为如果你有事情了,山本他们会放过我们吗?"沈放怒声说道。

"对不起,大哥,父亲,是我不对。"沈浩天想说什么,但是最后只能道歉。

"好了,别说那些没用的,我这次来这里是为了你的事。刚才我和山本已经谈好了,我用沈家的家产换你的自由。所以,后面你只要听从他们的安排,你就可以离开这里了。"沈放说道。

"那潘颖呢?"沈浩南问道。

"你以为红楼是什么地方?浩天和潘颖两人我只能保一人,即使如此,要不是叶玲珑同意,山本也无法做主。至于潘颖,我可以和山本约好,只要她没问题,山本不会为难她。"沈放说道。

"可是……"沈浩南还想说什么,但是沈放的话让他知道事实确实如此。

"父亲,谢谢你的好意。但是我不能答应。"沈浩天摇了摇头。

"你,你是要气死我吗?你知道你在说什么吗?"沈放听到沈浩天的话,顿时怒火中烧。

"弟弟,你怎么能这么说?你可知道父亲这么做是冒着多大的风险?你怎么能这样?"沈浩南瞪了沈浩天一眼说道。

"大哥,你知道我的事情,我不想牵连沈家。你带父亲回去吧。"沈浩天说道。

"你?"沈浩南一把揪住了沈浩天的衣服领子。

"好了,浩南,你去门口看着,我和浩天单独聊聊。"沈放拉开了沈浩南,然后对他说道。

沈浩南看了沈浩天一眼,走了出去。

房间里只剩下了沈放和沈浩天两个人。

"对不起,父亲,我不是那个意思。"刚才的话让沈浩天有点愧疚,走过去扶住了沈放。

"你的事情,浩南知道的事情我知道,浩南不知道的事情我也知道。自从你和潘颖被带到这里来,我动用了各种人脉,甚至亲自去了日本军部,希望可以托关系把你们救出来,但是最后都失败了。用我沈家的所有身家来换你的自由,也是我最后的底牌。如果不是叶小姐的帮助,即使我用沈家所有身家来换你的自由,山本也不会同意的。"沈放说道。

"可是……"沈浩天欲言又止,他该如何开口呢?沈放如果知道他其实并不是真正的沈浩天,他不过是一个为了完成沈浩天心愿而前来的假冒者,他还会这么做吗?他这个冒用的沈浩天的身份又怎么能承担得了沈放给他的如此代价呢?更何况,沈放不知道叶玲珑的意思,她希望自己能放弃这里的一切,跟随她去日本,或者离开这里。无论是去日本还是离开广州,都不能成为他放弃自己身份、放弃任务的理由。

沈放从口袋里拿出了一张纸,塞到了沈浩天的手里,说道:"我知道这个事情你一时半会儿难以接受,你好好考虑下,不要耽误了大事。"

沈浩天拿到沈放递给他的纸条,顿时愣住了。不过他很快明白了过来,或许他们之间的对话此刻真在山本他们的监听之下,所以沈放才会将纸条递给他。

打开纸条,看到上面的内容,沈浩天皱紧了眉头:"左向风身份为日本特务。"

"罗明的死让我很意外,当年我曾经让他去武汉找过你和你的母亲,可惜他没有找到。这件事情他一直耿耿于怀。不过我对他很了解,他是一个非常爱国的人,他的死让我们商会的人感到可惜,因为罗家以后怕是再也没有这样的人了。"沈放叹了口气说道。

听到沈放的话,沈浩天忽然想到了什么,他紧握着手里的纸条说道:"为了我,真的值得将整个沈家赔上吗?"

"不仅仅是为了你,你明白的。"沈放说道。

沈浩天咬着嘴唇,刚想要说什么。

"好了,我该走了。有些话没必要说出来,就像有些秘密不被揭穿,才是它最好的样子。"沈放说着拍了拍沈浩天的肩膀,然后走了出去。

沈浩天没有出去,他走到了窗边,看着外面。

沈放给他带来的消息太意外了,如果说他之前还在考虑叶玲珑的提议,现在沈放给他的消息让他更加确定自己需要做什么了。

左向风是日本特务。果然,一直让沈浩天猜不透的左向风竟然是日本特务,不过既然左向风是日本人,为什么山本和叶玲珑不知道呢？莫非这中间还有什么隐情？知道这个消息，沈浩天才明白为什么沈放会不惜花费整个沈家的家产来保住自己，因为剩下的五个人中，左向风和自己都是带有身份的人，而如果罗明和木兰花说的话是在欺骗山本他们，也就是说还有一个人应该是军统派过来的人，五个人中只有一个人没有身份，这样的局面太恐怖了。

所以沈放应该是在得到了这个消息后，马不停蹄地赶到红楼向山本提出救他的计划。

还有，叶玲珑应该也是知道了他们这几个人里的身份秘密，所以为了保护自己，才会提出让他和自己合作的提议？

沈浩天忽然感觉自己陷入了一个巨大的矛盾旋涡中，他该怎么办？

桌子上放着三个人的名字，分别是左向风、潘颖和秦骏。

山本和叶玲珑盯着三个人的名字，都没有说话。

现在，他们要从这三人中选一个人出来，这个人既符合他们要抓的人的信息，还要起到排除沈浩天的作用。

沈放的意思很明确了，不管沈浩天究竟是什么人，他都要安全带他出去，那么也就是说哪怕沈浩天就是"红棉"，山本他们也要将他的身份变成正常身份。所以，他们就需要一个可以代替沈浩天的"红棉"。

首先他们要排除的人是潘颖，原因自然是她是沈浩南的女朋友。但这次沈放献上一切身家都只是为了沈浩天，并没有提起潘颖，其实已经很明显了。毕竟潘颖只是沈浩南的女朋友，而沈浩天则是沈放的幼子，两人二选一的话，沈放肯定会选自己的儿子。

剩下秦骏和左向风，他们的背景相对于之前的人来说都很一般，秦骏背后的关系者是三和一郎。几个人中，秦骏的嫌疑是最小的，他之所以被抓来，纯属是因为山本想要利用他来把控日本商会，但是秦骏的情况其实并不会影响到日本商会，所以山本并没有把他当回事。至于左向风，他是一个从日本回来做生意的人，唯一的关系人就是陆海程。虽然陆海程在广州有点名气，但是对于山本来说并不算什么威胁，所以山本留着左向风，也不过是希望最后从他的身上捞点油水。

"从他们两个人整体分析来看，秦骏的情况最弱，如果将'红棉'的盆子扣到他头上，基本上没人会反对，并且他的背景是最没有线索的，越是这样，反而越不正常。"叶玲珑分析道。

"不错，虽然他救过三和一郎的命，但是三和一郎毕竟是日本商会的人，再说秦骏不过是一个普通的中国人，三和一郎难不成还因为他跟我们翻脸吗？"山本嘿嘿笑了起来。

"既然要给秦骏一个代号，那就要给得名副其实，不能让人看出来。"叶玲珑说道。

"放心，我知道怎么做。"山本点了点头。

"关于沈家的事情？"叶玲珑欲言又止。

"叶小姐，放心，等沈放拿出他的家产，我知道该怎么做。"山本说道。

"不，我的意思是沈家的东西你留着，我带走沈浩天的事情，作为交换条件，特高课那边，我来解决。"叶玲珑摆了摆手说道。

"明白，明白，我会安排好一切。"听到叶玲珑的话，山本欣喜地说道。

"还有，特务科那边你也安排好，别到时候出了岔子。"叶玲珑往门外走去，走到门口又想到了一点，于是回头说道。

"放心，我知道怎么做。"山本说道。

叶玲珑走了出去，山本慢慢坐了下来，端起面前的茶杯，他将里面的茶水一饮而尽，然后走到桌子旁边拿起了电话，接通后说道："让曹风来一下。"

很快，门外响起了敲门声，曹风走了进来。

"曹科长，你坐。"山本说道。

"山本先生，是有什么事吗？"曹风问道。

"我和叶小姐商量了一个计划，需要你配合下。"山本说道。

"好，我全力配合山本先生。"曹风说道。

"当然，在这个计划里，还有一些我不希望叶小姐这边知道的事情，不知道曹科长明白我的意思吗？"山本身体往前凑了凑，低声说道。

"这个自然明白，山本先生放心，毕竟您才是在广州这边的人，叶小姐不过是临时过来而已，说到底，以后特务科还需要仰仗山本先生。"曹风谄媚地笑着。

"曹科长，你客气了，我们是相互帮忙，事情成功了，少不了你的好处。"山本说道。

"那就太好了，我都有点迫不及待了。"曹风哈哈笑了起来。

与此同时，沈浩南告别了潘颖，和沈放往楼下走去。

"潘小姐这边，是我们愧对她了。"沈放叹了口气说道。

"没事，她理解的。再说，这不是还没到最后？"沈浩南说道。

"就怕到最后，她没事，我们沈家反而有事了。"沈放说道。

"这个我和她说了,她并不在乎。说实话,她比我想的坚强。"沈浩南说着笑了起来。

"红楼。"沈放看着眼前的环境,怒声说了一句。

两人上了车,然后往外开去。

"父亲,你真的觉得山本他们会同意你的提议吗?"在车上,沈浩南又说话了。

"他不仅是同意,而且是非常愿意。一直以来山本盘踞在红楼,躲在特务科后面,目的就是觊觎我们广州商会的资源和资产。现在我主动提出来,他不会不同意的,这样一个交易,对于他来说完全超过了抓'红棉'的回报,再加上还有叶玲珑帮他,所以他一定觉得这是一桩一举两得的买卖。"沈放说道。

"确实,我没想到叶玲珑会帮我们,看来她对浩天的感情还挺深的。"沈浩南叹了口气说道。

"现在我唯一担心的就是浩天不会同意我们这么做。"沈放皱了皱眉。

"这个我想山本和叶小姐肯定会安排,山本如此贪婪之人,肯定不会眼睁睁看着我们沈家的资产就这么从他眼前溜走。"沈浩南说道。

"回去后,你安排下家里的事情。这次的事情结束后,我想曹风也不会留你继续在特务科了,正好你就带着家人离开广州吧。"沈放闭上了眼说道。

"可是……"沈浩南愣住了。

"好了,我现在还需要去见一个人。"沈放说道。

"您自己去吗?需要我陪您吗?"沈浩南问道。

"不用,我自己去就可以。"沈放说道。

沈浩南犹豫了片刻,然后看着前方说道:"父亲,为了浩天，真的值得这么做吗？"

"你觉得呢？"沈放闭着眼说道。

"或许……"沈浩南欲言又止。

"浩南，在这个世界上有些事情其实是不问值得不值得的，只要尊重内心就好。所谓水至清则无鱼，很多事情如果真的要完全去计算得失，那将是一件让人很痛苦的事情。"沈放说道。

"我明白了。"沈浩南点了点头。

"以后如果有机会，记得去武汉给浩天的母亲上炷香。或许，有些事情，你就会明白。"沈放说道。

4. 希望之花

木兰花就义了。

对，"红棉"这么形容她，因为之前在聊天的时候，木兰花曾经说过，如果她死了，她不希望那么平凡地像一根野草一样死去，她希望自己如同一朵红棉花一样绽放。

"我的家乡盛产红棉花，听老一辈的人说，红棉花是从宋朝的时候开始种植的，小时候每次看到红棉花开，看着红棉树笔直昂扬，就感觉像是一个英雄站在我们面前一样。十年前，听说广州要把红棉花定为市花，很多乡亲都很高兴。从那以后，我就觉得红棉花是英雄花。可惜，我在樱花夜总会做歌女，身份卑微，配不上红棉花的称呼。"木兰花说这段话的时候，看着前方，目光里充满了希望。

你如同红棉花一样盛开了。"红棉"看着前面，眼泪落了下来。

"这些浑蛋，太残忍了。"潘颖怒声说话了，声音颤抖。

刚才看到木兰花被暴尸的场景，所有人的心里都是沉重的。尤其是"红棉"，因为木兰花根本就不是特派员，她跟罗明一样，应该是为了保护真正的特派员而牺牲了自己。

此时此刻，"红棉"终于明白了木兰花在牺牲前跟他们说的那些话。虽然当时听上去并没有什么，但是现在想起来，木兰花那时候就决定了要像罗明一样做出自己的选择。

"红棉"相信，罗明和木兰花绝对不会无缘无故选择用生命去保护特派员，除去他们对革命胜利的信仰，一定还有另外的原因，而这个原因自然和特派员的身份有关。从罗明和木兰花两个人的情况看，他们之间并没有什么特殊的关系，甚至应该说根本没什么关联，要知道罗明最讨厌的就是日本人，所以像樱花夜总会那样的地方，他肯定不会去，所以木兰花和他自然也就不会认识。

"红棉"仔细回想了一下，在罗明牺牲之前，他曾经接触过的人是沈浩天，好像他们之间还在聊什么，后来在山本面前，罗明便突然站出来说自己是特派员，而木兰花在坦诚自己身份的时候，她的对面也是沈浩天，当时她看似对着山本在说话，其实是在对沈浩天说话。

对，沈浩天就是特派员。"红棉"顿时明白了过来，罗明之所以选择保护他，是因为沈放，再加上罗明强烈的爱国原则，所以才会牺牲自己。至于木兰花的选择，现在"红棉"并不清楚，但是她自然有她的理由。仔细想想，好像沈浩天被特务科带走的时候，是在南明商会的二楼，当时木兰花也在二楼，所以说他们应该之前就认识了。

锁定了沈浩天就是真正的特派员，"红棉"决定测试一下，如果没问题就和他完成交接工作，因为凭着沈浩天的背景关系，他显然要比自己离开红楼的概率更大，并且在关键时刻，自己"红棉"的身份，还可以对沈浩天进行最后一次保护。

"红棉"记得自己第一次来到广州的时候，老虾作为广州地下组织的接头人过来接应。两人站在广州的码头，望着江面，心潮澎湃。

"终有一天，我们会迎来胜利。到时候，这周边一定会开满红棉，那将是呈现给我们所有为共产主义事业奋斗的人最美的花开。"老虾说道。

"说得真好，以后如果我离开了，我也会将这句话告诉下一个接应我的人。""红棉"热泪盈眶地说道。

没想到这一刻这么快就来到了。

沈浩天回来的时候，其他人都看着他，目光充满了疑惑。

因为大家都知道，沈放来了。

不用说，这个时候沈放过来显然是为了沈浩天。

沈浩天似乎意识到了大家的疑惑，不过他并没有说什么，只是呆滞地走到了窗边，看着外面，心思沉重。

"红棉"知道，他应该是在怀念木兰花。

潘颖走到了他的身边。

"夜色真好，之前就听说广州江边的夜景很美，可惜来了以后还没去看过。"沈浩天说道。

"是的，阿南也跟我说过。可惜那个时候我一直在武汉，想着以后肯定会有机会。没想到真有时间来广州了，却被带到了这里。"潘颖苦笑了一下。

"放心吧，大哥肯定会救你出去的。"沈浩天说道。

"你不用安慰我了，他刚才找过我了，我知道了他和沈会长的决定，我也理解。如果我出不去了，以后你就多帮我劝劝你大哥，让他忘了我吧。"潘颖说道。

"不会的，他们说了，只要你没问题，肯定会放你出去的。"沈浩天说道。

"在这里，你觉得自己有没有问题是我们说了算吗？"潘颖叹了口气。

沈浩天还想说什么，但是话到嘴边又咽了回去。的确，在这里，他们的身份能自己做主吗？就像罗明和木兰花一样，明明他们是无辜的，却不得不变成了特派员，而沈浩天自己呢？明明他才是特派员，但是却马上要变成自由身了。

"生活在这乱世，我们就像深海中的一叶孤帆，风从哪里来，我们就得往哪里去。所以，无论是什么样的选择，都没有错，都值得尊重。"潘颖说道。

"乱世沉浮，又有谁能独善其身呢？"沈浩天跟着说道。

"那个叶小姐好像对你格外照顾，你们是旧识吗？"潘颖换了一个话题。

"算是吧，以前认识的一个朋友，只是没想到她竟然是特高课的人。"沈浩天点点头。

"看得出来，她对你很看重。不过身在红楼这样的地方，这不一定是好事。"潘颖说道。

"我明白，我和她不是一路人。她是日本人，我是中国人，我们永远不会是一路人。"沈浩天目光向着前方说道。

5. 胸中正气

沈浩南皱了皱眉，想说什么，但是话没说出来。

"沈队长，你真的以为山本会同意你们的提议吗？"叶玲珑再次说话了，"我跟你说件事吧，你可知道山本为什么会来到中国？"

沈浩南摇摇头。

"之前他和上井因为那个叫惠子的女人闹翻了，因此遭到了惠子以及上井的亲戚抵制，最后被送到了军部。本来山本是要被处理的，但是松本利用情报部的关系将他从军部救了出来。他们兄弟两个从此以后为情报部效命，并且为了表达他们的诚意，他们潜回家乡，将上井的家人和惠子的家人朋友全部杀死。从那以后，他们便来到中国为情报部工作。所以，山本是一个睚眦必报、阴险毒辣的人，他的弟弟死在了这次的'红棉'计划，按照我对他的了解，他是不会放过你们任何一个人的。"叶玲珑说道。

"可是松本的死是意外，怎么能怪罪到他们身上呢？"沈浩南不理解。

"这就是山本的歹毒之处，他不会看谁是凶手。现在的山本，已经不再是为了完成情报部给他的任务，而是在为他的弟弟报仇了。"叶玲珑叹了口气。

"你不是从特高课过来的吗？他难道不担心你把他做的事情报上去吗？"沈浩南不明白。

"如果他还是为了执行情报部的任务，他断然不会杀死上井，更不会这么痛快答应你父亲提出的合作计划。难道你没想过吗？按照山本的头脑和情报经验，沈浩天是特派员的身份，他会不知道？"叶玲珑凑到沈浩南耳边轻声说道。

"你，你竟然知道？"沈浩南惊讶地看着叶玲珑。

"在红楼里，身份根本不重要，最重要的是他们想让你成为什么。你是沈浩天的哥哥，所以我可以信任你，确切地说，我让你救沈浩天，其实也是救我。"叶玲珑说道。

"你是说山本敢对你下手？"沈浩南忽然明白了叶玲珑的意思。

"如果我和沈浩天一起死了，红楼的真相自然全都由他说了算。换作是我，我也会这么做的。"叶玲珑说道。

"你要我做什么？"沈浩南问道。

"我和山本已经商量好了，顶替沈浩天身份的将会是秦骏，到时候山本会让曹风安排人进入红楼救人，混乱中沈浩天和秦骏被救出去，然后我和特务科的人会在外面埋伏好，带走沈浩天。后面的事情，山本和曹风来收尾。不过，我感觉山本不会就这么简单地做这件事，所以我需要沈队长到时候接应我。"叶玲珑说道。

"明白了，你担心山本让你过去救浩天，其实是直接将你们灭口。"沈浩南说道。

叶玲珑笑了笑，没有再说话。

这是最后一次机会了。

叶玲珑说得没错，山本手段歹毒，绝对不会放过沈浩天他们。即使父亲用沈家家产跟他交换，他们依然会陷入他设置的圈套里。

所以，山本将潘颖放出来的希望彻底粉碎了。

如果按照山本和曹风的计划，到时候安排特务科去外面接应的话，曹风肯定会让韩世超过去，所以想要达到叶玲珑的要求，一定不能让韩世超过去接应。如果沈浩南跟曹风说这件事情，他断然不会同意，所以只能在韩世超身上想办法。

带着叶玲珑告诉他的情况，沈浩南回家和父亲商量。

对于沈浩南带来的消息，沈放并不惊讶，并且他还告诉沈浩南,对于这次和山本合作的计划,沈放还做了其他准备。

那天他们和山本谈好合作后,沈放单独去见了一个人,那是他为了防备山本而留的后手。沈放去见的人是共产党在广州的地下组织负责人老虾。

沈放和老虾已经谈好,在山本的计划开始的时候,老虾也会带人冲进去救人。这样一来,本以为可以掌控一切的山本到时候会因为老虾他们突然闯入而变得被动。

"到时候,你把潘颖也救出来,然后带她离开广州,至于家里人我会提前安排他们离开广州。"沈放说道。

"我们走了,您怎么办?"沈浩南问道。

"只要我还在,沈家就在。碍于我的身份,山本不敢下手,我不仅仅是代表沈家,还代表广州商会和南明商会,罗明已经死在了红楼,除非山本不想留在广州,否则他不会对我做什么的。"沈放说道。

"那好,等我安置好母亲和潘颖,我就回来找您。"沈浩南明白了父亲的意思。

沈放笑了笑,站起来往楼上走去。

房间里,沈夫人在擦眼泪,看到沈放进来,于是吸口气,转过了身子。

沈放走到了她身边,轻轻抱住了她。

刚刚情绪稳定的沈夫人,再次崩溃了,她忍不住哭了起来:"老爷,真的要这么做吗?这一切值得吗?"

"就算没有浩天这个事情,你觉得我们沈家就没事吗?罗明不就是例子吗?除非日本人被赶走,除非广州迎来胜利,否则我们都是海上的孤舟,随时会覆灭。"沈放说道。

"现在这么乱,就算没有日本人,这日子什么时候是个头啊?"沈夫人说道。

"昨天我去见了共产党广州地下组织的负责人老虾,我觉得他说得很对,能够救国家救广州的必然是共产党,他们是真心为了老百姓的组织,不像国民党。这次的'红棉'事件也能看出来,日本人对他们的惧怕,越是这样越说明他们是我们国人的希望。别说共产党的特派员是浩天,就算是别人,我也会这么做。罗明的牺牲已经说明了一切,他比我有觉悟。"沈放感叹道。

"可是,如果这么做,我们沈家就散了啊!"沈夫人说着再次哭了起来。

"国不成国,何以成家?你可知道日本人这次要抓的人为什么叫'红棉'?"沈放问道。

"为什么?"

"因为红棉是广州从古到今最坚强的花,也是广州人民心里的英雄花。老虾说了,'红棉'即使被抓了,被杀了,还会有千万朵红棉,在中国,有万万朵红棉,无论天再冷,雪再大,终会迎来花开的时候。"沈放说着看着窗外,他的目光越过前面的街道,飞过前面的水面,然后尽头是一棵挨着一棵的红棉树,上面的花朵仿佛雨后春笋般,一朵一朵悄然盛开,如同暗夜里的光,充满了力量。

6. 阴险布局

坦诚室。

桌子上是丰盛的饭菜,并且还有两瓶好酒。

山本看了看桌子旁边坐的人,说道:"各位,今天是你们在红楼的最后一天,所以这也是我们在一起吃的最后一顿饭。中国人有一个习惯，好像是送犯人上路之前，会让犯人吃一顿好吃的，名为送行饭。因为我实在找不出你们中间谁是'红棉'，所以只好把你们全部交给上面了。"

听到山本的话，左向风惊恐地站了起来，说道："你怎么可以这样？这，这怎么行？"

沈浩天和潘颖则没有动。

秦骏笑了起来，拿起了面前的筷子，夹起盘子里的饭菜开始吃起来。

"不好意思，我知道这样对你们很残忍，但是我也没办法。"山本说道。

"你们也不要怪山本先生，他这么做也是为了保护你们。如果他不管不顾，随便找你们其中一个人，要是出了岔子，恐怕到时候连累的就不仅仅是你们自己了，你们身后的关系人，朋友，亲人，都会出事。左向风，如果你出事了，陆海程必然受牵连，包括你在日本时认识的朋友，还有秦骏，三和一郎虽然和你关系不大，但是也会……"

"你闭嘴吧，曹风，你个日本的走狗。"秦骏一下子打断了曹风的话，将手里的筷子扔到了桌子上，他看着前面的山本和曹风，继续说道："这些大道理不过是你们的遮羞布，大不了一死，有什么可怕的？我看你不如现在就杀了我们。"

"你在说什么？你快停下来。"旁边的左向风看到秦骏的样子，不禁伸手拉了他一下。

"我说错了吗？从我们来到这里，其实结局早就注定了，我们根本不可能活着离开。就算我们是无辜的，他们也不可能放我们离开。左向风，你还幻想着离开吗？你别做梦了。"秦骏大声笑了起来。

山本没有说话，慢慢端起了一杯酒。

"秦骏，给我坐下。"旁边韩世超走了过来，指着秦骏喊道。

"老子死都不怕，还怕你？"秦骏看着韩世超说道。

"给我坐下。"韩世超说着伸手按住了秦骏。

"你个狗汉奸，给我去死吧。"秦骏突然伸手将韩世超腰间的手枪拔了出来，对着韩世超举起了枪。

"你干什么？"韩世超一下子惊呆了。

山本也站了起来，身后的曹风不禁立刻说道："秦骏，放下枪，你在干什么？"

"反正都是死，老子还不如拉几个垫背的。"秦骏说着将枪口对准了曹风。

"你给我住手。"韩世超立刻冲过去想要夺掉秦骏手里的枪，结果两人摔倒在了地上，混乱中，秦骏开枪了。

所有人都惊呆了，惊愕地看着左向风，因为秦骏的枪竟然打中了他。

左向风似乎不相信眼前的一幕，他伸手捂住自己的胸口，倒在了地上。

韩世超和秦骏停了下来，看到倒下来的左向风，秦骏一把丢掉了手里的枪。

山本和曹风立刻走了过来。

沈浩南探了一下左向风的鼻息，站起来看着曹风和山本说道："死了。"

曹风看了韩世超一眼，怒声骂道，"你干的好事！"

"我，刚才他要，我这……"韩世超拿着刚才被秦骏夺走的枪辩解着，然后他看到面前的秦骏，指着他说道，"都是你，你他妈的！"

"韩组长，秦骏夺了你的枪是没错，但是这枪是拉开了保险的，要不然他就算开枪也不会打到人吧？"沈浩南说话了。

"不错，韩组长，你的枪为什么会拉开了保险？"山本看了韩世超一眼。

"我没有啊，我不知道啊！"韩世超说道。

"好了，沈队长，先将其他人带下去吧。"山本看了看沈浩南说道。

房间里只剩下了山本、曹风和韩世超。

"山本先生，曹科长，我真的不是故意的，我的枪没有拉保险的，不知道怎么就被秦骏拿着打中了左向风，这太奇怪了。"韩世超又说了起来。

"不要再说了。"曹风瞪了韩世超一眼。

"一定是那秦骏搞的鬼，我现在就去审他，今天就是打死他，我也要问出个所以然来。"韩世超拍了拍脑袋，怒声说道。

"回来，秦骏现在不能动，你别再添乱了。"曹风喝住了韩世超。

"曹科长说得没错，秦骏是我这边定下来要做沈浩天的替身的，现在暂时不能动他，否则会耽误我们的计划。"山本点点头说道。

"山本先生，科长，你们真的要放过沈浩天吗？"韩世超问道。

"韩队长，这不是你该考虑的问题，你先出去吧。我还有事和山本先生说。"曹风看了韩世超一眼。

"好，我知道了。"韩世超明白了曹风的意思，站起来走了出去。

门被关上了，曹风皱了皱眉说道："真不好意思，山本先生。"

"韩队长说得没错，今天的事情似乎有点奇怪。曹科长，你觉得我们的计划有没有问题？"山本问道。

"山本先生的计划自然不会出问题，不过现在左向风死了，我们之前商量的事情是不是需要改一下？"曹风问道。

"其实也没什么，本来这次事情过后，左向风也活不了，也省得我们动手了。不过你给我盯着沈浩南，毕竟潘颖是他女朋友，可别在关键的时候出乱子。"山本说道。

"山本先生，放心，我知道怎么做。"曹风点点头说道。

"今晚注定是一个不眠之夜。算算时间，沈放应该快要过来了。真没想到，之前我想尽办法都得不到沈放的合作，如今却如此轻易到手。对了，后面的事情，你准备好了吗？"山本说着看了看曹风。

"一切都准备好了，等过了今晚，沈家的一切就是山本先生的了。"曹风笑着说道。

"放心，到时候我不会忘了曹科长的付出。"山本说道。

"那就多谢山本先生的提携了。"曹风连连说道。

7. 混淆视线

秦骏直接去了卫生间，潘颖和沈浩天先回到了房间里。

门被关上后，潘颖看了看沈浩天说话了："秦骏是故意杀害左向风的。"

"为什么？"沈浩天问道。

"明眼人都能看出来，那是他和韩世超联合起来做的事情。"潘颖说道。

"这不可能吧？秦骏和韩世超好像没什么关系吧？"沈浩天说道。

"这我就不清楚了，不过现在左向风死了，秦骏是杀人凶手，现在你我就成了这红楼里的众矢之的。我现在有一种山雨欲来风满楼的感觉，可能会有大事情要发生了。"潘颖看着前面说道。

沈浩天努了努嘴，他想说出左向风的身份以及沈放和沈浩南的救人计划，但是话到嘴边又咽了回去，毕竟沈浩南之前跟他说了，他和潘颖之间只能选一个，因为他的关系，父亲选择了他，并且沈浩南说了，这边的事情，他后面会和潘颖解释清楚。

秦骏为什么会和韩世超合作杀害左向风呢？

左向风的身份是日本特务，之前沈放给他的纸条应该是确定的情报，那么秦骏故意杀死他，难道说是因为他也知道了这个消息？如此说来，秦骏应该是"红棉"？可是如果秦骏真的是"红棉"，这样杀死左向风太过危险了。他怎么可能做出如此冒险的事情呢？

左向风既然是日本特务，为什么和山本的表现却完全不一样呢？还有叶玲珑，叶玲珑是从特高课过来的，如果左向风真的是日本人，那么叶玲珑自然会知道。但是叶玲珑却也是全然不知。

左向风的身份，秦骏的做法，究竟有什么原因呢？

这时候，门被推开了，秦骏走了进来。

沈浩天看了看秦骏，他的样子看起来似乎并没什么异常。刚才在坦诚室的一幕，如果换作任何一个正常人，此刻看起来应该都会比较害怕，但是秦骏的表现却很冷静。这更加印证了刚才潘颖和他说的话，秦骏是和韩世超联合杀死左向风的。

一直以来，秦骏的表现是他们几个人中最低调的，因为他的背景是最弱的，所以他的话和他的事情都没人在意。今天秦骏的举动让沈浩天不得不对他另眼相看，因为秦骏比起左向风来，其实更厉害，一个背景最弱、表现最差的人竟然能够站到最后。此刻，沈浩天知道，他和潘颖能活到现在自然是因为沈家的关系，并且如果不是罗明和木兰花，他也早已经暴露了。可是，这个秦骏为什么能和他们站到最后呢？

今天在送行餐会上，山本已经说得很清楚，所有的事情将在明天早上结束。也就是说，山本会将他们所有人交给日本情报部，至于他们中间谁是"红棉"，那也完全由山本来决定了。

"你们一定看出来了，左向风是我故意杀死的吧？"秦骏忽然说话了。

潘颖和沈浩天对视了一下，看了看秦骏。

"不错，我是故意杀死左向风的。是韩世超让我做的，他说只要我杀了左向风，我就可以离开这里。"秦骏继续说道。

"为什么？"潘颖问道。

"我怎么会知道为什么？我们在这里，有机会就是希望，你们是沈家的人，肯定有沈家想办法救你们，我可什么背景都没有，所以有机会对我来说就是有希望，我有得选择吗？"秦骏冷笑一声说道。

"可是？"沈浩天想说什么，但是话到嘴边停了下来，秦骏说得没错，对于他这种没有任何关系的人来说，进入这里，几乎就是送死的。不管韩世超是出于什么目的要杀死左向风，对于秦骏来说都是一个希望，所以他才会毫无顾虑地去做。这也让沈浩天确定了，秦骏就是"红棉"，他之所以杀死左向风，是因为左向风才是整个"红棉"事件里的最大威胁。

"韩世超说了，只有左向风死了，我们所有人才能活。我知道，对于左向风我是愧疚的，但是你们以为左向风是什么好人吗？当时在坦诚室，山本让我们写一个自己怀疑的人，他写的是木兰花，并且他还偷偷和日本人联系。这些我都看见了。"秦骏此刻说这些话，眼睛看着屋顶上方，那里挂着的吊灯，里面安装着监听器。

　　"这些你为什么不早点说？"潘颖看着他。

　　"韩世超说了，今天晚上过后我们就会被送走，生死有命，所以也没什么可隐瞒的。"秦骏说。

　　沈浩天想过去和秦骏说点什么，但是又担心自己的举动会让秦骏暴露，所以只好作罢。

　　沉默在房间里弥漫，三个人都没有说话，各自想着心事。

　　沈浩天是被外面的枪声惊醒的，秦骏和潘颖已经在窗边看着外面的情景。

　　红楼的大门被撞开了，随后十几个大汉端着枪疯狂地扫射，山本和特务科的人被对方强大的火力压制，很快退到了楼里面。

　　这时候，阿三带着人从外面冲了进来，拉着秦骏和沈浩天往外面跑去。潘颖想要跟过去，但是却被阿三拿着枪顶了回去。

　　"你们要做什么？潘颖呢？为什么不带潘颖走？"沈浩天忽然明白了过来，外面的枪战和之前秦骏的话的意思。

　　"想活命就不要说话。"阿三瞪了沈浩天一眼，带着他们从后面绕了出去，后门停着一辆车，秦骏和沈浩天被阿三和另外两个特务推搡着坐到了车子的后座。

　　"大哥？"沈浩天看到副驾驶座上的人，顿时愣住了，竟然是沈浩南。

　　"阿乐，开车。"沈浩南挥了挥手。

车子很快发动起来，然后快速向前开去。

"大哥，这到底是怎么回事？"沈浩天看着沈浩南不禁问道。

"浩天，你不要问了。"沈浩南说道。

沈浩天还想说什么，但是没有再说出来。

车子来到了一个路口，在一辆车后面停了下来。

沈浩南下了车，沈浩天也被带了下来。

"你走吧，前面车子里的人会带你离开。"沈浩南说道。

"那秦骏呢？潘颖呢？"沈浩天问道。

沈浩南没有再回答他的问题，转身回到了车里，很快车子发动起来，掉头向后面开去。

"大哥。"沈浩天冲着车子喊，但是车子很快开远了。

这时候，叶玲珑从前面的车里走了出来，来到了他面前说道："十九，这是你父亲安排的，他们为了你付出了太多，你不要辜负他们的选择。"

"不，不是这样的。我和你走了，他们怎么办？"沈浩天问道。

"你放心，你大哥会带走潘颖，你的家人已经安排好了。至于你父亲，他毕竟是广州商会的会长，山本他们不会为难他的。"叶玲珑叹了口气，"这是最好的结局了。"

"最好的结局？我明白了，那些过来救人的人也是山本和曹风安排的吧？那秦骏呢？你们不会让他当'红棉'的替死鬼吧？"沈浩天忽然明白了过来。

"其实本来我们定的人是左向风，可惜秦骏忽然意外杀了他，没办法，现在只能让秦骏来背这个锅了。"叶玲珑无奈地说道。

"这是谁决定的？你和山本吗？还是曹风？"沈浩天问道。

"是山本和曹风定的，我只有一个诉求，就是带你安全离开。"叶玲珑说道。

"错了，你们都错了，我们谁都不会安全离开。你可知道左向风其实是你们日本的特务，秦骏是被韩世超利用杀死左向风的，这一切都是曹风的计谋，他不但觊觎沈家的一切，还有红楼。"沈浩天的话刚说完，突然传来了一阵枪声。

"不好，是大哥他们那边。"沈浩天忽然明白过来。

"上车，开车过去。"叶玲珑看到沈浩天往后跑，于是对他说道。

砰！此时，车子突然发生了剧烈的爆炸，叶玲珑顿时惊呆了……

8. 合作计划

沈放站在窗边听到外面的枪战，显得焦虑不安。

山本在桌子上拿着毛笔正在写字，看到沈放的样子，他不禁笑了笑说道："沈会长，不用担心，估计这时候沈浩天已经和叶玲珑在离开广州的路上了。"

"但愿如此吧。"沈放说道。

这时候，房门被推开了，曹风走了进来，后面跟着两个特务科的人。

"曹科长来了，想来应该是事情办妥了。"山本放下了手里的毛笔，笑着说道。

"浩天出去了吗？"沈放转过头看着曹风问道。

"已经按照约定，将沈浩天送出去了，然后叶玲珑带着他走了,是沈浩南亲自送出去的。"曹风点点头。

"浩南怎么还没回来?"沈放皱了皱眉问道。

"沈会长,我们答应将沈浩天送出去,但是得有人背负罪名嘛!所以沈队长还要去处理一下其他事情,确保我们这里万无一失。"山本说道。

"好吧。"沈放明白山本的意思,之前沈浩南离开的时候也说了,山本和曹风让他出去不仅仅是为了送走沈浩天,还要处理掉秦骏,然后将罪名归到秦骏身上。

"现在沈会长可以放心了吧,之前答应的事情应该可以办理了吧?"山本说道。

"只要浩南回来,我立刻将沈家的所有家产转给你们。"沈放想了想说道。

"沈会长,你这样有点不合适了,你是想要反悔了吗?"山本的脸色变得阴沉起来。

"山本,我人都在你们这儿了,难道还会跑不成?再说了,都等了这么久了,难道几分钟等不得吗?"沈放冷笑一声说道。

"沈会长,你不用等了,沈浩南不会回来了。"曹风忽然说话了。

"你什么意思?"沈放愣住了。

"沈会长,你觉得我们会放过沈浩南吗?你太天真了。"曹风笑了起来。

"曹风,你在说什么?"山本意外地看着曹风。

"山本先生,你就别再演戏了,你打的什么如意算盘,我一清二楚,本来你我合作是一件多么和谐的事情,可是你却把心思全搭在了自己身上。你根本不在乎沈家的钱,更不在乎谁是'红棉',你要做的就是让这里的人给松本陪葬。叶玲珑说得没错,你真的是阴险歹毒,自私自利,既然你如此看重松本,那你就去地下和他团聚吧。"曹风说着站了起来。

"曹风,你要干什么?"山本一脸震惊地看着曹风。

"送你上路,等你死了,我会将这里的情况如实汇报给上面,当然了,真相总要修改一下。凭着我曹某人在广州这些年做的事情,代替你成为红楼的主人应该轻而易举。"曹风说着拿出了手枪,对准了山本。

"曹风,你敢?"山本怒声喊道,他身后的两名手下立刻站到了他的前面,并且掏出枪对准了曹风。

"这是做什么?你们这是做什么?快放下枪,都放下枪。"沈放站在一边,惊讶地看着眼前这一幕,半天没有反应过来,喃喃地说道。

"沈会长,你是一个聪明人,事情已经到了这一步,我们没有回头路了。"曹风冷笑一声说道。

这时候,曹风身后的两个人对着山本他们直接开枪了,山本借着自己两个手下的身体掩护,直接从旁边的窗户跳了出去。

看着山本逃出去后,曹风收起了枪,然后看着沈放说道,"沈会长,现在你是不是可以跟我聊了?"

"曹风,你到底要做什么?"沈放看着曹风的样子不禁问道。

"把你准备给山本的东西给我,然后再帮我给日本人演一出戏。我可以保证你和沈浩南的安全。"曹风说道。

"山本是什么人,你竟然敢杀他,你可知道你要面对的是什么?"沈放冷哼一声。

"放心吧,我做事一向不给自己留后路,同样,也不会给对手留活路。"曹风笑了笑,走到了窗口边。

只听外面传来了声枪响,然后是一阵嘈杂混乱的声音。

"山本先生不幸死于流弹,以身殉职。"曹风望着窗外,悲伤地说道。

"这一切都是你安排的,真没想到。"沈放后背一身冷汗,眼里充满了恐惧。

"所以,沈会长,接下来你可以选择跟我合作。"曹风转过头看着沈放说道。

"等到韩世超过来了,你会同意的。"曹风看了看表,冷笑着说道。

"是吗?"这时候,门被人撞开了,然后潘颖拿着枪指着韩世超的头走了进来。

"你竟然还没死?"看到潘颖,曹风愣住了。

"事情还没解决,我怎么能死?曹风,很简单,一人换一人,否则大家鱼死网破。"潘颖说道。

"潘颖,你以为我会在乎韩世超的命吗?他不过是我的一个手下。"曹风说道。

"你说得没错,不过沈放也只是我男朋友的父亲而已,我们手里的筹码相当,都可以放弃,也可以利用,所以就看你了。"潘颖笑了笑说道。

曹风阴沉着脸,犹豫了一下,笑了起来:"好,我放人。"

听到曹风的话,潘颖对沈放说道,"沈叔叔,我们走。"

沈放立刻走到了潘颖的身后,潘颖盯着韩世超,两人慢慢走到了门口,潘颖一把将韩世超推进了房间里,跟着用力拉住了房间的门,迅速带着沈放往前面跑去。

楼下的枪战已经停了下来,这些人其实是山本让曹风带来演戏的,所以潘颖和沈放的出现并没有让他们太意外。等到他们坐上一辆车往外面开出去的时候,后面曹风的手下似乎意识到了什么,他们大声喊了起来,朝着他们开枪并追了过来。

沈放一踩油门,直接冲了出去,对于后面的枪击根本没有在意。

车子从红楼里冲了出来,正好迎面撞到了一辆开过来的车,一群人从车里跳了下来,他们都蒙着面,拿着武器。

潘颖迅速拿起了一把手枪,对准了前面的人。

"是我们的人,不要开枪。"沈放踩住了刹车,说道。

"沈叔叔,你怎么了?"潘颖这才发现,沈放的背后竟然被血染透了一片……

9. 改变想法

前面的枪声在继续,刚才在车上的两个特务已经倒在了地上,沈浩南拉着秦骏躲避,只有阿乐拿着枪挡在他们前面。对面的人只剩下阿三和一个特务,他们一人一把枪,一时间让沈浩南和秦骏他们无法脱身。

沈浩天刚想冲过去,旁边的叶玲珑拉住了他,塞给了他一把枪。

这时候,前面又过来一队人,为首的竟然是韩世超,他的出现立刻让对方的人多了起来。

"沈队长,不要做无谓的挣扎了。"韩世超摆了摆手,阿三他们停了下来。

"韩世超,你这是什么意思?"沈浩南问道。

"自然是科长的意思。"韩世超说道。

"曹风?他要做什么?他和山本不是答应了我们沈家的合作

吗?"沈浩南疑惑地问道。

"对啊,这不是放走了你的弟弟吗?只不过你和秦骏得死,不然我们怎么善后?对了,你放心,至于你父亲,我们也会好好善待的,毕竟他是广州商会的会长,对于我们来说还是有价值的。"韩世超说道。

"山本答应了我们沈家的,你们这么做,不怕他生气吗?"沈浩南怒声说道。

"山本?我看等你到了下面,再和他好好说吧。"韩世超冷笑一声说道。

"韩世超,你们竟然杀了山本,看来你们一早就决定对我下毒手了?"沈浩南顿时明白了过来。

"没办法,你们不死,科长怎么能放心呢?沈队长,你放心,同事一场,我会安排人追杀你的弟弟,争取让你们家人在地下一家团聚。"韩世超笑着说道。

"这个浑蛋。"沈浩天举起了枪,然后对准了韩世超,直接开枪。

"谁?"韩世超的手下立刻警惕地看着四周。

韩世超摸着自己的胸口,刚才那一枪击中了他的心口,他愕然地坐在了地上。

沈浩天和叶玲珑从后面走了出来,沈浩天拿着刚才击中韩世超的手枪说道:"韩世超,我们沈家人能不能团聚不知道,但是你先下去吧。"

"给我打!"阿三看到韩世超被杀,顿时恼羞成怒,立刻对着后面的人喊道。

沈浩天和叶玲珑立刻来到了阿乐身边,一边和阿三的人对抗着,一边往后撤去。结果沈浩天脚下一滑,跪到了地上,阿三看准时机举起枪对准了他，旁边的秦骏见状，立刻挡到了他的面前。

叶玲珑回身一枪，直接打中了阿三，她拉起沈浩天和秦骏往前走去。

很快，五个人来到了后面的车上，阿乐一脚踩动油门，车子迅速往前开去。

"秦骏，你怎么样？"沈浩天问道。

秦骏的伤口流着血，他摇着头说道："我没事，我没事的。"

"大哥，先找个诊所。"沈浩天说道。

"不用了，我不行了。浩天，我知道你的身份，你要记住。"秦骏一下子用力握住了沈浩天的手说道，"红棉花开，红棉花开。"

沈浩天眼泪落了下来，连连点头："我知道的，我都知道的。"

"终于和你说了。"秦骏笑了起来，然后身体不再动弹。

"红棉！"沈浩天闭上了眼睛，痛苦地喊了起来。

阿乐拼命地开着车，其他人都没有说话。

片刻后，沈浩南打破了沉默："你们怎么回来了？"

"我们听到了枪声，还有我的车子被他们安了炸药，还好我们没有立刻上去。就像我说的，山本他们根本不可能让我们离开的。"叶玲珑说道。

"现在父亲和潘颖还在红楼，按照韩世超所说，山本应该已经被杀了，红楼这时候应该被曹风控制了，我们必须赶在阿三他们回去之前过去，否则父亲和潘颖恐怕出不来了。"沈浩南说道。

这时候，后面的车追了过来，是阿三他们。为了追击，阿三的人朝着他们不停地开枪。

"这样不是办法，阿乐，到前面停下车，然后叶小姐，你开车带着浩天安置秦骏的遗体，过去救我父亲，我和阿乐下车帮你们挡住后面的人。"沈浩南想了想说道。

"好的，沈队长。"阿乐点了点头说道。

"放心，我一定救沈叔叔出来。"叶玲珑说道。

阿乐停下车，然后拿着枪和沈浩南下了车，叶玲珑坐到驾驶位上踩着油门往前开去。

阿乐和沈浩南一左一右对着后面的车子连连开枪，但是子弹却打到了车门上。眼看着车子越来越近，沈浩南举起枪对准了车子的轮胎开了一枪，这次车子的轮胎被击中，车子一转，直接撞到了前面的路坑里。

沈浩南拿着枪走了过去。

车子翻在了旁边，里面的人已经昏迷。

沈浩南走到了后面，结果发现阿三竟然不在。

这时候，一个黑影忽然从旁边扑了过来，直接将沈浩南扑倒在地上。沈浩南没有反应过来，手里的枪也被推到了一边。

"队长！"看到沈浩南被阿三扑倒，阿乐立刻往前跑过来，但是旁边的一个特务突然拉住了阿乐的腿，将他拽倒在了旁边。

阿三抽出了一把匕首，对着沈浩南刺了过去。

沈浩南用胳膊顶着阿三的身体，将他手里的匕首死死地顶在半空。

刚才叶玲珑打中了阿三的右手，要不然他手里的匕首早就刺了下去。

沈浩南看到阿三右手上的伤，于是左腿往前一提，踢中了那个伤口，阿三顿时一痛，松开了手里的匕首。

沈浩南一个翻身将阿三压在了身下，抽走了阿三手里的匕首，对着阿三的心口刺了过去。

这时候，阿乐也打晕了拉住他的特务，走了过来。

"队长，你没事吧？"阿乐问道。

"没事，走，我们现在去红楼。"沈浩南扔掉了手里的匕首，擦了擦手上的血说道。

10. 同归于尽

沈浩天回头看了一眼，因为事情紧急，他们只能暂时将秦骏的遗体放到了旁边的一个废弃的房子里面。

"等红楼的事情解决了，我们再来好好安葬他吧。"叶玲珑说道。

"十七，你别去了。"沈浩天沉思了一下说道。

"什么？"叶玲珑愣住了。

"我是不会和你去日本的，我是中国人，我的家人在这里，我的根在这里，最主要的是，日本人在我们国家烧杀抢掠，我是不会和你去日本的。还有一件事我要告诉你，其实我不是十九，我是十八，当年我们从天才营逃出来的时候，十九因为受重伤而死。现在情况危急，我不想骗你。"沈浩天说道。

叶玲珑没有说话，看着沈浩天努了努嘴，想说什么但是却没说出来。

"很感谢你对我的帮助，现在我要回去了。我答应过十九，会好好照顾他的家人。"沈浩天说道。

"其实我一早就知道你是十八，你可以骗任何人，但骗不了我。或许在天才营里你以为我喜欢十九，但是其实我喜欢的是你。当年特高课通知我离开天才营，我特意告诉你，就是希望你能活着出来。后来，我特意申请从日本来到中国做情报工作，其实一直在找寻你的下落。我来到这里，就是想要带你离开。我自然知道，你是不会跟我离开的。"叶玲珑叹了口气说道。

"天才营的事情已经过去了，你我注定不是一条路上的人。以后我们还是各自安好吧。"沈浩天说道。

"不管怎样，我们先过去救下十九的父亲吧，就算是我们为他做的最后一件事情。"叶玲珑说道。

"好。"沈浩天想了想同意了。

沈浩天重新发动了车子。

很快，他们来到了红楼的门口，然后下了车。

红楼的大门开着，里面静悄悄的。

沈浩天和叶玲珑对视了一眼，两人拿出了枪，慢慢走了进去。

红楼的院子里一片凌乱，地上躺着一些被枪击的人，有特务科的人，也有红楼的人，还有几个黑衣人。

"真意外，没想到过来的人是你们！"二楼高处，曹风走了出来，他的身后跟着特务科的人。

"曹风，我父亲和潘颖呢？"沈浩天问道。

曹风摆了摆手，然后沈放和潘颖立刻被两个人拉着走了出来。

"你们没事吧？"沈浩天看到他们，不禁问道。

"浩天，你们不是走了吗？怎么又回来了？"沈放看到下面的沈浩天，顿时说道。

"曹风，你在做什么？山本呢？"叶玲珑看着曹风问道。

"叶小姐,忘了说了,山本先生不幸被杀了,现在红楼这边暂时由我接管。叶小姐,既然你和沈浩天回来了,那不如上来好好聊聊?"曹风说道。

"好,那我们就好好聊聊。"叶玲珑笑了笑说道。

曹风坐到了山本之前的位置,然后看着前面的叶玲珑和沈浩天他们说道:"不得不说,山本还是非常懂我们中国文化的,这里可比我们的特务科搞得要好得多。"

"曹风,你有话直说,别在这里绕弯了。"沈浩天看着曹风说道。

"山本死了,红楼现在被我接手了。叶小姐,你还需要回特高课吧,正好,我们可以把一切都推到山本的头上。至于'红棉'和特派员,山本已经写好了给情报部的报告,一切都是最好的结局。至于沈会长,你和山本的交易自然就转到了我身上。放心,我不会对你们做什么的,我拿到沈家的钱后就会离开广州。当年我忍辱偷生,好不容易从奉天来到这里,本以为在广州可以得到我想要的一切,可惜日本人侵占广州后,这里一切都变了,我又重新回到了在奉天的日子,这种日子我早就过够了。"曹风说道。

"曹风,你做了这么多错事,你觉得你逃得了吗?"沈浩天怒声问道。

"你觉得我是在和你们商量吗?"曹风冷哼一声。

"曹风,你不过是觊觎我沈家家产,何必为难他们?你想要沈家,我给你就是。不过之前我和山本的交易就是用沈家家产换我儿自由,你既然接过了山本的交易,那应该遵守承诺吧?"沈放走到前面说道。

"可以。"曹风同意了。

"那就让浩天他们离开，我一人留下来。"沈放说道。

"沈会长，你以为我是山本吗？之前你和山本谈好放走沈浩天，结果你却在计划里加入了你的算计。你让那些共产党带人冲进来，如果不是我留了一手，现在哪有资格和沈会长谈条件啊！"曹风笑着说道。

"你竟然知道？"沈放愣住了。

"我当然知道，其实在这场博弈中，山本有他的打算，你有你的打算，我有我的打算。现在的结局是山本死了，你输了，我赢了。"曹风说道。

"那你想怎么样？"沈放问道。

这时候，侯峰从外面走了进来，走到曹风身边低声说了几句话。

"把沈放和沈浩天以及潘颖给我带下去，关起来。"曹风听到侯峰的话后，顿时勃然大怒。

"曹风，你什么意思？"潘颖看着曹风问道。

曹风没有说话，转身往前走去。

沈放和沈浩天被拉了下去，潘颖还想说什么，旁边的叶玲珑却拉住了她，摇了摇头。

三个人被关了起来。

"曹风比起山本更加阴险无耻。"潘颖看着前面说道。

"想来是曹风知道了韩世超死了的消息，所以才突然要将我们关起来。"沈浩天说话了。

"韩世超竟然死了？"沈放意外地说道。

"不错，现在曹风把我们关起来，无非是想要等大哥自投罗网。我们不能坐以待毙，必须想办法离开这里。"沈浩天说道。

"阿南不能回来，他回来的话，曹风肯定会利用我们来要挟他的。"潘颖一听,不禁焦急地说道。

"潘小姐说得不错,曹风阴险歹毒,他必然是想用潘小姐和浩天来威胁浩南。这样,我想办法拖住曹风,浩天你和潘小姐找机会离开这里。"沈放想了想说道。

"不,曹风现在对我们非常警惕,如果要离开我们一起离开。目前来看,唯一的希望就在叶玲珑身上了。"沈浩天说道。

"叶玲珑?"潘颖愣住了。

"不错,叶玲珑肯定会想办法救我们的。刚才我们被带到这里的时候,叶玲珑给了我一个暗号,那是我们之前在天才营救人的方法暗号,现在我们只要等她的营救信号就好。"沈浩天说出了其中原委。

"你和叶玲珑是之前在天才营认识的?可是军统一号组织的那个天才计划?"听到沈浩天的话,潘颖顿时愣住了。

"怪不得叶玲珑对你如此看重,原来你们还有这样的经历。那既然如此,我们就等她的信号吧。"沈放同意了沈浩天的提议。

事情如同沈浩天猜测的一样,子夜之时,沈浩天看到了叶玲珑的信号,于是叫醒了沈放和潘颖。

很快,叶玲珑带着人过来打开了门,带着他们走了出去。

几个人刚下楼,结果正好遇到了曹风的两个手下,他们看到叶玲珑和沈浩天,立刻大声叫了起来。

砰砰!叶玲珑两枪打倒了他们,同时也惊动了其他人。

一时间,警报四起,哨楼上的探照灯也扫了过来,上面的机枪手对着他们扫射。

叶玲珑拉着潘颖快速钻到了前面,沈浩天则拉着沈放,哨楼上的机枪手对着沈浩天他们追了过去,等到沈浩天拉着沈放藏到了车子后面后,沈浩天才发现沈放竟然中枪了。

"没事的,你别动。"沈浩天立刻撕开了衣服袖子,想要给沈放包扎。

"我没事,不过你带着我怕是逃不出去了。你别管我了,你快跟着他们离开吧。"沈放指了指前面的大门说道。

沈放说得没错,虽然他们距离大门口并不远,但是沈放年龄大了,加上还中了枪,沈浩天恐怕非但救不了沈放,还可能会受到连累。

"我回来就是想要救你出来的,怎么能扔下你呢?"沈浩天说道。

"没关系的,儿子,只要你没事,我就算死也没什么。"沈放忍着剧痛说道。

"对不起,沈先生,其实我并不是你的儿子沈浩天。我的名字叫周远,当年我和沈浩天,还有叶玲珑一起被选入天才营,然后在那里受训。因为我和沈浩天身材长相非常相似,再加上在天才营,我们的称呼都是代号,所以很多人分不清我们的真实身份。后来天才营计划失败,军统计划将我们所有成员杀害,我和沈浩天从里面逃了出来,最后被共产党游击队员救下,沈浩天因为受伤严重,不治身亡,临死之前,他托付我有机会来广州寻找生父。之前在天才营的时候,沈浩天跟我讲了很多关于他小时候的事情,对于他的过去以及近况我几乎无所不知。这次的'红棉'接头工作,组织上考虑到沈浩天的身份,加上我和沈浩天的关系,于是便让我以特派员的身份过来,除了接应'红棉',另外也算是了却沈浩天的遗愿。"周远对着沈放说出了自己的真实身份。

"周远,你不用自责,其实我第一眼见到你,我就知道你不是我儿，我沈放一生阅人无数，怎么可能看不出来？只不过我知道你既然认识浩天，并且还对浩天的事情如此清楚，必然是浩天最信任的朋友。后来我确定了你特派员的身份，更是知道你做这些都是为了什么。我相信浩天知道了也不会怪你的。"沈放忍着剧痛说道。

"沈叔叔，我……"周远的眼泪落了下来。

"如果可以，帮我照顾好家人。"沈放说着，用尽所有力气站起来，用身体挡在周远的前面，将他带到了大门前。

哨楼上的机枪扫射过来，全部打在了沈放的身上，最后一刻，沈放倒在了地上，然后用尽力气回头看了看已经到了大门口的周远，脸上露出了一丝微笑，最后身体倒了下去……

11. 最后对决

沈浩南和阿乐追过来后，正好看到了沈浩天和潘颖他们。

沈浩天停下了车。

"父亲呢？"沈浩南看到车内并没有沈放，于是问道。

沈浩天摇了摇头。

"曹风，我要杀了你！阿乐，跟我去红楼！"沈浩南怒声喊了起来。

"阿南，沈叔叔是为了让我们逃出来而牺牲的。你，你不要冲动。"潘颖说道。

"不错，大哥，沈家还有其他人等着你照顾，你不能回去。"沈浩天拉住了沈浩南。

"可是！"沈浩南脸皮颤抖着，愤怒地看着前方。

"父亲说了，让你送潘小姐离开，后面的事情以后再说。"

沈浩天说道。

这时候，后面传来了汽车的声音，叶玲珑看了一下，然后说道："是曹风的人追过来了，我们先走吧。"

于是，五个人上了车，然后快速向前开去。

"潘颖，对不起，没想到好不容易来到广州，却遇到了这样的事情。"沈浩南看了看潘颖说道。

"没关系，遇到这样的事情我们也没办法。阿南，你以后有什么打算？"潘颖问道。

"送你们离开后，我会回来找曹风算账。"沈浩南说道。

"十七，你呢？"沈浩天看了看旁边的叶玲珑问道。

"我已经找到了我想要的答案，无论去哪里，都已经无所谓了。"叶玲珑说道。

沈浩天还想说什么，话到嘴边又咽了回去。

车子停了下来，沈浩南下了车，他看了看潘颖说道："阿乐会送你们到车站，我要回去找曹风算账。"

"你一个人怎么对付曹风？"潘颖问道。

"还有我。"沈浩天说道。

"可是……"潘颖还想说什么。

"你不要再说了，等我处理好这边的事情便会去找你。"沈浩南说道。

"好，你多加小心。"潘颖知道这是沈浩南的决定，说道。

"那我也走了，十八，以后你会想起我吗？"叶玲珑看了看沈浩天说道。

"会的，你和十九永远是我最好的朋友。"沈浩天说道。

"好了，阿乐，带她们走吧。"沈浩南对着阿乐点了点头。

看着阿乐他们离开，沈浩天不禁说道："大哥，曹风那边你怎么打算？"

"父亲在去红楼之前跟我说过，如果我们不能安然离开，让我去找一个人帮忙。这个人想来你也知道，他是共产党在广州这边地下组织的负责人，老虾。"沈浩南说道。

"我知道，他和'红棉'一样，都是广州这边的老人了，来这儿的时候，上级跟我说过。有了老虾的帮助，那曹风这次死定了。"沈浩天点点头说道。

"走，现在我们就去找他吧。"沈浩南笑了笑说道。

对于沈放之前的安排，老虾其实早已经准备好了，再加上沈浩天的身份，于是他们立刻组织人员赶往红楼。

此时的红楼因为先前的几次受袭，早已经没有了之前的稳固，在老虾和沈浩南他们的带领下，很快曹风他们被攻陷。

"曹科长，这次你输了。"沈浩天看着瘫坐在地上的曹风说道。

"就差一点点，如果不是叶玲珑，我怎么可能会如此？沈浩天，你到底是什么人？为什么你比'红棉'还厉害，罗明和木兰花为了你，可以丢掉性命，连特高课的叶玲珑都对你如此，甚至愿意放弃自己的一切。"曹风苦笑着说道。

"我的身份你不是早就知道了，我是真正的特派员，不过我还有另外一个身份，那就是'红棉'。"是的，沈浩天之所以这么说，是因为现在秦骏死了，他已经是接过秦骏重担的"红棉"了。

"你是'红棉'？这怎么可能？"曹风惊呆了。

"不止我是'红棉'，罗明也是'红棉'，木兰花也是'红棉'，秦骏也是'红棉'，所有为了新中国胜利而奋斗的每一个人都是'红棉'。你知道为什么你们查不出'红棉'是谁吗？因为身在广州的每一个渴望光明的人都是'红棉'。你这样的人,永远不会明白。"沈浩天说道。

"人人是'红棉',哈哈,说得真好。那潘颖是'红棉'吗?"曹风冷笑一声问道。

"你什么意思?"沈浩南皱了皱眉问道。

曹风没有再说话,只是露出诡异的微笑……

与此同时,火车站,阿乐看着潘颖和叶玲珑往月台走去。

潘颖看了看叶玲珑说道:"叶小姐,你准备回日本吗?"

"不知道,或许吧。"叶玲珑叹了口气。

"我听说之前军统的'天才计划'营组织非常严密,你和周远他们是怎么躲过军统的追杀的呢?"潘颖问道。

"这些重要吗?潘小姐似乎问得有点多余了。"叶玲珑警惕地看了看她。

"叶小姐,你太谨慎了,我只不过是好奇而已。既然你不愿意说,就当我没问。不过,你不说我也知道,想来只有一种可能,那就是你回了日本,周远他换作了其他身份,这真是让人太意外了。"潘颖笑了笑说道。

"潘小姐,你的话太多了。"叶玲珑冷眼看了潘颖一下。

"对了,临走之前,周远告诉了我一个事情,你要不要听?"潘颖笑了笑说道。

"什么?"叶玲珑愣住了。

"他说……"潘颖凑到了叶玲珑的耳边说道,"天才营的十七,你的号牌要收走了。"与此同时,潘颖的手里多了一把匕首,直接刺进了叶玲珑的胸口。

"你?"叶玲珑惊愕地看着潘颖。

"一号说了,天才营的灭营计划必须招待完毕。"潘颖笑了起来。

"你是,军统的人。"叶玲珑忽然明白了过来,"那十八,他?"

"没有十八,你是最后一个。"潘颖说完,轻轻推了推叶玲珑,往前走去。

叶玲珑倒了下去,旁边经过的人立刻惊叫了起来……